Diogenes Taschenbuch 23591

de
te
be

Doris Dörrie

Mitten ins Herz

und andere Geschichten

Ausgewählt von Daniel Keel

Mit einem Nachwort der Autorin

Diogenes

Die vorliegende Auswahl erschien
erstmals 2004 in der Reihe
›Diogenes Bibliothek‹
Nachweis der einzelnen Texte
am Schluß des Bandes
Das Nachwort wurde von
Doris Dörrie speziell für diese Auswahl
von Geschichten geschrieben
Umschlagillustration:
Henri Matisse, ›Nu rose‹, 1935

Veröffentlicht als Diogenes Taschenbuch, 2007

www.diogenes.ch
200/07/8/1
ISBN 978 3 257 23591 3

Inhalt

Ein Mann

Seit in einer Zeitschrift stand, daß die Chancen, von einer Atombombe getroffen zu werden, größer sind, als als Frau über dreißig in New York einen Mann zu finden, sehe ich Panik in den Gesichtern meiner amerikanischen Freundinnen. Die Wahrscheinlichkeit, heutzutage von einer Atombombe getroffen zu werden, ist doch ziemlich hoch, versuche ich sie zu beruhigen, dann kann es mit den Männern auch nicht so schlimm sein. Ja, in Europa vielleicht, erwidern sie, aber nicht hier in Amerika. Da ich dreiunddreißig bin, seit fünf Jahren in New York lebe und nicht vorhabe, wegen der größeren Bombenbedrohung und der damit statistisch besseren Chancen, sich einen Mann zu angeln, nach Deutschland zurückzukehren, fange auch ich an, mir ernsthaft Gedanken zu machen.

Vor drei Jahren habe ich mich von Johannes getrennt. Ihm fehlte in Amerika deutsches Bier und Labskaus – er nannte es Kultur –, und er ging zurück nach Hamburg. Seit diesem blöden Artikel denke ich oft an ihn. Er hat in Deutschland als Modefotograf Karriere gemacht. Nach unserer Trennung bin ich manchmal ins ›Bremenhaus‹ in der 86. Straße gegangen und habe die deutschen Frauenzeitschriften durchgeblättert, glühend vor Eifersucht habe ich in den Blicken der Mannequins ihre Flirts mit ihrem Fotografen, mit Johannes, entdeckt. Heute finde ich seinen klein gedruckten Namen unter der neuen Badekollektion in der ›Brigitte‹. Die Mannequins sehen eher gelangweilt aus. Nein, es war doch kein Fehler, daß ich ihn habe gehen lassen. Aber damals, vor drei Jahren, wußte ich noch nichts über den Zusammenhang von Atombomben, Männern und Frauen über dreißig.

Bei der Käseverkäuferin im ›Bremenhaus‹ kaufe ich wie früher ein Stück Tilsiter, weil ich sie so gerne englisch mit sächsischem Akzent sprechen höre. Über der Theke steht QUARK TODAY.

Der Tilsiter stinkt in meiner Handtasche vor sich hin, ich sitze in der ›Kleinen Konditorei‹, stochere in einem Stück Schwarzwälder Kirschtorte und frage mich, ob ich a) wirklich geglaubt habe, ausgerechnet hier auf einen passenden Mann zu treffen, und ob ich b) wirklich einen Mann will. Je länger ich den alten Damen mit blau gefärbten Haaren um mich herum zusehe, wie sie energisch ihre Linzer Torten und Sahnestückchen in sich hineinschaufeln und sich übers Wetter und die Gesundheit beschweren, um so mehr beneide ich sie. Sie haben ihre Männer überlebt, ich aber werde nie mehr einen finden.

Eigentlich hat mir seit Johannes ein Mann nicht wirklich gefehlt.

Manchmal, wenn ich das Gefühl hatte, ein bißchen Sex würde mir guttun, meiner Kreativität und meiner Haut, hatte ich kurze Affären, aber seit man sich das nicht mehr leisten kann, habe ich entdeckt, daß ein Kaufrausch in der Chanel-Boutique denselben Effekt hat. Dann zeichne ich gleich viel besser, deshalb fühle ich mich besser, und meine Haut sieht auch viel glatter aus. Es lebe Chanel.

Die Schwarzwälder Kirschtorte bereue ich bereits. Mir ist übel, ich fühle mich ungesund, triebhaft, unamerikanisch. Vor Monaten habe ich aufgehört, rotes Fleisch zu essen und Kaffee zu trinken, das Rauchen habe ich schon vor Jahren aufgegeben, ich beobachte sorgfältig meinen Cholesterinspiegel, sehe zu, daß ich nicht zu viel Sodium zu mir nehme, ich trinke keinen Alkohol, trainiere meinen Körper, bemühe mich, wie ein echter Amerikaner daran zu glauben, daß man es schaffen kann, wenn man es nur wirklich will. Seit drei Jahren gehe ich einmal in der Woche zu einer Psychotherapeutin, die mich darin bestärkt und mich für einhundertzwanzig Dollar in der Stunde eindringlich vor einer Beziehungsfalle warnt. So habe ich Karriere gemacht. In New York. Und eine Eigentumswohnung im Village habe ich auch schon. Warum also will ich plötzlich einen Mann?

Meine Therapeutin kann ich das nach drei Jahren nicht fragen. Das sind Anfängerprobleme. Ihre ganze Mühe wäre umsonst gewesen.

Wie findet man überhaupt einen Mann? Seit der Veröffentlichung dieser grausamen Statistik sind die Frauenzeitschriften gespickt mit Tips und Ratschlägen. Unter der Rubrik: *Nie mehr einsam: Wie aufgeweckte Cosmo-Mädchen einen Mann kennenlernen* berichten Leserinnen, wie sie es geschafft haben. (Was ist ein Cosmo-Mädchen? Bin ich eins? Ich nehme es einfach mal an.) Penelope, Stewardess, 28 Jahre alt, schreibt: Männer sprechen einen oft an, wenn man ein seltsames Objekt mit sich herumschleppt. Natürlich sollten Sie sich etwas aussuchen, was Sie auch wirklich interessiert, sonst könnte die Begegnung nach wenigen Sekunden beendet sein. Ich habe gute Erfahrungen mit einem großen eisernen Kreuz gemacht. Interessant. Penelopes Ratschlag hat nur einen Fehler: Sie ist erst 28 und hätte ihr eisernes Kreuz laut Statistik überhaupt nicht nötig gehabt. Barbara, Fernsehproduzentin, 36 Jahre alt, vertraue ich da schon eher: Schauen Sie sich genau an Ihrem Arbeitsplatz um. Der Trick ist, sich jemanden auszusuchen, der nicht schon von allen anderen Frauen angemacht wird. Natürlich sollten Sie ihn auch mögen.

Tja, Barbara, in meiner Redaktion gibt es nur den Chef, den alle anmachen, und einen winzigkleinen, buckligen Layouter mit dicker Brille. Ich mag ihn, keine Frage, aber ich bin drei Jahre jünger als Sie, liebe Barbara, und habe das (noch) nicht nötig.

Judy dagegen, Steuerberaterin, ist genau in meinem Alter, 33. Sie schreibt: Ich habe Männer häufig in Kaufhäusern kennengelernt. Einige Abteilungen sind besonders zu empfehlen: Lederwaren, Schreibwaren und Elektroartikel. Kommen Sie nicht auf die Idee, sich in der Herrenkonfektion auf die Lauer zu legen. Jeder Mann wird annehmen, Sie suchen ein Hemd für Ihren Freund. Dasselbe gilt für Damenunterwäsche. Haushaltswaren sind gut, Männer sind da so hilflos. Es macht mich skeptisch, daß sie schreibt, sie habe »häufig« Männer auf diese Art und Weise kennengelernt, wie groß war da der Ausschuß, aber ihr Rat scheint mir einen Versuch wert.

Vier Tage lang war ich jetzt jeden Tag nach der Arbeit bei Macy's, aber in all den von Judy so warm empfohlenen Abteilungen habe ich keinen einzigen Mann entdecken können, nur Frauen. Ich habe den Verdacht, sie sind alle aus demselben Grund hier wie ich. Wir umschleichen uns wie Katzen, beobachten uns, wie wir Brieftaschen und Koffer befühlen, Mixer und Toaster ausprobieren, uns stundenlang Schreibmaschinen vorführen lassen, fast nie etwas kaufen, und wenn, dann nur zur Tarnung. Unruhig flattern unsere Blicke über die Regale, wir mustern uns feindselig und versuchen gegenseitig unser Alter zu schätzen. Wie weit über dreißig?

Aber heute bei Bloomingdale's, vielleicht stand mein Horoskop günstig, war ich plötzlich ganz allein in der Lederwarenabteilung, und ein Mann um die Vierzig tauchte hinter einem Schweinslederkoffer auf wie ein Deus ex Machina. Ein Mann mit dichtem, hellbraunem Haar, gutaussehend, vielleicht eine Spur zu seriös für meinen Geschmack, aber ich kann mir solche Mäkeleien ja nicht mehr leisten in meinem Alter. Er stand also vor den Koffern, ließ sie auf- und zuschnappen, ich robbte mich langsam und so unauffällig wie möglich über die Portemonnaies und die Damenhandtaschen näher, bis ich fast direkt neben ihm stand, da hörte ich ihn zum Verkäufer sagen, er suche einen möglichst eleganten Flugkoffer, er sei geschäftlich sehr viel unterwegs und müsse meist direkt vom Flughafen in eine Sitzung. Mir sank augenblicklich das Herz. Was nützt mir ein Mann, in dessen Jackentaschen ich unweigerlich irgendwann die Telefonnummer von Monique aus Paris oder Gabi aus Stuttgart finde?

Ich habe mir statt dessen die neue Folge von *Wie aufgeweckte Cosmo-Mädchen einen Mann kennenlernen* gekauft. Heute schreibt Susanne, Zahnarzthelferin, 35: Mein Ex-Mann mochte keine Hunde, also haben wir uns ein Kaninchen angeschafft. Als wir uns scheiden ließen, bekam ich das Sorgerecht für das Kaninchen. Ich nehme es jetzt immer mit, wenn ich mit dem Zug nach Connecticut fahre. Jede Menge interessante Männer haben sich schon neben mich gesetzt, um das Kaninchen zu streicheln.

Ich sehne mich plötzlich heftig nach einem kleinen, schwarzen Kaninchen mit weißen Ohren, aber meine Eltern wohnen in Wuppertal und nicht in Connecticut. Wohin sollte ich denn fahren mit meinem Kaninchen? Ich sehe mich schon einsam und verlassen in New Haven nachts am Bahnhof stehen, der letzte Zug nach New York ist bereits abgefahren und weit und breit kein interessanter Mann in Sicht, der mein Kaninchen streicheln will.

Neuerdings habe ich Tagträume. Ich sehe einen Mann in meiner Küche sein Frühstücksei köpfen, ein anderer sitzt mit einem Martiniglas in der Hand auf meiner Couch, einer steht unter der Dusche, einen finde ich in meinem Bett. Er sieht mich erwartungsvoll an und lächelt.

Meine Therapeutin hat ein nervöses Gesichtszucken an mir bemerkt. Sie meint, ich stecke voller negativer Energie. Seit drei Jahren komme ich jeden Mittwoch um elf in dieses Zimmer, und immer riecht es leicht nach Aftershave, die Couch ist noch warm von meinem Vorgänger, manchmal, wenn ich etwas zu früh dran bin und im Vorzimmer warte, höre ich seine sonore Stimme. Aber gesehen habe ich ihn noch nie. Diskret, wie meine Therapeutin ist, entläßt sie die Patienten durch eine andere Tür, bevor der nächste hereinkommt. Heute fiel mir seine Stimme als besonders sympathisch auf.

Sport, sagt meine Therapeutin. Sport? frage ich schwach. Seit zwei Jahren gehe ich jeden zweiten Tag ins Sportstudio. Sie verordnet mir Urlaub.

Ich nehme vier Wochen frei. Ohne meinen Arbeitsrhythmus fällt mir die Abwesenheit eines Mannes um so schmerzlicher auf. Ich telefoniere mit sämtlichen Freundinnen. Zögernd geben sie alle zu, seit dem Artikel auf der Pirsch zu sein. Weißt du, sagt Margie, 36, seit ich diese verdammte Statistik gelesen habe, sehe ich im Spiegel nur noch eine Frau mit Cellulitis und Bandscheibenschaden, ohne Mann, ohne Doppelbett und ohne Rente. Ich werfe ihr ihren Materialismus vor, und sie nennt mich eine unverbesserliche, europäische Romantikerin. Sie will sich einen Mann als Untermieter für ihre winzige Zwei-Zimmer-Wohnung suchen. Auf eine Anzeige melden sich im Schnitt vierhundert Interessenten, sagt Margie, und wer in Manhattan mal ein Zimmer gefunden hat, zieht nie wieder aus. Außer er heiratet eine andere, wende ich ein. Sie legt beleidigt auf.

Ich habe leider nur ein Ein-Zimmer-Apartment. Aber wenn ich durch das Wohnzimmer eine Wand ziehen würde … Unter vierhundert Bewerbern müßte doch ein passender dabeisein.

Im Fernsehen läuft, wie immer, wenn es mir schlechtgeht, *The Way We Were*. Ach, Barbra Streisand, diesen Luxus, dich wegen politischer Meinungsverschiedenheiten von Robert Redford zu trennen, würdest du dir heutzutage nicht mehr leisten können.

Im College gab es viele, die so aussahen wie Redford. Gutaussehend, robust, mit fabelhaften Zähnen und einem unerschütterlichen Optimismus. Wo sind die alle geblieben? In New York sind sie jedenfalls nicht. Ich wette, die sind bereits alle verheiratet, und ihre Frauen haben ihnen nach der Lektüre der Atombomben-Männer-Statistik erleichtert die Hemden gebügelt und ihnen jauchzend ein Bier gebracht. Warum mußte ich mich damals im College auch ausgerechnet in den einzigen Deutschen verlieben? Johannes trug die besseren Unterhosen, knappe Slips, nicht diese gräßlichen Boxershorts; er rauchte und redete über Kunst, er war anders als die Amerikaner, er war so wie ich, damals.

Die große Liebe erwarte ich ja gar nicht. Ich möchte nur einem Mann morgens beim Rasieren zusehen, mit ihm Baseball im Fernsehen sehen und so tun, als interessiere es mich, ich möchte mein Doppelbett nicht mehr nur auf Verdacht auf beiden Seiten beziehen, im Kühlschrank möchte ich Budweiser und im Badezimmer Aftershave finden, am Strand mit ihm auf einem Handtuch liegen und von ihm hören, daß ich eine bessere Figur habe als die anderen. Ist das denn zuviel verlangt? Die Streisand verteilt immer noch ihre Flugblätter, als sie Jahre später ihren Bobby wiedersieht, und sie lieben sich immer noch und können dennoch nie, nie zusammenfinden, und ich weine, wie ich immer am Ende dieses Films weine. Verdammt noch mal, ich möchte auch mal wieder so richtig aus Liebe leiden.

In der *Village Voice* liegt eine Beilage des Sommerkursprogramms, in dem ›Kreative Hypnose‹ angeboten wird, ›Geheimnis des Charismas‹, ›Die Kraft der Kristalle‹, ›Lassen Sie Wunder geschehen durch die Kraft der Liebe‹ und ›Wie baue ich ein Glückwunschkartengeschäft auf‹.

Man kann an Sightseeing-Tours teilnehmen zu den Heimen berühmter Filmstars oder zu den Schauplätzen berühmter Morde, auch als Doppelpaket zum ermäßigten Preis zu haben. Ich erwäge kurz, mich dafür einzuschreiben, aber dort trifft man wahrscheinlich nur Touristen, die, kaum weiß man ihre Telefonnummer auswendig, wieder nach Hause fahren. Es gibt natürlich auch maßgeschneiderte Kurse für mein Problem: ›52 Wege, einen Liebhaber zu finden‹, ›Der kreative Flirt‹ und für Fortgeschrittene ›Die kreative Beziehung‹. Aber irgendwie widerstrebt es mir – noch –, dafür einen Kurs zu belegen und mit ähnlich Erfolglosen im Rollenspiel den kreativen Flirt zu üben. Als wäre ich selbst dazu zu blöd. Meine Mutter hat immer, wenn sie ein besonders seltsames Paar sah, gesagt: Es ist doch kein Topf so schief, daß nicht ein Deckel draufpaßt. Ich frage mich, ob ich der Topf oder der Deckel bin.

Meine Freundin Julie ruft an und berichtet aufgeregt, sie gehe jetzt jeden Tag zu den Treffen der Anonymen Alkoholiker, da könne man jede Menge interessanter Männer kennenlernen. Aber du hast doch nie auch nur an Alkohol gerochen, sage ich. Opfer muß man eben bringen, sagt sie, ich trinke jetzt jeden Tag eine Flasche Bier und manchmal sogar zwei. Ich muß ja schließlich mitreden können. Und weißt du was, langsam schmeckt's mir sogar! Sie kichert glücklich.

Ich hole die Whiskyflasche aus dem Schrank, die mir die Kollegen von der Redaktion vor einem Jahr zum Geburtstag geschenkt haben und die seither unberührt im Schrank gestanden hat. Ich trinke ihn in kleinen Schlucken wie Medizin. Ich weiß nicht, ob ich mich daran gewöhnen könnte, aber es gibt ja auch noch die Anonymen Raucher. Nach zwei Jahren sehne ich mich plötzlich nach einer Zigarette.

Ich nehme mir ein Kissen und die Whiskyflasche und lehne mich aus dem Fenster. Für jeden gutaussehenden Mann, der vorbeikommt, mache ich einen Strich auf den Fensterrahmen, für jeden halbwegs attraktiven ein Kreuz. Über Fünfzig- und unter Zwanzigjährige zähle ich nicht mit. Nach drei Stunden sind 187 Männer unter meinem Fenster vorbeigegangen, davon 53 in weiblicher Begleitung, 3 wirklich gutaussehende und 7 halbwegs attraktive. Ein niederschmetternder Prozentsatz. Auf der Straße zieht ein Penner einen Pappkarton hinter sich her. Wenn du mich noch einmal fragst, ob ich dich liebe, wenn du mich noch ein einziges Mal fragst …, sagt er zu seinem Pappkarton.

Ich trinke die Flasche aus. Fünf Männer sitzen auf meiner Couch und fragen mich, ob ich sie liebe.

Ich verlasse die Wohnung.

Auf der Sechsten Avenue sitzt eine Handleserin an einem Campingtisch, winkt mir zu und schreit: Ihr Schicksal steht in Ihrer Hand! Ich bin sicher, in meiner Hand steht: Ätsch. Kein Mann in Sicht.

Ich komme an dem billigen, verstaubten chinesischen Restaurant vorbei, da waren Johannes und ich am Abend, bevor er nach Deutschland zurückgeflogen ist. Du kannst ja nachkommen, hat er gesagt. Vielleicht hätte er sagen sollen: Komm mit. Bitte. Wenn man wirklich mal eine chinesische Lebensweisheit braucht, findet man in seinem Fortune-Cookie nur banalen Mist. An dem Abend war's ›Große Ereignisse kündigen sich nicht groß an‹.

Neben dem Chinesen hat ein neuer Laden aufgemacht, das ›Magie-Center‹. Im Schaufenster stehen sauber nebeneinander aufgereiht Spraydosen gegen ›negative Kräfte‹,

›Neid und Mißgunst‹, kleine Flaschen mit den Aufschriften ›Ich-bin-stark-Öl‹ und ›Komm-zu-mir-Öl‹. Ich betrete whiskymutig schnurstracks den Laden und erkläre den beiden in schwarzes Leder gekleideten, mit schweren Ketten und Plastiktotenschädeln behängten Magie-Verkäufern mein Problem. Sie hören mir genauso milde lächelnd und aufmunternd nickend zu wie sonst meine Psychotherapeutin. Und umsonst! Sie sind offensichtlich schwul, was mir meine Enthüllungen sehr viel leichter macht. Welche Frau gibt schon gern zu, daß sie zu blöd ist, einen Mann zu finden. Sie brauchen sich gar keine Vorwürfe zu machen, sagt der eine zu mir, der seine Haare in einer karottenroten Tonsur trägt, haben Sie diese Statistik gelesen, wonach es sehr viel wahrscheinlicher ist, als Frau über dreißig von einer Atombombe getroffen zu werden? Ich nicke bitter. Schrecklich, sagt der andere. Aber es gibt doch genauso viele Männer wie Frauen, nicht? frage ich. Tja, sagen beide unisono und sehen sich an. Es gibt noch genug Heteros, wendet der Rote sich wieder mir zu, sie sind bloß schwer zu finden. Es ist ein bißchen wie bei … bei Hunden … – Pferden, sagt der andere. Ja, wie bei Pferden, fährt der Rote fort und lächelt seinem Kompagnon zärtlich zu, wenn Sie hinter ihnen herlaufen, galoppieren sie nur um so schneller davon. Sie müssen stehenbleiben und positive Schwingungen aussenden. Und deshalb empfehlen sie mir beide dringend das ›Komm-zu-mir-Paket‹, bestehend aus ›Komm-zu-mir-Öl‹, einem Beutelchen mit Liebesduft, das immer bei sich zu tragen ist, und einer Kerze, in die ich den Namen des Begehrten einritzen soll. Ich habe aber gar keinen Bestimmten im Auge, sage ich schüchtern.

Daraufhin wiegen beide bedenklich das Haupt. Von anonymer Magie könnten sie mir in dieser Stadt nur abraten, es seien zu viele ausgeflippte Typen unterwegs, die stark auf Magie ansprächen. Und die werden Sie dann nie wieder los. Sie raten mir dringend, mir ein ganz bestimmtes Opfer zu suchen (bei dem Wort Opfer stößt der mit der roten Tonsur dem anderen leicht tadelnd in die Rippen), mir seinen Namen zu merken, ihm ein Haar auszureißen oder sein Jackett nach einem ausgefallenen abzusuchen und dann die Beschwörung genau nach Gebrauchsanweisung vorzunehmen.

Ich erwerbe das ›Komm-zu-mir-Paket‹, sie hängen mir fürsorglich das Beutelchen mit Liebesduft gleich um den Hals, weil manchmal schon allein der Duft helfen könne, und entlassen mich mit guten Wünschen und Ermahnungen zu positiver Denkungsart. Das Beutelchen stinkt penetrant nach Moschusöl.

Meine Therapeutin stellt fest, ich röche nach negativen Schwingungen. Sie habe auf einem Fortbildungskurs gelernt, psychische Störungen zu riechen, das sei eine alte chinesische Wissenschaft, und während sie mir davon erzählt, sehe ich plötzlich ein langes, graues Haar auf ihrer Couch. Vorsichtig hebe ich es auf und lege es in mein Portemonnaie.

Und versuchen Sie auf keinen Fall, Ihr Stimmungstief durch eine Beziehung zu beheben, schärft sie mir zum Abschied ein. Als sie sich abwendet, um die Tür zu öffnen, werfe ich einen schnellen Blick in ihren Terminkalender auf dem Schreibtisch. 10 UHR L. MONTELEONE steht da vor meinem Namen um 11 Uhr. L. Monteleone, die sonore

Stimme. Ein grauhaariger, gutaussehender Italiener, so Anfang Vierzig, ein Künstler vielleicht, der unter der Welt leidet, stelle ich mir vor und sehe sofort in meinem Portemonnaie nach – das Haar ist noch da –, oder ein fetter Mafioso im Kamelhaarmantel, der sich behandeln läßt, weil ihn sein Gewissen quält?

Ist das lange, graue Haar wirklich von ihm, oder ist es vielleicht ein Hundehaar? Auf dem Weg nach Hause kaufe ich eine Lupe. Es sieht zum Glück sehr nach Menschenhaar aus und leidet unter Spliss. Monteleone, was für ein schöner Name. L. für Ludovico? Luigi? Lino? Die sechs Tage bis zu meiner nächsten Therapiestunde kommen mir vor wie sechs Jahre.

Am nächsten Mittwoch stehe ich um sechs Uhr früh auf, wasche mir die Haare, schminke mich sorgfältig und ziehe mein bestes Kleid an. Vor Aufregung trinke ich in einer Kneipe einen Wodka, bevor ich um 10.30 Uhr das Vorzimmer meiner Therapeutin betrete.

Ich lausche seiner entfernten Stimme, sie ist nicht nur sonor und sympathisch, sondern auch ausgesprochen sexy. Leider kann ich nicht verstehen, was er sagt, einmal nur glaube ich, ein Warum? Warum? herauszuhören. Wie gut ich ihn verstehen kann, Herrn L. Monteleone. Warum geht die Vorzimmerdame ausgerechnet heute nicht wie sonst aufs Klo, um ihre Zigarette zu rauchen? Ich zittere vor Angst, daß sie innerhalb einer Woche das Rauchen aufgegeben hat, da holt sie endlich ihre Zigaretten aus der Schublade, zwinkert mir verschwörerisch zu und verschwindet. Kaum ist sie draußen, springe ich auf und reiße die Tür zum Behandlungszimmer auf. Er liegt nicht auf der Couch, sondern sitzt, wie ich, das macht ihn mir sofort sympathisch, graue Haare fallen ihm fast bis auf die Schultern. Überrascht drehen sich meine Therapeutin und er nach mir um. Er sieht markant aus, vielleicht nicht gerade schön, aber markant ist doch viel interessanter als schön, ich schätze ihn auf Anfang Vierzig, das beste Alter für einen Mann, sehr groß ist er nicht, aber bestimmt auch nicht kleiner als ich. Ich muß schon sagen! faucht meine Therapeutin, und ich stammle Entschuldigung. Ich dachte, es ist schon elf Uhr, und schließe schweißnaß vor Aufregung die Tür. Der Vorzimmerdame kritzle ich eine Nachricht, mir sei plötzlich schlecht, ich könne meine Stunde heute unmöglich wahrnehmen.

Zu Hause ziehe ich die Vorhänge zu. Sorgfältig schnitze ich L. MONTELEONE ins Wachs, sein Name ist so lang, daß er kaum auf die Kerze paßt. Genau nach Anweisung reibe ich sie mit dem ›Komm-zu-mir-Öl‹ ein, zünde die Kerze an und halte mit klopfendem Herzen sein Haar in die Flamme.

Es verzischt schneller, als ich gucken kann. Aber die Kerze brennt vier Stunden und zwanzig Minuten lang, und so lange, haben mir meine magischen Berater eingeschärft, muß ich mich auf mein Opfer konzentrieren. Als die Flamme endlich zuckend erlischt, schlafe ich vor Erschöpfung ein.

Vom Telefonklingeln wache ich Stunden später erst auf. Im Traum war ich in Wuppertal. Meine Mutter häkelte einen Klopapierüberzug fürs Auto aus rosa Wolle und murmelte unablässig vor sich hin: Es ist kein Topf so schief, daß kein Deckel draufpaßt. Mein Anrufbeantworter, den ich eingeschaltet habe, um bei meiner Zeremonie nicht gestört zu werden, meldet sich und erzählt, daß ich im Moment leider nicht zu Hause bin, es piepst, und ich höre ein Atmen, und dann sagt eine sonore, sympathische Männerstimme: Hier ist Leonardo Monteleone, schade, daß Sie nicht zu Hause sind …

Ich springe aus dem Bett, verheddere mich im Bettlaken, kann das Telefon nicht finden. Leonardo Monteleone, was für ein Name! Schade, sagt die Stimme, na ja, dann … Ich wühle mich quer durch das Zimmer an der Schnur zum Telefon, warten Sie, warten Sie, sage ich atemlos, ich bin gerade nach Hause gekommen. Mein Name ist Leonardo Monteleone, wiederholt er in fast akzentfreiem Englisch. Sie haben heute morgen in der Praxis Ihren Schal vergessen, so einen grün gemusterten …

Ich trage nie grün gemusterte Schals. O ja, sage ich, das muß meiner sein. Aus dem Liebesbeutel unter meinem Kinn strömt Moschusduft.

Ich könnte Ihnen den Schal vorbeibringen.

Das ist schrecklich nett von Ihnen …, stottere ich.

Oh, unterbricht er mich, das war nicht aufdringlich gemeint. Ich hatte nur vergessen, daß es Frauen in dieser Stadt nicht gerne haben, wenn wildfremde Männer ihre Adresse kennen …

Sie sind nicht von hier? frage ich.

Nein, ich komme aus Deutschland.

Ach, wirklich? sage ich nonchalant, woher denn in Deutschland?

Wuppertal, ich weiß nicht, ob Ihnen das was sagt.

Ich nehme den Liebesbeutel vom Hals und lege ihn unter mein Kopfkissen.

Ich wohne in der Leroy Street 15, sage ich langsam auf deutsch, kommen Sie schnell.

Na, denn tschö, sagt er, und bis gleich.

Die Schickse

Dave Goldman aus Long Island und Unna Krieger aus Deutschland verliebten sich auf dem Rücksitz eines Käfers in Kalifornien und wurden sich schnell einig darin, daß die Menschen Kaliforniens zu glücklich waren für ihrer beider Geschmack.

In New York sind die Menschen depressiv, aggressiv und gemein, seufzte Dave voller Heimweh.

Da möchte ich hin, sagte Unna.

Nur wenige Wochen später packten sie ihre Koffer, exmatrikulierten sich und bestiegen ein Flugzeug nach New York mit der Vorstellung, dort unter lauter Unglücklichen besonders glücklich werden zu können.

Da sie in New York keine Bleibe hatten und auch sonst kaum Geld, hatte Dave es für die beste Idee gehalten, Unna erst einmal zu seinen Eltern nach Long Island mitzunehmen.

Das ist alles gar kein Problem, hatte er Unna erklärt, du wirst sehen.

Oh, Dave, sagte Unna, meinst du nicht, daß deine Eltern vielleicht …

Nein, unterbrach er sie, meine Eltern werden dich mögen, da bin ich ganz sicher.

Daves Mutter war klein und zierlich und hatte platinblond gefärbte Haare, sein Vater war dagegen kahlköpfig, braungebrannt, untersetzt, und es verband ihn nicht die geringste Ähnlichkeit mit seinem dünnen, blassen, hübschen Sohn. Beide Eltern sprachen mit starkem Akzent.

Kennen Sie zufällig die Stubbenkammerstraße in Berlin? fragte Frau Goldman Unna, während sie den Abendbrottisch deckte, da haben wir mal gewohnt.

Nein, sagte Unna, ich war noch nie in Berlin.

Frau Goldman stand jetzt so dicht neben Unna, daß Unna den Weichspüler in ihrem Wollkleid riechen konnte. Auf deutsch sagte Frau Goldman langsam und klar zu Unna: Sie sind jung, Sie haben nichts mit der Vergangenheit zu tun. Wir sind zwar nicht glücklich darüber, daß Sie und Dave ... – Sie machte eine kleine Pause und legte das Besteck vor Unna. – Aber wir haben nichts gegen Sie. Verstehen Sie?

Unna nickte. Daves Vater sah sie ruhig an.

Was hat sie zu dir gesagt? flüsterte Dave, als seine Mutter sich abwandte, um Gläser zu holen.

Unna schüttelte den Kopf und schwieg.

Und? fragte Herr Goldman seinen Sohn.

Was und? schoß Dave zurück.

Welche Universität wäre dem Herrn denn recht? Und welches Fach darf's denn diesmal sein?

Linguistik, sagte Dave.

Sein Vater sah ihn lange und stumm an, dann langte er über den Tisch nach dem Salz. Unna sah die KZ-Nummer auf seinem Unterarm. Voller Entsetzen fiel ihr ein, daß sie sich als Schulmädchen Telefonnummern von möglichen Liebhabern mit Kuli an die gleiche Stelle geschrieben hatte, weit genug unter dem Ärmel, daß niemand sie sehen konnte.

Keinen Cent, sagte Daves Vater, keinen verdammten Cent werde ich für diesen Quatsch ausgeben. Linguistik! Hat man so einen Blödsinn schon mal gehört!

Dave stieß seinen Stuhl zurück und stand auf. Komm, sagte er zu Unna und packte sie am Arm, wir gehen.

Er zog sie zur Tür und griff mit der anderen Hand nach ihrem Koffer und seiner Reisetasche.

Unna wandte sich zu seinen Eltern um.

Entschuldigung, murmelte sie, da zog Dave sie schon aus dem Haus.

Ein Hotel wie das in der 33. Straße hatte Unna noch nie zuvor gesehen. Auf dem Boden in der Eingangshalle klebte so viel Kaugummi, daß sie es zuerst für das Muster des Fußbodens hielt, bis sie feststellte, daß ihre Schuhe bei jedem Schritt seltsame Geräusche von sich gaben und lange Kaugummifäden nach sich zogen.

Der Fahrstuhl war kaputt. Alte, kranke, kaputte Menschen quälten sich im Schneckentempo die Treppen hoch. Aus den Wänden waren große Stücke Putz herausgefallen, das Geländer war zerbrochen.

Eine schwarze Frau mit aufgequollenen elefantendicken Beinen blieb stehen, ließ Dave und Unna an sich vorbei und sah ihnen verwundert nach, wie sie energisch mit ihren Koffern in der Hand nach oben stiegen.

Das Zimmer war im siebten Stock. Es war groß, dunkel, leer, bis auf ein Bett und einen Stuhl. Auf dem Boden ein zerfetzter, fleckiger Teppich, vor dem einzigen Fenster mit vergilbten, löchrigen Vorhängen die Brandmauer des nächsten Hauses. Unna stellte sich direkt vors Fenster auf die

Zehenspitzen und verdrehte den Kopf. Tief unten sah sie ein gelbes Taxi, eine Frau in einem roten Nylonmantel, die über die Straße eilte.

Über dem verrammelten Kamin hing ein großer Spiegel mit blinden Flecken.

Die Matratze war kaputt, das löchrige Laken hatte gelbe Flecken. Sie konnte nicht glauben, daß es wirklich Urinflecken waren, bis sie daran roch.

Dave, sagte sie schwach, was machen wir hier?

Er zuckte die Achseln und ging ins Bad. Sie kam hinterher. Der Badewannenboden war mit einer schwarzen Masse bedeckt, wieder dauerte es eine Weile, bis sie glaubte, was sie sah. Die schwarze Masse bewegte sich, es waren Kakerlaken, die rücksichtslos übereinanderstiegen und sich abmühten, an der glatten Badewannenwand hinaufzuklettern.

Ich glaube, das halte ich nicht aus, flüsterte sie.

Überall in New York gibt es Kakerlaken, sagte Dave.

Die Badezimmertür ließ sich nicht schließen.

Dave stand genau in der Mitte des Zimmers. Er zog seine Jacke an.

Morgen früh komme ich zurück, sagte er.

Wohin gehst du? rief sie entsetzt.

Ich muß mit meinen Eltern reden, sagte er, ich muß ihnen klarmachen, daß ich jemand anders bin, als sie glauben.

Du läßt mich hier allein? jammerte Unna und klammerte sich an ihn. Allein in New York?

Er pflückte ihre Arme von seinem Hals, küßte sie flüchtig und schlug die Tür dreimal hinter sich zu, bis sie endlich ins Schloß fiel.

Sie setzte sich heulend in ihrem Mantel aufs Bett und betrachtete den verdreckten Boden zu ihren Füßen.

Liebst du mich? sagte sie probeweise, und dann mußte sie husten. Als sie damit fertig war, hörte sie andere Menschen obendrüber und nebenan röcheln, schniefen, herumgehen, schreien. Sie stand auf, ging zu dem fleckigen Spiegel und starrte hinein. Ihr kantig geschnittenes Gesicht mit den weißblonden, langen Haaren und klaren, hellen Augen wirkte, als sei es dabei, sich aufzulösen. Die Angst in ihrem Körper fühlte sich an, als habe sie zuviel Kaffee getrunken.

Sie war tatsächlich eingeschlafen und wachte mitten in der Nacht von einem wütenden Fauchen auf, wie von einem mächtigen Tier. Entsetzt sprang sie aus dem Bett. Angeekelt spürte sie den schmierigen Dreck unter ihren bloßen Füßen. Abermals fauchte es, ganz dicht neben ihr, zum Greifen nah.

Unna fing an zu zittern, da strich ein warmer Wind um ihre nackten Beine. Vorsichtig setzte sie einen Fuß vor den anderen und näherte sich dem altmodischen kleinen Heizkörper, von dem sie fest angenommen hatte, daß er sowieso nicht funktioniere. Jetzt aber war er glühendheiß, daß sie sich fast die Finger an ihm verbrannte, und nach erneutem heftigem Fauchen fing er an zu hämmern, zu klopfen und zu röhren. Unna lächelte im Dunkeln. Sie hatte einen Kompagnon gefunden in ihrem Elend, ein Wesen, das zu ihr sprach. Vorsichtig wanderte sie zurück zu ihrem verpißten, kaputten Bett, legte sich vorsichtig auf die Schicht aus T-Shirts und Schals, die sie darüber gebreitet hatte, und lauschte den eigenwilligen Mitteilungen ihres Heizkörpers.

Genauso werde ich sein als alte Frau, dachte sie, einsam, allein, getröstet nur von meiner Heizung. Wenigstens weiß ich jetzt schon, wie es dann sein wird.

Warum liebst du mich nicht? fragte sie Dave.

Er kam in den frühen Morgenstunden, sie wachte davon auf, daß sich ihr Bett bewegte wie von einem Erdbeben, mit einem Schrei fuhr sie hoch, da saß er neben ihr und betrachtete sie stumm. Sie vergrub ihren Kopf in seinem Schoß.

O Gott, sagte sie, ich kann ohne dich nicht leben.

Zieh dich an, sagte er, wir gehen frühstücken.

Es ist erst halb fünf, sagte sie.

Na und? sagte er und grinste, wir sind in New York, Baby.

Er trank nur Kaffee, schwarz, und sah ihr zu, wie sie mit schlechtem Gewissen, aber gutem Appetit drei English Muffins mit Marmelade so zierlich wie möglich verdrückte. Einmal hatte er lächelnd zu ihr gesagt: Wie abhängig du vom Essen bist. Diesen Satz vergaß sie nie mehr, ihr ganzes Leben nicht.

Mein Vater will, daß ich in seinem Geschäft arbeite, aber er sagt es nicht. Er will, daß ich zu Kreuze krieche, daß ich darum bitte, für ihn arbeiten zu dürfen, dieser elende, kleine Stinker, diese Ratte, dieses ungebildete Monster, dieses Arschloch.

So darfst du nicht über deinen Vater reden.

Warum nicht? schrie er. Warum nicht? Er schlug mit der Faust auf den Tisch, daß die Salz- und Pfefferfässer tanzten. Muß ich denn mein ganzes Leben stillhalten, weil er im KZ war?

Unna wandte sich erschrocken ab.

Ach, Scheiße, sagte Dave und strich sich mit einer abrupten Geste die langen Haare aus dem Gesicht. Haare zum Irrsinnigwerden, dicke, glänzende, dunkle, ungerecht schöne Haare für einen Mann. Allein der Anblick seiner Haare ließ Unna die Knie weich werden.

Mein schöner Dave, dachte sie zärtlich und legte ihre Hand auf seine. Bleibst du bei mir? fragte sie leise.

Er zog seine Hand zurück. Sie malte aus einem Kaffeetropfen Kringel auf den Tisch. Oh, sie wollte ihn wirklich nicht fragen, wirklich nicht. Liebst du mich?

Er sah sie ausdruckslos an. Ich weiß es nicht, sagte er.

Sie hatte das Gefühl, in der Kabine einer Achterbahn zu sitzen, die an ihrem höchsten Punkt angelangt ist, die Nase bereits nach unten gesenkt, einen Augenblick geschieht gar nichts, hilflos starrt man in die Tiefe, das Herz springt einem aus dem Körper, die Hände verkrallen sich im Sitz, die Luft bleibt einem weg, und in der Erkenntnis, daß die Abfahrt nicht zu stoppen ist, schreit man aus nie gekannter Tiefe um sein Leben.

Aber gestern wußtest du es doch noch, flüsterte sie entsetzt, wie kann sich das über Nacht ändern?

Du hast mich gefragt, sagte er verzweifelt, und ich habe dir eine ehrliche Antwort gegeben.

Ich hasse deine Ehrlichkeit.

Willst du, daß wir uns belügen wie alle anderen Menschen auch?

Aber gestern hast du mich doch geliebt.

Gestern ist gestern. Überraschend füllten sich seine Augen mit Tränen.

O Gott.

Jetzt heulten sie beide wie die Schloßhunde. Eine ältere Bedienung mit kahlen Stellen in den mausgrauen Haaren kam an ihren Tisch, zählte wortlos zusammen und legte die Rechnung vor Dave.

Das Leben ist kein Picknick, sagte sie und räumte die Teller ab. Sie sahen ihr beide nach, dann flüsterte Unna: Wirst du mich nie mehr lieben?

Woher soll ich das wissen?

Aber vielleicht, vielleicht wirst du es wieder tun, oder?

Vielleicht, sagte er und putzte sich mit der Serviette die Nase.

Ich liebe dich, sagte sie und legte Daumen und Zeigefinger um sein Handgelenk. Wie feingliedrig er war und wie plump sie selbst. Sein schneeweißer, dünner Körper brachte sie in Verlegenheit. Sie war nur wenige Zentimeter größer als er, aber sie fühlte sich oft wie eine Riesin neben ihm. Am Anfang hatte sie sich immer sofort aufs Bett gelegt, wenn er sie besuchen kam, um ihn nicht im Stehen küssen zu müssen. Im Liegen fühlte sie sich kleiner, zierlicher, weiblicher.

Ich würde gern noch einen Reispudding essen, sagte sie tapfer.

Er fuhr zurück nach Long Island und meldete sich drei Tage lang nicht. Am ersten Tag weinte Unna nur ein bißchen, am zweiten schon mehr, am dritten wachte sie weinend auf und ging weinend ins Bett.

Es klopfte, kurz nachdem sie das Licht ausgemacht hatte.

Sie stürzte zur Tür, riß sie auf, wollte sich schon in Daves Arme werfen, aber geblendet vom gelben Flurlicht, sah sie nur die Umrisse einer riesigen Frau in einem zeltartigen Morgenmantel vor ihrer Tür.

Entschuldigen Sie die Störung, sagte die große Frau höflich, ich frage mich, ob Sie vielleicht ein wenig Zahnpasta übrig haben.

Jetzt sah Unna, daß die Frau ihr vor den großen rosa Rosen ihres Morgenmantels eine Zahnbürste entgegenstreckte. Unnas Blick wanderte langsam über die Rosen zu einem weichen, zerknitterten Mondgesicht mit kleinen wasserblauen Augen und dünnen, braunen, strapsigen Haaren.

Sie dürfen mich Tamara nennen, sagte die große Frau.

Nur eine halbe Stunde später heulte Unna in Tamaras weiche Schulter: Und jetzt weiß er plötzlich nicht mehr, ob er mich liebt!

Tamara schnalzte mit der Zunge. Da schicken die Eltern ihren kleinen David zum teuren Studieren, und was tut er? Er kommt mit einer kleinen Schickse zurück, das soll vorkommen.

Es ist noch schlimmer, sagte Unna und wischte sich die Tränen aus den Augen.

Noch schlimmer?

Ich komme aus Deutschland.

Oh, là, là, sagte Tamara, das ist schlimm. Sie rückte schwer schnaufend ihren großen Leib in die Mitte von Unnas Bett und zog die Decke über ihre Beine. Geht Ihre Heizung nicht?

Doch, sagte Unna, aber erst nach Mitternacht.

Aus Deutschland, na so was, sagte Tamara und fuhr auf deutsch fort: Guter Hund, Platz!

Unna sah sie verwirrt an, Tamara aber brach in schallendes

Gelächter aus, klatschte in die Hände und rief laut: Platz! Faß! Hopp! Sitz! Ich hatte als Kind einen Spitz aus Deutschland, fuhr sie ruhig fort und wischte mit auffallend kleinen Händen über die schäbige Bettdecke. Haben Sie zufällig was zu trinken?

Tut mir leid, erwiderte Unna, ich habe keinen einzigen Cent.

Hätte ja sein können, seufzte Tamara und versank in düsteres Schweigen.

Wie kamen Sie zu dem Spitz? fragte Unna, nur um irgend etwas zu sagen.

Tamara sah sie prüfend an. Interessiert Sie das wirklich?

Ja, log Unna, bestimmt.

Mein Vater war Arzt, sagte Tamara, er machte viele Hausbesuche, er war sehr beliebt. Ein alter Emigrant aus Deutschland hinterließ ihm seinen Hund, als er starb, und weil mein Vater nicht wußte, wohin mit dem Tier, brachte er ihn mit nach Hause. – Sie verstummte.

Weiter, sagte Unna leise.

Ein weißer Spitz, schneeweiß, fuhr Tamara sofort fort, als habe sie nur auf Unnas Aufforderung gewartet. Seinen Namen hatte mein Vater vergessen, ich taufte ihn Schnaps, weil ich das Wort so lustig fand, es war das einzige deutsche Wort, das ich kannte, keiner in meiner Familie sprach deutsch, aber der Hund war ja schließlich Deutscher und brauchte, wie ich fand, einen deutschen Namen. Schnaps war ein trauriger Hund, er saß meistens unterm Tisch und leckte sich die Pfoten, zu keinem Spiel ließ er sich animieren, er gehorchte nicht, und deshalb ging ich mit ihm nur ungern auf die Straße. Meine Mutter kümmerte sich um ihn, und ich hatte Schnaps fast völlig vergessen, bis Fräulein Botchek in unser Haus kam. Sie sollte mir Geigenunterricht geben, weil mein Vater von einem Patienten eine ziemlich kostbare Geige anstelle der Bezahlung bekommen hatte. Mein Vater ..., sagte Tamara kopfschüttelnd und lehnte sich dann ächzend zurück. Sie haben wirklich nichts zu trinken?

Unna schüttelte bedauernd den Kopf. Verwundert stellte sie fest, daß sie in den letzten Minuten kein einziges Mal an Dave gedacht hatte.

Fräulein Botchek, gab sie Tamara das Stichwort, aber Tamara hatte die Augen geschlossen, ihr Kopf sackte nach vorn, langsam hoben und senkten sich die Rosen über ihrem gewaltigen Busen – sie schlief.

Neugierig beugte sich Unna über die monströse schlafende Frau in ihrem Bett, eine Mischung aus Mottenkugeln und altem Fett entströmte ihrem halbgeöffneten Rosenmantel. Vorsichtig kroch Unna näher, bis sie jede Falte in Tamaras Haut erkennen konnte, jedes Schnurrbarthaar, jede große Pore auf ihrer glänzenden Nase. Tief eingebettet in eine Halsfalte lag ein goldenes Kettchen mit einem Davidstern als Anhänger. Unna senkte den Kopf bis kurz über Tamaras gewaltigen Busen, zu gern hätte sie sich an ihn gekuschelt wie in ein großes, weiches Kissen. An diesem Busen wartete jede Menge Trost.

Tamara klappte die Augen auf und starrte Unna verwundert an, erschrocken rückte Unna zur Seite.

Tamara sagte ohne jeden Übergang: Fräulein Botchek kam aus Prag, genau. Aus Prag, wie konnte ich das vergessen. Sie war sehr dünn und hatte riesige Pferdezähne, sie spuckte, wenn sie sprach, und sie hatte einen so starken Akzent, daß ich sie kaum verstand. Sie kam also an einem Nachmittag zu uns in die Wohnung, begrüßte meine Mutter, mich, und dann fragte sie schon nach dem Hund. Ich rieche, daß Sie einen Hund haben, sagte sie, ich habe eine sehr empfindliche Nase. Meine Mutter erzählte ihr kurz von Schnaps und seinem traurigen Schicksal. Kann ich ihn sehen? fragte Fräulein Botchek, als ginge es um einen kranken Menschen, und meine Mutter führte sie ins Wohnzimmer und deutete unter den Tisch, wo Schnaps wie immer lag und döste. Völlig überraschend fiel Fräulein Botchek auf alle viere, kroch halb unter den Tisch und sagte etwas zu dem Hund in einer Sprache, die ich nicht verstand. Ein Wunder geschah: Schnaps schoß unter dem Tisch hervor, setzte sich auf seine Hinterbeine und sah Fräulein Botchek aufmerksam an. Guter Hund, guter Hund, sagte Fräulein Botchek auf deutsch. Schnaps begann vor Aufregung zu zittern. Platz! rief Fräulein Botchek, und Schnaps legte sich schwanzwedelnd vor ihre Füße und knurrte. Fräulein Botchek begann zu lächeln. Lauf! rief sie, und Schnaps raste wie angestochen durch das Zimmer und zurück, einmal, zweimal, zehnmal. Seine Augen begannen zu leuchten. Er rutschte auf dem Parkett aus und schlitterte wie ein Eisläufer vor ihre Füße, sein Schwanz klopfte vor Aufregung hart auf den Boden. Und dann irgendwann sagte Fräulein Botchek: Spring, und Schnaps raste los und machte mitten im Zimmer, direkt unter dem alten Kronleuchter, einen Salto. Ich holte meinen Vater aus seiner Praxis. Vor uns allen wirbelte Schnaps durch die Luft, sprang und drehte sich, schnappte im Flug nach einem Ball. Er gab die Pfote, stellte sich tot, er machte Männchen, er war selig. Fräulein Botchek hatte ihn erlöst. – Fein säuberlich schrieb sie die deutschen Kommandos für mich auf einen Zettel, aber nie lernte ich sie so auszusprechen, daß Schnaps auf sie hörte. Meist legte er nur den Kopf schief und sah mich verwirrt und leicht mißbilligend an. – Meine Geigenstunde zweimal in der Woche war mir immer verhaßt, ich hatte kein Talent, und besonders verabscheute ich das Fingernägelschneiden, kurz bevor Fräulein Botchek kam. Noch heute fühle ich dieses ekelhaft dumpfe Gefühl in den Fingerspitzen auf den Saiten, nein, ich kann nicht behaupten, daß ich mich jemals auf Fräulein Botchek gefreut hätte, aber Schnaps rannte schon Stunden vorher aufgeregt im Kreis herum, und wenn sie endlich da war, verging eine halbe Stunde mit seinen Kunststücken, bevor Fräulein Botchek beginnen konnte, mich mit ihren Etüden zu quälen. – Ich hoffte anfangs, ihre Spielereien mit Schnaps würden meine Folterstunde mit der Geige verkürzen, aber da hatte ich mich verrechnet. Mein Vater bezahlte Fräulein Botchek für die Zeit, die sie mit Schnaps verbrachte, extra. – Tamara seufzte, reckte ihre fleischigen, kleinen Füße unter der zerschlissenen Decke hervor und stemmte ihre Zehen, die mit lila Nagellack bemalt waren, gegen den Bettpfosten. Alles vorbei, sagte sie, alles geht vorbei, nichts bleibt.

Unna brach prompt in Tränen aus.

Entschlossen wiederholte Tamara: Alles geht vorbei, alles. Dann klatschte sie in die Hände und sagte zu Unna: Hör auf zu heulen, Mädchen, es bringt dir nichts als dicke Augen.

Unna schluchzte noch ein paarmal, dann fragte sie: Was ist eigentlich eine Schickse?

Das weißt du nicht? Sag bloß! rief Tamara ungläubig und schlug sich mit der flachen Hand an die Stirn. Wie lange kennst du deinen Dave schon?

Drei Monate.

Und weißt nicht, was eine Schickse ist?

Nein, sagte Unna beleidigt.

Da kann ich dir auch nicht helfen, kicherte Tamara, stemmte sich hoch und griff nach ihrer Zahnbürste, auf die sie einen hübschen meerblauen Kringel von Unnas Zahnpasta placiert hatte. Schnaufend schlüpfte sie in ihre kleinen abgewetzten Puschen.

Müssen Sie schon gehen? sagte Unna ängstlich.

Besorg uns ein gutes Tröpfchen, dann komme ich morgen abend wieder.

Wird er mich jemals wieder lieben? fragte Unna die fremde Frau verzweifelt.

Ich weiß, was du hören möchtest, sagte Tamara und richtete sich auf, aber ich werde dir keinen Babykram erzählen, ich halte dich für ein mutiges Mädchen. Die Wahrheit ist: Nichts kann so bleiben, wie es ist.

Unna stöhnte auf, als sei sie geschlagen worden.

Tamara tätschelte Unna mit ihrer weichen, warmen Hand auf die Wange. Irgendwann wird jemand kommen, der deine Sprache spricht, sagte sie, und du wirst wieder laufen und springen und Saltos schlagen.

Unna sah zu ihr auf. Meinen Sie damit, daß Dave und ich nicht zueinander passen?

Oh, das weiß ich nicht, sagte Tamara, ich kenne deinen Dave ja gar nicht. Und damit ging sie zur Tür und verschwand wie eine Erscheinung im giftiggelben Flurlicht.

Dave, sagte Unna, was ist eine Schickse?

Hör auf mit dem Scheiß, sagte Dave, meine Eltern haben nichts gegen dich. Er saß genau an derselben Stelle in Unnas Bett, wo nur wenige Stunden zuvor Tamara gelegen hatte, und es kam der vor Übermüdung schwindligen Unna kurz so vor, als säße er auf Tamara, auf ihrem riesigen rosenbedeckten Bauch.

Aber ich weiß nicht, was es genau bedeutet, sagte Unna und sank auf das muffig riechende, brickettharte Kissen zurück. Auf deutsch ist eine Schickse so etwas Ähnliches wie ein leichtes Mädchen, Nutte, zu stark geschminkt, mit engem Pullover und schwarzen Netzstrümpfen … oder ich habe zumindest immer gedacht, daß es das bedeutet.

Dave betrachtete sie mißtrauisch. Auf jiddisch heißt es nichts weiter als nichtjüdisches Mädchen, sagte er schließlich kühl.

Ich habe vor dir keinen einzigen Juden gekannt, sagte Unna.

Sie sind in Deutschland wohl ziemlich schwer zu finden, lachte Dave. Und? Kommst du dir jetzt schön exotisch vor? Eine Deutsche mit einem jüdischen Freund? Hast du es schon nach Hause geschrieben?

Dave, bitte.

Bitte was?

Sie griff nach seinem Arm, er schüttelte sie ab und ließ sich zu ihren Füßen aufs Bett fallen, daß die kaputten Sprungfedern ächzten. Du kannst das alles nicht verstehen, stöhnte er, du kannst das einfach nicht verstehen.

Ich weiß, sagte Unna leise.

Einen Scheiß weißt du.

Unna wandte sich verletzt ab.

Du hättest gern, daß es um dich geht, nicht? Aber es geht nicht um dich.

Unna schwieg.

Ausnahmsweise geht es nicht um dich. Ich bin einfach nur anders, als meine Eltern es gerne hätten, das ist alles. Weil ich lieber Linguistik statt Medizin studieren will, weil ich lieber in der Ecke sitze und lese, anstatt etwas erreichen zu wollen, weil ich vielleicht gar nichts will! Und das ist meinen Eltern zu unamerikanisch. Dave lachte bitter.

Aber genau deshalb habe ich mich in dich verliebt, sagte Unna, so zärtlich sie konnte, genau deshalb – weil du so unamerikanisch bist. Du warst der einzige, der nicht braungebrannt war, der einzige, der Gedichte las, statt zu surfen, der auch mal deprimiert war und nicht immer nur gutgelaunt. Der einzige, den ich verstehe ... und der mich versteht ...

Dave starrte sie an, dann stieß er wütend hervor: Aber ich bin Amerikaner, verdammt noch mal, nur eben nicht das Klischee von Amerikaner, wie es sich Europäer wie meine Eltern und du vorstellen!

Entschuldige, sagte Unna beleidigt und stand auf. Auf Socken ging sie zu dem blinden Spiegel und sah hinein, weil ihr sonst nichts einfallen wollte, was sie in dem kleinen Zimmer hätte tun können.

Dave stieß mit dem Fuß den Stuhl um, daß es krachte, lehnte sich zurück und steckte sich eine Zigarette an. Komm her, sagte er leise, und als Unna an seiner Brust lag, flüsterte er in ihr Haar: Ich liebe dich.

Nicht hier, sagte Unna unversöhnt, bitte nicht.

Im Auto seines Vetters fuhren sie nach Jones Beach, weit hinaus aus New York, vorbei an riesigen Friedhöfen, die mit ihren grauen Grabsteinen wie eine Miniaturausgabe Manhattans wirkten. Als Unna sich nach der Stadt umwandte, erschien es ihr unvorstellbar, daß sie tatsächlich seit fast einer Woche irgendwo dort inmitten der Wolkenkratzer in einem Zimmer saß und den Lauten eines Heizkörpers lauschte. Vor Angst, daß das so weitergehen könne, fing sie fast laut zu schreien an. Sie biß sich auf die Lippen und klemmte ihre Hände zwischen ihre Schenkel. Dave fuhr schnell und sah sie nicht an.

Unna bereute bereits, ihn dazu gebracht zu haben, seinen Vetter um das Auto zu bitten, um irgendwohin fahren zu können, um dann… ja, was eigentlich zu tun? Sie würden sich kurz und ungemütlich im Auto lieben, danach würde er sie ins Hotel zurückfahren, und alles wäre noch schlimmer als zuvor.

Weil er sie nicht beachtete, rückte sie verletzt von ihm ab und preßte die Wange an die eiskalte Fensterscheibe. Tatsächlich milderte die körperliche Entfernung ihren Schmerz ein wenig, und als er sie fragte, ob sie etwas essen wolle, und sie mürrisch erwiderte: Ist mir egal, spürte sie, daß eine gewisse Unfreundlichkeit ebenfalls ihren Zustand verbesserte.

Dave hielt vor einem italienischen Restaurant am Straßenrand, er kam nicht um das Auto herum, um ihr die Tür zu öffnen, das wollte sie sich merken.

Das Lokal war leer und kalt. Sie setzten sich an einen der Tische, keiner von ihnen sagte einen Ton. Eine Kerze in einem bauchigen roten Glas stand auf der blaukarierten

Tischdecke, Unna fummelte am Wachs herum, brach kleine Stückchen ab.

Eine dicke Frau mit einer dreckigen Schürze kam herangeschlurft und schüttete ihnen aus einer Karaffe Eiswasser in die Gläser. Sie brachte zwei fettverschmierte Speisekarten und blieb stumm abwartend neben ihrem Tisch stehen.

Spaghetti mit Fleischklößen und ein Cola für mich, sagte Dave und gab ihr die Speisekarte zurück. Die Frau nickte und betrachtete Unna ungeduldig. Sie erinnerte Unna an Tamara, fast wollte sie schon den Mund öffnen, um Dave von Tamara zu erzählen, die ganze Geschichte von Tamara und dem Spitz, aber da fiel ihr ein, daß sie ja eigentlich unfreundlich sein wollte. Für mich nichts, sagte sie, danke.

Dave sah sie erstaunt an. Das ist nicht dein Ernst, sagte er.

Sie lächelte sparsam und legte die gefalteten Hände vor sich auf das karierte Tischtuch. Ich hasse dich, dachte sie versuchsweise, und wieder wurden die Liebe und der Schmerz ein Stückchen kleiner, wie ein Tumor, der zu schrumpfen beginnt.

Stumm verschlang Dave seinen Spaghettiberg mit riesigen, schiefergrauen Fleischklößen. Unna sah ihm unbewegt und leicht angeekelt dabei zu. Dreimal bot er ihr etwas an, dreimal lehnte sie durch ein winziges Kopfschütteln ab.

Was ist los mit dir? fragte Dave.

Nichts, sagte sie. Ich übe, dich zu hassen, damit ich dich weniger liebe.

Was? fragte er erstaunt.

Bitte lieb mich wieder, bitte, bettelte sie, lieb mich wieder so wie vorher.

Oh, Unna, Unna, murmelte er und beugte sich über sie. Seine langen schwarzen Haare hingen wie ein Vorhang zu ihr herab, Unna blickte zu ihm auf, zögernd streckte sie die Hand aus und berührte seine dichten, weichen Haare, und in demselben Moment tat ihr wieder jede Zelle ihres Körpers weh, und wie ein getretener Hund heulte sie auf: Ich liebe dich einfach so.

Dave seufzte. Er sah sich in dem leeren Lokal um, langte mit der einen Hand auf den Tisch, nahm die Kerze im roten Plastikglas vom Tisch und stopfte sie in Unnas Beutel, dann rief er laut: Zahlen!

Leise sagte er zu Unna: Das waren die miesesten Spaghetti meines Lebens, und das hast du vorher gewußt, gib's zu.

Unter Tränen lächelte sie, und die blauen Karos der Tischdecke verschwammen zu einem glitzernden, ultramarinblauen See.

Das Meer und der Strand wirkten müde und ausgelaugt nach den Belagerungen des Sommers. Unna war enttäuscht. Auf alles war sie gefaßt gewesen, aber nicht auf ein unromantisches Meer, das noch nicht einmal nach Meer roch. Der Himmel über ihnen war grau und gelangweilt, Plastiktüten wurden wie große Quallen an Land gespült, in der Ferne sah man die Müllschiffe Manhattans.

Auf dem riesigen, leeren Parkplatz stand außer ihnen nur ein verlassener schwarzer Camaro mit großen Rostlöchern in den Türen.

Keine Angst, sagte Dave, hier sind wir ganz allein. Er stieg aus und öffnete die Kofferraumklappe, um die Sitze umzulegen.

Ein eisiger Wind fegte durch das Wageninnere. Unna, bereits nur noch in BH und Schlüpfer, zitterte. Fluchend zerrte Dave an der Hinterbank, als sie endlich nachgab, quetschte er sich den Daumen, daß es blutete. Der Erste-Hilfe-Kasten war leer bis auf einen Flaschenöffner, Streichhölzer und ein paar Pillen ohne Aufschrift.

Unna lutschte an Daves Daumen, und der metallische Geschmack seines Blutes verursachte ihr ein seltsames Gefühl von Übelkeit und Lust zugleich. Dave sah sie ernst an und verriegelte mit seiner freien Hand die Türen. Er holte die geklaute Kerze aus Unnas Tasche.

So, sagte er, jetzt wird es hier richtig *gemütlich.* Das Wort gemütlich sprach er völlig ohne Akzent aus. Er zog seinen Daumen aus Unnas Mund, zündete die Kerze an und zog Unna den BH aus.

Sie starrten sich an, und Unna wunderte sich, daß sie vor lauter Liebe nicht ohnmächtig wurde.

Ich vergöttere dich, sagte Dave, o Mann, ja, das tue ich.

Sie mochte es nicht, wenn er hinter ihr lag, sie ihn nicht sehen, nicht anfassen konnte, wenn sie ihn nur in ihrem Unterleib spürte und der Rest ihres Körpers unbeteiligt blieb. Außerdem tat es ihr weh. Sie hätte ihm das gleich zu Anfang sagen sollen, jetzt war es zu spät. Jetzt müßte er doch denken, sie habe die ganzen ersten drei Monate gelogen, dabei war es eher wie mit einem Paar neuer Schuhe, die anfangs nicht drücken und einfach nur schön sind und erst nach einiger Zeit sich als unangenehm erweisen.

Wie schrecklich, dachte sie, während sie die zuckenden Schatten der Kerze am grauen Innendach des Autos beobachtete, ich vergleiche Dave mit einem Paar neuer Schuhe!

Zugleich fielen ihr sehr hübsche Sandaletten mit verschiedenfarbigen Riemchen ein, goldene Stöckelschuhe mit Pfennigabsatz und haselnußbraune Samtpantoffeln. Heftiger als nach Dave sehnte sie sich in diesem Moment nach Geld, und genau in diesem Augenblick, daran erinnerte sie sich später genau, sah sie die Gesichter am Fenster. Schwarze Gesichter, junge Gesichter. Sie sahen sie an und grinsten, drei Jungen, nicht älter als zwölf, dreizehn Jahre alt.

Dave, keuchte Unna. Dave! Da zersplitterte schon die Scheibe, eine Hand griff um den Holm und zog die Verriegelung hoch. Die Jungen lachten und schrien durcheinander, sie rissen die Türen auf, eine nach der anderen, Dave versuchte, mit beiden Händen seine Hose hochzuziehen, aber da packten sie ihn schon an den Beinen und zerrten ihn der Länge nach aus der Kofferraumklappe. Mit einem dumpfen Ton krachte Daves Kopf erst auf die Stoßstange, dann auf den Asphalt.

Unna sah sich dabei zu, wie sie wie eine Schauspielerin ihr Hemd an ihren bloßen Busen preßte und schrie und wie sie, zu ihrer eigenen Verwunderung, überhaupt nicht beachtet wurde. Sie hatte Angst, aber die Angst erschien ihr seltsam klein, denn gleichzeitig ärgerte sie sich über Dave, der nicht gegen drei kleine Jungens ankam, die ihn hin und her schubsten wie eine Puppe, ihn traten, ohrfeigten, mit ihren Fäusten bearbeiteten.

Einmal sah Dave zu Unna, sah ihr direkt in die Augen, dann flog sein Kopf von einem neuerlichen Schlag zur Seite. Als er sich nicht mehr rührte, trat der kleinste von den dreien Dave noch einmal in die Seite, holte dann kopfschüttelnd, als hätte er es fast vergessen, die Brieftasche aus den Jeans, die

Dave um die Knöchel schlotterten, fledderte sie mit schnellen Bewegungen durch, nahm alles, was er gebrauchen konnte, und ließ die leere Brieftasche dann fallen.

Dicht nebeneinander schlenderten die drei davon.

Unna kroch auf allen vieren durch das Auto, das T-Shirt immer noch an ihre Brust gepreßt, sie streckte schon den Fuß aus dem Auto heraus, da drehten sie sich um. Unna zog den Fuß zurück und duckte sich.

Du alte Schlampe, riefen sie, du verfickte Schlampe!

Mit angstvoll niedergeschlagenen Augen sah Unna drei Paar Beine in Jeans und Turnschuhen erneut auf das Auto zukommen.

Hilfe, murmelte sie, da griff schon einer der drei durch das kaputte Fenster und riß ihr das Hemd aus der Hand. Unna schlug die Arme vor ihre Brust. Als nichts weiter geschah, die drei nur dastanden und sie neugierig anglotzten, ließ sie die Arme langsam sinken. Die drei starrten ihre Brüste an wie die Auslagen eines Spielzeuggeschäfts.

Nicht schlecht für weiße Titten, sagte der größte von ihnen und kam noch näher, so daß Unna den Erdbeergeruch seines Kaugummis riechen konnte.

Hört mal, stotterte sie, ihr habt ja recht, wenn ihr die Weißen haßt, aber ich habe nichts damit zu tun. Ich habe überhaupt nichts damit zu tun, ich bin aus Europa, aus Deutschland, ich habe nichts gegen euch, gar nichts.

Wow, sagte ein dicker Junge mit kunstvoll ausrasiertem Muster in den Haaren, aus Deutschland, was?

Unna nickte und kreuzte vorsichtig wieder die Arme vor der Brust. Der Größte schüttelte unwirsch den Kopf, sie ließ sie wieder sinken.

Da kommt auch Arnold Schwarzenegger her, sagte der Kleinste.

Österreich, flüsterte Unna.

Was? schrie der dritte, red lauter, wenn du uns was zu sagen hast, Fotze!

Nichts, flüsterte Unna, nichts.

Weiße Hundefotze, murmelte der Kleinste, und die beiden anderen wiederholten es ernst, fast ergriffen.

Sie starrten Unna noch einen Moment lang an, dann wandten sie sich wie auf ein verabredetes Zeichen hin ab und liefen über den Parkplatz davon zu dem schwarzen Camaro, sprangen hinein und fuhren mit röhrendem Motor davon.

Unna sah ihnen nach und wunderte sich, daß sie nicht anfing zu heulen. Eigentlich, so stellte sie fest, fühlte sie gar nichts. Noch nicht einmal die schneidende Kälte. Sie betrachtete Dave, der regungslos auf dem Asphalt lag. Sie hatte keine Lust auszusteigen und festzustellen, daß er tot war. Am liebsten hätte sie eine Zigarette geraucht und das Radio angemacht. Sie schaute diesen Gedanken zu, wie sie wie Luftblasen im Wasser aus ihrem Inneren nach oben stiegen. Abwesend und gleichzeitig sorgfältig zog sie sich ihren BH, Hemd und Pullover an, ihre Unterhose mit den kleinen verwaschenen Blümchen, die hatte sie noch aus der Grabbelkiste von Karstadt in Braunschweig, ihre Schuhe. Häßliche, aber bequeme Schuhe, die durch ihre fußgerechte Form etwas Orthopädisches an sich hatten. Ich brauche neue Schuhe, dachte sie.

Ich trinke sonst keinen Whisky, sagte Tamara und schüttete sich erneut aus der Flasche in den Kaffeebecher, ich dachte, du holst einen billigen Wein, ein paar Dosen Bier, aber gleich einen teuren Whisky...

Sein Geld, nicht meins, sagte Unna und deutete mit dem Kopf auf Dave, der mit geschlossenen Augen in ihrem Bett lag. Seine Lippe war aufgeplatzt und geschwollen, sein Gesicht von dem Schotter auf dem Parkplatz aufgeschürft. Seine langen, schwarzen Haare lagen weit ausgebreitet wie eine große Kapuze auf dem Kissen.

Er verachtet sich dafür, daß er das Geld seines Vaters annimmt, seufzte Unna und strich ihm über die Haare.

Tamara reichte ihr die Flasche über Dave hinweg, Unna ergriff sie abwesend.

Er hat so schöne Haare, sagte Unna, so schrecklich schöne Haare.

Sie werden ihm ausfallen, sagte Tamara trocken.

Wie können Sie so was sagen!

Tamara kicherte, daß ihr gewaltiges Doppelkinn zitterte. Noch vor dreißig wird er kahl sein wie ein Babypopo, verlaß dich drauf.

Unna versuchte, sich Dave ohne Haare vorzustellen, aber es war ihr unmöglich. Sie setzte die Flasche an die Lippen. Zunehmend gewöhnte sie sich an das leichte Brennen in der Kehle, die Hitze, die der Whisky in ihrem Körper entfachte. Es fing an, ihr zu gefallen.

Mein Mann hatte genau die gleichen Haare, sagte Tamara, dicke, schwarze Haare. Er trug sie nach hinten gefettet, das war damals Mode. Ich konnte ihm nie über die Haare streichen, ohne mir danach sofort die Hände waschen zu müssen, aber das war dann ja zum Glück vorbei. Sie gluckste schadenfroh. Mit fünfunddreißig hatte er kein einziges Haar mehr auf dem Kopf. Mir hat's gefallen. Es machte ihn irgendwie rührend …

Sie waren verheiratet?

Oh, sagte Tamara, ich schätze, ich bin es immer noch. Sie machte eine herrische Handbewegung, und Unna reichte ihr gehorsam die Flasche.

Dave schnaufte und drehte den Kopf auf die andere Seite.

Mein armer, kleiner Dave, dachte Unna und mußte ganz gegen ihren Willen grinsen. Ihr war ein wenig schwindlig, sie hatte das Gefühl, größer und breiter zu werden, so groß und breit wie Tamara, die wie eine riesige russische Steckpuppe in ihrem Rosenmantel auf dem kleinen wackligen Stuhl saß.

Vor fünf Jahren ist er stiftengegangen, sagte Tamara, ein kahler, häßlicher alter Mann mit einem hübschen jungen Huhn von dreiundzwanzig Jahren. Sie grunzte verächtlich, und die Rosen auf ihrem Bademantel bebten, als führe ein Sturm durch sie hindurch.

Er nahm zwanzig Kilo ab, in weniger als sechs Wochen, er färbte sich den Schnurrbart schwarz und kaufte sich ein Deodorant. Da wußte ich Bescheid.

Wie lange waren Sie verheiratet?

Ich bin es noch, Schätzchen, vergiß das nicht, ich bin es noch.

Verzeihung.

Achtundzwanzig Jahre.

Das ist eine lange Zeit.

Nee, seufzte Tamara, nicht wirklich. Scheiß der Hund

drauf. Sie fuhr sich mit ihren fleischigen kleinen Händen über die Augen. Schweigend betrachteten sie eine Weile den schlafenden Dave. Dann sagte Tamara in gleichgültigem Ton: Er ist mit demselben Mädchen weggelaufen, in das er schon verliebt war, bevor wir geheiratet haben.

Was? fragte Unna, ich denke, sie war erst dreiundzwanzig.

Dieselbe Geschichte, sagte Tamara, und ihr Mondgesicht verdüsterte sich. So zierlich, so zerbrechlich, das arme Kind, höhnte sie, mit seinen gottverdammten Kirschaugen und den Wutanfällen, wenn es nicht bekommt, was es will ... das hat ihm imponiert, das fand er toll. So weiblich.

Aber wie kann es denn dieselbe Frau gewesen sein?

Nicht dieselbe, Dummkopf, herrschte Tamara Unna an. Das erste Mädchen hat er nicht geheiratet, weil es seine Eltern umgebracht hätte, da hat er mich genommen, beim zweiten Mal waren seine Eltern schon tot ... da hatte er kein schlechtes Gewissen mehr.

Ach so, sagte Unna lahm, es waren zwei verschiedene Frauen.

Ha, rief Tamara laut, die gleiche Nummer, haargenau die gleiche Nummer!

Schscht, Sie wecken ihn ja auf, flüsterte Unna. Tamara schwieg beleidigt und machte Anstalten aufzustehen.

Warum? fragte Unna schnell, um sie am Gehen zu hindern. Warum hat sich Ihr Mann in diese Frauen verliebt?

Tamara ließ sich auf den Stuhl zurückfallen und sah Unna scharf an.

Warum? äffte sie Unna nach. Warum? Was für eine blöde Frage. Weißt du, warum du dich in den da verliebt hast? Sie wedelte mit der Hand in Richtung Dave.

Ich schätze, diese Weiber erinnerten ihn nicht an seine Herkunft, sagte sie nach einer Pause brüsk. Nicht wie ich.

Welche Herkunft? fragte Unna gleichgültig und sah auf den Boden. Der verschlissene Teppich kam ihr in kleinen Wellen entgegen und umspülte ihre Füße.

Ich will Sie nicht verletzen, erklärte Tamara, ich trinke schließlich Ihren Whisky, da hält man die Klappe. Sie trank einen großen Schluck und rülpste verhalten.

Was meinen Sie damit?

Ach, Mädchen, was geht dich mein Leben an?

Unna schwieg beleidigt.

Sie wandten sich voneinander ab und starrten die Wände an. Unna bekam Angst vor dem Moment, wo sie mit Dave wieder allein sein würde. Kaum daß er die Augen aufgeschlagen hätte, würde sie ihn bereits fragen: Liebst du mich? Sie konnte nicht anders. Es war wie der Zwang, an einer verschorften Wunde herumkratzen zu müssen.

Die Heizung fing an zu fauchen.

Oh, là, là, sagte Tamara, das hört sich ja an, als hätten Sie einen Tiger als Haustier.

Unna lächelte ihr zu. Ja, nicht? Ich habe mich schon dran gewöhnt.

Es waren kleine Schicksen, beide Frauen, so war das, sagte Tamara versöhnlich.

Ich verstehe, sagte Unna.

Das glaube ich nicht, sagte Tamara.

Unna streckte den Arm nach Daves Hand aus. Sie schien ihr erstaunlich weit weg, aber das machte nichts, denn ihr Arm wurde zusehends länger. Dave schlug die Augen auf und sah Unna verwirrt an.

Das ist Tamara, sagte Unna zu Dave. Er wandte langsam den Kopf. Tamara nickte Dave beiläufig zu.

Sie wohnt nebenan, erklärte Unna, sie könnte dir eine wirklich schöne Geschichte erzählen, von einem Spitz, der Saltos schlägt.

Oh, bitte nicht, stöhnte Dave und schlug die Augen wieder zu, bitte nicht.

Montagspumpernickel

Seit zwanzig Jahren war ich nicht mehr in New York gewesen, seit der Beerdigung meiner Freundin Beth. Sie hatte sich pünktlich zur Jahrtausendwende aus dem Fenster gestürzt, wie so viele andere in jener Nacht. Sie war vierzig, als sie starb, wir waren gleichaltrig gewesen.

Seit es Beth nicht mehr gab, hatte mich nichts mehr hierhergezogen, und freiwillig wäre ich auch jetzt nicht gekommen, aber mein Chefredakteur glaubte aus einem mir unerfindlichen Grund, ich sei genau die Richtige, um über die neue Jugendbewegung der Zapper zu berichten, die sich bemühten, so zu leben wie im vorletzten Jahrhundert.

In der U-Bahn sah ich ein paar von ihnen, oder hielt sie zumindest dafür, junge Männer mit riesigen Bärten und Hüten, die sie samt und sonders aussehen ließen wie kleine Sigmund Freuds, in steifen schwarzen Anzügen, manche mit Zwicker auf der Nase, Mädchen in unbequemen, geschnürten Kleidern mit komplizierten Frisuren und fantasievollen Hüten. Ihre blassen, glatten Gesichter waren ernst, ihr Blick besorgt und gleichzeitig ein wenig verächtlich. Ich dachte daran, wie ich in ihrem Alter gewesen war, die meiste Zeit verzweifelt, deprimiert, mindestens schlecht gelaunt. Dave fiel mir natürlich ein.

Seit es Beth nicht mehr gab, wußte ich nichts mehr von ihm.

Sie hatte mich über all die Jahre mit Informationen über ihn versorgt, spärlich genug, denn sie sahen sich nicht oft.

Irgendwann immer meine Frage an sie: Und wie geht es eigentlich Dave? Er hatte nie aufgehört, mich zu interessieren, und jedesmal, wenn Beth von ihm erzählte, war er jemand anders, darum beneidete ich ihn. Ich schien immer dieselbe zu bleiben, während er sein Leben wechselte wie ein Chamäleon die Farbe. Er war eine Zeitlang Schauspieler in einem Off-Off-Theater in New York, dann Polizeifotograf in Miami, Kompagnon im Baugeschäft seines Vaters, Arbeiter im Kibbuz in Israel, Musiker, Börsenmakler.

Das war das letzte, was Beth mir über ihn erzählte. Stell dir vor, jetzt ist er Börsenmakler, sagte sie, ausgerechnet Dave. Das war vor zwanzig Jahren. Von seinen Freundinnen und Frauen hatte sie mir nie erzählt.

Im Hotel rief ich den Vermittler an, der mich zu den beiden Wortführern der Zapper führen sollte. Sie nannten sich Zapper, weil sie sich vorstellten, direkt vom neunzehnten ins einundzwanzigste Jahrhundert gezappt worden zu sein, und so das zwanzigste, das ihrer Ansicht nach der Ursprung allen Übels war, einfach ausgelassen hatten.

Inmitten einer hochtechnisierten Welt versuchten sie so zu leben wie im vorletzten Jahrhundert, und je nach Überzeugung fiel das mehr oder weniger radikal aus. Sie lasen keine Schriftsteller nach 1900, statt dessen verehrten sie die deutschen Romantiker, sie sahen sich keine modernen Bilder an, sie spielten keine moderne Musik, sie lebten ohne Strom bei Kerzenschein und verabscheuten Dinge, ohne die die meisten nicht mehr sein konnten, wie zum Beispiel jede Form von technischer Kommunikation. Das machte sie mir sympathisch.

Ein verschlafener junger Mann mit krausen, braunen Haaren glotzte mir vom Bildschirm entgegen. Hinter seiner nackten Schulter räkelte sich ein Mädchen.

Ich bin Unna Krieger, sagte ich, ich bin mit Ihnen verabredet.

Ach ja, murmelte er, das ist jetzt blöd.

Wieso? fragte ich freundlich, aber streng.

Weil ich erst in zwei Tagen kann, gähnte er, frühestens.

Aber Sie hatten doch ...

Ja, hatte ich, aber Tom und Howie sind nicht da.

Und wo sind Sie?

Er rieb sich die Augen. Hören Sie, Lady, ich muß erst zu ihnen rübergehen, weil sie ja kein Telefon haben, und ich habe heute keine Zeit. Es geht erst morgen, okay? Rufen Sie mich morgen wieder an.

Er schaltete aus, bevor ich etwas erwidern konnte, und das Bild brach zusammen.

Ich ging mit bloßen Füßen ein paar Schritte auf dem tiefen, dunkelgrünen Naturteppichboden umher, der sich tatsächlich anfühlte wie Gras. Alle Energie war plötzlich von mir gewichen wie die Luft aus einem Luftballon, ich fühlte mich, sehr zu meinem Ärger, plötzlich hilflos und allein. Ich vermißte Beth. Ich kannte niemanden mehr in dieser Stadt, niemanden außer Dave, wenn er überhaupt noch lebte.

Immer öfter fühlte ich mich jetzt wie jemand, der zu einer Party geht und sich als der einzige Gast herausstellt. Die vermeintlichen Gastgeber kommen in Pyjamas und Puschen an die Tür: Was für eine Party? fragen sie verwirrt und sehen mich mißtrauisch an. Ich reiche ihnen meine Einladungskarte. Hier, heute abend, in diesem Haus, und alle meine Freunde wollen kommen. Sie sehen mich mitleidig an. Das war doch schon vor fünfzehn Jahren, sagen sie und tippen auf ein winzig klein geschriebenes Datum auf der Karte: Hier, 2005. Wir haben 2020, gute Frau.

Ich setzte mich aufs Bett und überlegte, ob ich meine Tochter in Deutschland anrufen sollte, um meine Enkelin auf dem Bildschirm zu bewundern, wie sie schlief oder ein vorbildliches Bäuerchen machte. Statt dessen fand ich mich wieder, wie ich bereits die Telefonauskunft des Computers angewählt und hinter das SEARCH FOR... auf dem Bildschirm eingetippt hatte: DAVID GOLDMAN.

Der Computer meldete siebzehn David Goldmans in Manhattan und über dreißig in Brooklyn. Höflich fragte er mich, ob er noch weitere David Goldmans in anderen Stadtteilen suchen solle, ich verneinte, und er meldete sich mit einer kleinen Fanfare ab, nicht ohne noch schnell die Liste seiner gefundenen David Goldmans auf goldgefaßtem Hotelbriefpapier für mich auszudrucken.

Danke, sagte ich in den perfekt schallisolierten Raum.

Mit der Liste in der Hand legte ich mich aufs Bett und streckte die Füße gegen die Wand. Eine schmerzhafte Sehnsucht nach vergangenen Zeiten überfiel mich wie eine drohende Erkältung, es ging mir plötzlich schlecht, mein ganzer Körper schmerzte. Ich hasse diesen Zustand, er ist sentimental und voller Selbstmitleid.

Ich schloß die Augen und stellte mir – wie ich es gelernt hatte – goldenes Licht vor, das durch meine Adern pulsierte. Das hob zwar nicht meine Stimmung, aber mir fiel

Davids zweiter Vorname ein. Baruch. Er hatte den Namen selten erwähnt, weil er ihn nicht besonders mochte.

Es gab nur einen einzigen David B. Goldman. Weit draußen in Brighton Beach, wo früher die Russen lebten.

Ich zog die Vorhänge zu und machte die Stehlampe an, die ein freundlich gelbes Licht verströmte. Ich kämmte mir lange die Haare, legte ein wenig Make-up und Puder auf, band einen Seidenschal um meinen verhaßten Schildkrötenhals, setzte mich gefaßt wie eine Nachrichtensprecherin vor den Bildschirm und wählte.

Es dauerte lange, bis abgenommen wurde. Der Bildschirm blieb schwarz. Typisch Dave, daß er noch ein uraltes Telefon hatte. Ich mußte lächeln.

Ja? bellte eine heisere Stimme.

David Goldman?

Ja.

Hier ist Unna. Unna Krieger.

Eine Pause entstand, wie erwartet. Mein Herz hämmerte vor Aufregung schmerzhaft gegen meine Rippen wie schon lange nicht mehr, ich fühlte mich lebendig und ziemlich jung. Unna Krieger, wiederholte ich.

Was wollen Sie?

Spreche ich mit David Baruch Goldman?

Ja.

Hier ist Unna.

Ihren Namen habe ich verstanden, gute Frau, was wollen Sie?

Seine Stimme erkannte ich nicht wieder.

Vielleicht sind Sie nicht der richtige David Baruch Goldman, dann tut es mir leid, stotterte ich.

Er antwortete nicht.

Ich suche einen Mann namens David Goldman, der lange Zeit in der Mottstreet gewohnt hat, Nummer vierunddreißig …

Da habe ich gewohnt, ganz recht.

David, kannst du dich nicht an mich erinnern? Unna aus Deutschland. Unna Krieger.

Sorry, sagte er, ich kann mich an vieles nicht erinnern.

Mein Herz hörte auf zu hämmern und fiel mir ganz einfach wie ein großer Stein vor die Füße.

Wenn Sie wollen, kommen Sie doch vorbei, fügte er in leichtem Ton hinzu, vielleicht fällt's mir dann wieder ein.

Er gab mir genaue Anweisungen, wie ich zu fahren hätte, obwohl ich mich bereits entschieden hatte, ihn auf keinen Fall zu besuchen. Ich hatte in all den Jahren gelernt, mir nicht selbst unnötige Wunden zuzufügen.

Nicht die erste, sondern die zweite links, haben Sie das? fragte er streng.

Ja, murmelte ich.

Gut, sagte er, es gibt Kaffee und Kuchen. Einen richtigen Kaffeeklatsch. Er lachte.

Er hatte das deutsche Wort Kaffeeklatsch benutzt, damit wollte er mich ködern, mir zeigen, daß er ganz genau wußte, wer ich war. Unser englisch-jiddisch-deutscher Sprachmischmasch, den wir gesprochen hatten, unsere Privatsprache, an die ich mich jetzt durch dieses einzige Wort plötzlich erinnerte.

Wunderbar, sagte ich auf deutsch, *see you soon*.

Brighton Beach, das klang romantisch, aber er wohnte nicht dort, wo man bei günstigem Wind vielleicht den Atlantik hätte schnuppern können, oder dort, wo es noch die alten Wohnsilos entlang der Strandpromenade gab, die jetzt samt und sonders von reichen Leuten bewohnt wurden. Dave wohnte weit davon entfernt an einer breiten, häßlichen, kaputten Straße, die von Unrat übersät war, toten Ratten, ausgebrannten Fässern, Holzlatten, zerbrochenen Fensterscheiben, alten Fahrradteilen.

Der Straßenbeton war zerborsten, viele Häuser ausgebrannt. Menschen wohnten in Zelten und provisorisch zusammengenagelten Holzhäusern zwischen finsteren grauen Wohnklötzen. Lange Rostspuren zogen sich von den Fenstern und absturzgefährdeten Balkons nach unten und ließen die Häuser so aussehen, als heulten sie ständig vor sich hin. In dieser Ecke der Stadt gelandet zu sein war Grund genug zum Heulen.

O Gott, Dave, dachte ich, während ich in meinem Elektroauto saß und der Bordcomputer vor sich hin blinkte und die nächste Adresse wissen wollte. *Next address? Next address?*

Ein kleiner Junge mit zerrissenen Hosen kam über die Straße und starrte das Auto an, von denen sich wohl nicht allzu viele in diese Gegend verirrten. Vorsichtig kam er näher. Durch die getönten Scheiben konnte er mich nicht sehen. Er legte eine Hand auf die rot schimmernde Haube des Autos, stillversonnen lächelte er vor sich hin.

Wie beim ersten Auto vor über hundert Jahren würden kleine Jungen auch in Zukunft auf irgendwelche Spacemobile zugehen und ihnen zärtlich die Hand auf die Kühlerhaube legen. Das beruhigte mich. Im Kern veränderte sich nichts.

Ich stieg aus und gab dem Jungen ein wenig Geld, damit er auf das Auto aufpaßte, bis ich wiederkäme.

Einen Fahrstuhl gab es nicht. Keuchend schleppte ich mich in den siebten Stock. Daves Name stand auf einem Stück Pflaster an der Tür. Darunter waren mit Kuli mindestens zehn andere Namen gekritzelt, zum Teil wieder ausgestrichen.

Eine schwarze Schwangere sah mich mißtrauisch an. Ich lächelte, sie wandte sich ab.

In diesem Augenblick öffnete Dave die Tür. Ich sah in sein Gesicht, und es war, als sähe ich einem Menschen zu, wie er innerhalb von wenigen Sekunden alterte. Ich sah, wie alle seine Haare ausfielen, wie sich Linien in seine weiße, weiche Haut gruben, seine schwarzen Augen sich trübten, seine Augenbrauen grau wurden, sein Kinn verschwand, seine Ohren länger wurden und seine Nase. Sein Körper verlor jede Spannung, wurde dünn und krümmte sich ein wenig. Ich erkannte ihn, und gleichzeitig erkannte ich ihn nicht. Es fühlte sich an wie ein kurzer Traum, aus dem man kopfschüttelnd wieder erwacht. Er trug einen verdreckten, weißblau gestreiften alten Overall und zerschlissene Turnschuhe. Nichts in seinem Blick verriet, daß er wußte, wer ich war.

Ich wäre gern wieder gegangen, statt dessen streckte ich die Hand aus. Hallo, Dave, sagte ich und lächelte tapfer.

Oh, hallo, sagte er und ergriff meine Hand. Kommen Sie doch rein.

Seine Wohnung sah aus wie ein überdachter Campingplatz. Es gab keinen Teppich, keinen Fußboden, nur rohen

Estrich, auf dem ein paar aufgeschnittene blaue Plastikplanen lagen. Darauf standen vier Plastikstühle in verschiedenen Farben, deren Sitze sich bereits aufgelöst hatten, und ein wackliger Campingtisch. In den Ecken lagen diverse Schlafsäcke und Decken, auf einem Holzbrett, das auf zwei Stühle gelegt war, stand ein Propangaskocher. Abfall lag überall herum, aber auch Bücher. Dave hatte immer jede Menge Bücher.

Ein junger, südamerikanisch aussehender Mann in einer schmuddeligen Unterhose kam ins Zimmer. Er hatte einen dichten, schwarzen Bart, stoppelig geschnittene Haare und eine sehr schiefe Nase, die sein ganzes Gesicht verzog.

Das ist Paco, stellte Dave den jungen Mann vor, Paco, das ist – er deutete auf mich, ließ die Hand sinken. Ihren Namen habe ich leider schon wieder vergessen.

Unna, sagte ich, Unna Krieger.

Dave sah mich an und lächelte schwach. Sie sagt, wir hätten uns mal gekannt, in grauer Vorzeit, erklärte er Paco.

Paco nickte mir gleichgültig zu, setzte sich an den vollkommen verdreckten Tisch und versuchte, mit der flachen Hand Fliegen zu erschlagen, was ihm selten gelang.

Auf dem Campingtisch stand ein halber Zitronenkuchen von Entenmann, die Marke gab es also noch. Dave brachte zwei angeschlagene Tassen. Beim Gehen setzte er vorsichtig den einen Fuß vor den anderen, als balanciere er auf einem Seil. Er stellte die leeren Tassen ab und setzte sich neben mich.

Woher kennen wir uns? fragte er.

Ich sah ihm direkt in die Augen, die trüb und sehschwach wirkten.

Wir haben uns mal geliebt, sagte ich leichthin, vor mehr als vierzig Jahren.

Ich kann mich nicht erinnern, sagte er ebenso leicht, ich hatte vor einem Jahr einen Schlaganfall.

Oh, das tut mir leid, stammelte ich.

Er lächelte. Es ist, als wären manche Fotos mitten aus einem Fotoalbum herausgerissen worden, dort ist nichts mehr, gar nichts.

Ein Loch, sagte Paco und donnerte mit der flachen Hand auf den Tisch, daß der Zitronenkuchen nur so in die Höhe sprang.

Dave sah mich an. Tja, sagte er, so ist das. Altwerden ist beschissen.

Nichts für Waschlappen, bestätigte ich. Dave grinste und ließ dabei überraschend gesunde Zähne sehen, die zu seinem heruntergekommenen Äußeren nicht recht passen wollten. Er fuhr fort, mich anzugrinsen, und ich hatte das Gefühl, er spiele ein Spiel mit mir, um zu sehen, wie ich reagierte.

Nein, das hätte der Dave von damals, der Dave, den ich kannte, getan, aber diesen Dave kannte ich ja gar nicht. Ich sah nur einen alten, traurigen Penner vor mir, einen Mann, für den ich Mitleid hätte empfinden sollen, statt dessen überfiel mich Ekel und der dringende Wunsch, so schnell wie möglich zu verschwinden.

Wißt ihr, warum die Fliegen es jedesmal schaffen davonzufliegen? fragte Paco.

Dave reagierte nicht und stand auf, um, wie ich hoffte, den versprochenen Kaffee zu holen.

Paco wandte sich an mich. Sie sehen alles in Zeitlupe,

deshalb. Ihre Augen sind so gebaut, daß sie alles langsamer sehen als wir. Er senkte die Hand ganz langsam auf eine Fliege, die jetzt auf seinem nackten Bauch saß. 'ne Eintagsfliege glaubt deshalb wahrscheinlich auch, sie lebt 'ne Ewigkeit, sagte er und ließ seine Hand mit einem Klatschen auf seinen Bauch niedersausen. Er nahm die zermatschte Fliege an einem Bein und warf sie hinter sich. Zeit ist keine Linie, Zeit ist ein Ozean, fügte er kryptisch hinzu.

Zeit ist ein Ozean, wiederholte Dave kopfschüttelnd, Schwachsinn.

Er kam mit einer Flasche Limonade zurück, goß etwas in die zwei Tassen und reichte mir eine. Die Tasse war dreckverkrustet, lächelnd stellte ich sie wieder ab. Ich nahm meine Handtasche auf den Schoß und spannte die Muskeln an, um aufzustehen.

Erzählen Sie mir was von uns, sagte Dave in diesem Augenblick und griff quer über den Tisch nach dem Zitronenkuchen. In dieser Bewegung erkannte ich ihn plötzlich in aller Klarheit wieder, wie er ungeschickt quer über den Tisch langte und dabei fast die Tasse umwarf, ja, es war wirklich Dave. Mein Dave.

Oh, grinste er. Entschuldigung. Er gab mir mit der Hand ein Stück trockenen, uralten, bröseligen Kuchen.

Na los, forderte er mich auf, ich höre gern von all den netten Dingen, die ich mal getan haben soll.

Paco sah mich erwartungsvoll an.

Ich würgte an dem Kuchen. Wir haben mal zwei Jahre zusammengewohnt, brachte ich schließlich heraus, in einem winzigen Zimmer in der 13. Straße, Ecke 5.

Zwei Jahre? sagte Paco und ließ den Mund offenstehen,

daß man seine weißen Zähne und rosa Zunge sehen konnte, und da erinnerst du dich nicht dran, Mann?

Dave starrte in seine Tasse mit der Limonade.

Wir wohnten dort zusammen mit einer schizophrenen Frau mit langen blonden Haaren, einer Lehrerin, die behauptete, von ihren Schülern vergewaltigt zu werden. Nachts stellte sie sich nackt ans Fenster und schrie wütende Beschimpfungen auf die Straße. Ihr Diaphragma bewahrte sie im Kühlschrank auf. Es gab Mäuse in dem Apartment.

Ich verstummte, es hatte keinen Sinn, Dave zeigte kein Zeichen des Wiedererkennens.

Hey, sagte Paco, woher wissen wir eigentlich, daß Sie nicht phantasieren? Hier einfach reinschneien, mal sehen wollen, wie es sich so lebt in den Slums, und 'n Haufen Blödsinn vor sich hin reden?

Das stimmt, gab ich zu, das können Sie nicht wissen.

Paco starrte mich feindselig an. Vielleicht sind Sie von irgendeiner Scheißbehörde.

Nein, bestimmt nicht.

Drogenpolizei.

Ich schwieg.

Hey, Dave, die Alte ist nicht koscher, sagte Paco.

Sheila, sagte Dave plötzlich, die Frau hieß Sheila und war als Kind in der Türkei aufgewachsen.

Daran konnte ich mich nicht mehr erinnern.

Jetzt verscheißerst du uns, sagte Paco. Du weißt doch kaum noch, wie du selber heißt.

Doch, sagte Dave, ganz bestimmt. Sheila Brooks. Eines Abends warf sie ihren Fernseher aus dem Fenster, aus dem dritten Stock.

Ja, sagte ich langsam, das weiß ich noch.

Dave sah mich nachdenklich an. An die Wohnung kann ich mich erinnern, sagte er, an das Zimmer, in dem ich wohnte, es paßte gerade ein Bett rein, das war alles.

Wir wohnten dort, sagte ich, wir.

Er zuckte die Achseln, schüttelte bedauernd den Kopf.

Mir kam es jetzt vor, als *wolle* er sich nicht an mich erinnern, als habe er beschlossen, mich aus seiner Lebensgeschichte zu streichen. Ich war verletzt. Wieso fiel ihm diese Sheila wieder ein, aber nicht ich? Ich hatte das Gefühl, wenn ich ihm nur die richtige Assoziation anböte, wüßte er wieder, wer ich war, aber welche sollte das sein? Es war wie bei einem gezinkten Memory-Spiel, in dem ich immer nur Karten aufdeckte, zu denen es kein dazugehörendes Doppel gab.

Ich kramte in meiner Brieftasche, dort hatte ich ein Foto von mir mit neunundzwanzig, meinen gerade geborenen Sohn auf dem Arm. Die Farben waren verschossen, meine Züge ausgebleicht, ich selbst erkannte mich kaum wieder.

Er nahm das Foto an, seine Hand begann ein wenig zu zittern, ängstlich und leise fragte er: Hatten wir ein Kind?

Nein, beruhigte ich ihn schnell, das war viel später, mit einem anderen Mann.

Ich verstummte, es kam mir alles so sinnlos vor. Wenn er sich nicht an mich erinnerte, war dann meine Vergangenheit mit ihm noch wahr, oder wurde sie tatsächlich zu meiner Erfindung?

Weiter, sagte Dave, und Paco sah mich erwartungsvoll an, als sei ich eine Märchentante.

Was weiter? fragte ich barsch.

Unna, erzähl uns einen Schwank aus deinem Leben, sagte Dave und gab mir das Foto zurück. Bitte.

Ich wurde wieder unsicher. Nahm er mich doch nur auf den Arm? Kurz bevor das Kind geboren wurde, haben wir uns das letzte Mal gesehen, sagte ich.

Und uns leidenschaftlich geliebt, sagte Dave pathetisch.

Gerammelt wie die Kaninchen, kicherte Paco.

Nein, sagte ich, so war es nicht. Du hast vom Flughafen in Frankfurt angerufen, hier bin ich. Nach acht Jahren, einfach so. Ich hatte dich gerade eben erst so richtig vergessen. Ein paar Stunden später standst du vor der Tür. Mein späterer Mann drohte gerade, mich zu verlassen, er konnte meine ewige Unentschlossenheit nicht länger ertragen. Ein vernünftiger Mann mit einem vernünftigen Beruf, ein Mann zum Heiraten. Und dann warst du wieder da, ungewaschen, zottelig, ausgeflippt, chaotisch. Ich habe die Tür zwar aufgemacht, aber dich nicht hereingelassen. Habe dich weggeschickt. Ich war feige, das war's. Dafür schäme ich mich heute noch.

Mir kommen die Tränen, sagte Paco und starrte auf meine Brieftasche, aus der ein paar Geldscheine hervorguckten.

Dave legte seine Hand auf meinen Arm. Seine Fingernägel erkannte ich wieder, kurze, flache Nägel, gerade Fingerkuppen.

Du hattest mich schließlich acht Jahre vorher sitzenlassen, sagte ich entschuldigend.

Das sieht ihm ähnlich, sagte Paco, stand auf und ließ sich auf einen Schlafsack fallen, auf das alte Wrack kann man sich nicht verlassen. Aus einer alten Chanelhandtasche aus dem letzten Jahrhundert holte er zwei kleine Plastikschläuche, die er sich in die Nasenlöcher steckte, aus einem kleinen grünen Plastikbehälter schniefte er sich irgend etwas in die Nase. Wir sahen ihm dabei zu.

Wenn Pinkola kommt, möchte ich, daß ihr euch verpißt, sagte Paco durch die Nase, ist das klar?

Paco und Pinkola, sagte ich und zog die Augenbrauen hoch.

Was dagegen? blaffte er.

Ich wandte mich von ihm ab. Immer noch hatte Dave seine Hand auf meinem Arm liegen. Ich strich über seine Finger. Sie fühlten sich rissig an.

Nimm ihn nicht ernst, sagte Dave leise, er ist ein armes Schwein.

Wohnt ihr hier zusammen?

Ja, er und noch vier andere. Und Pinkola.

Zu sechst in dieser kleinen Wohnung?

Er zuckte die Achseln. Man kann sich die Dinge nicht aussuchen, oder?

Das haben wir aber lange geglaubt.

Ja, lächelte er, ja, das haben wir.

Wir? wiederholte ich vorsichtig.

Er sah mich abwesend an.

Laß uns ein bißchen rausgehen, bat ich, an die Luft.

An die Luft?

Ja. Spazierengehen, ganz altmodisch, wie die Zapper.

O Gott, hat sie Zapper gesagt? sagte Paco aus seiner Ecke, ich will hier nichts von diesen Scheißzappern gehört haben.

Komm, sagte ich zu Dave.

Ich kann nicht, meine Beine.

Er zog die Beine seiner löchrigen, alten Hose hoch. Seine Schienbeine waren dunkelviolett angelaufen, rissig, an manchen Stellen rot verschorft.

Ich verzog schmerzlich das Gesicht.

Es tut nicht weh, beruhigte er mich. Oder nicht so, daß es nicht auszuhalten wäre. Hast du denn gar kein Zipperlein? In unserem Alter? Er grinste breit, und wie zuvor in einer seiner Bewegungen, an seinen Fingernägeln, erkannte ich ihn jetzt in seinem Grinsen, wie in einem dieser Vexierbilder auf Postkarten, die es früher einmal gab, auf denen Jesus mit dem Auge zwinkerte oder Mona Lisa breit zu grinsen begann, wenn man sie geringfügig bewegte.

Deinetwegen hätte ich mich fast umgebracht, sagte ich zusammenhanglos.

Fast, konstatierte Dave nüchtern.

Ja, sagte ich, nur fast. Ich war nie ein besonders extremer Typ. Du warst das Extremste in meinem ganzen Leben, damit du es nur weißt.

Das ist nett, sagte Dave.

Es klingelte, und Paco schlurfte zur Tür. Ein junges schwarzes Mädchen in einem kurzen roten Hemd und mit weiß geschminkten Strichen im Gesicht und auf Armen und Beinen kam herein und musterte mich mißtrauisch.

Wer ist denn die Torte? fragte sie Paco.

Paco zuckte die Schultern.

Das Mädchen, wohl Pinkola, ließ sich auf Pacos Schlafsack fallen, ohne den Blick von mir zu wenden. Schuhe von Felicita, und der Fummel war auch nicht gerade billig, sagte sie fachmännisch. Jetzt weiß ich auch, zu wem das Auto unten vor der Tür gehört. Bobbie sitzt drin und hält sich für den Größten. Sie streifte die Schuhe ab und pfefferte sie quer durch den Raum. Und? sagte sie zu Dave, glotzt ihr uns jetzt zu oder was?

Ich stand auf und nahm meine Handtasche.

Nein, sagte Dave erschrocken und hielt mich am Ärmel fest, nicht gehen.

Wir lagen auf einer Schicht stinkender, alter Decken in einem winzigen Kämmerchen, das wohl Daves Zimmer war. Durch ein winziges Fensterchen fiel ein kleines Quadrat von orangerotem Nachmittagslicht. Ein Plastikbuddha stand in einer Ecke, eine Gitarre ohne Saiten, ein Haufen Kleider lag am Boden, Bücher, abgebrochene Stifte, Computerdisketten, zu denen ich keinen Computer entdecken konnte, ein Monitor mir zerbrochener Scheibe. Nebenan stöhnten Paco und Pinkola. Wenn meine Tochter mich jetzt so sehen könnte, würde sie annehmen, ich sei verrückt geworden, dabei befand ich mich rein äußerlich gesehen – fast exakt dort, wo ich vor mehr als vierzig Jahren gewesen war, mit einem Mann auf einer am Boden liegenden Matratze in einem chaotischen Zimmer.

Weißt du, sagte ich, wenn wir uns nicht ansehen, sondern nur das Zimmer um uns herum, ist es fast so, als wäre überhaupt keine Zeit vergangen.

Blödsinn, murmelte er.

Dein Zimmer in der Uni sah ganz genauso aus.

North Hall, Zimmernummer 712, sagte er wie aus der Pistole geschossen. Er erinnerte sich an Details, die mir schon vor vierzig Jahren entfallen waren.

Dave lag auf dem Rücken, ich auf der Seite neben ihm,

ganz dicht vor mir sein kahler, glatter Schädel mit einer Landkarte aus winzigen Leberflecken, Narben, Äderchen. Ein Stück seines Körpers, das ich vorher nie zu Gesicht bekommen hatte, als er noch all seine Haare hatte. Etwas vollkommen Neues an dem Körper eines Menschen, den ich einmal erforscht hatte wie einen fremden Planeten. Dave nahm meine Hand, hielt sie sich vor die Augen und drehte sie hin und her.

Die meisten Menschen erkennen auf Fotos die Hände ihrer Ehepartner nicht, sagte Dave, und fast genauso viele Menschen erkennen noch nicht mal ihre eigenen Hände. Er verschränkte seine Finger mit meinen und ließ sie zusammen wieder sinken. Es war mir unangenehm, ich hatte das Gefühl, mit einem völlig Fremden Händchen zu halten. Vorsichtig entzog ich ihm meine Hand.

Was hast du zuletzt gemacht? fragte ich ihn. Zum Geldverdienen, meine ich. Das letzte, was ich von dir gehört habe, war, daß du an der Börse gearbeitet hast.

Das ist schon ziemlich lange her, lachte er, aus mir ist nie was Richtiges geworden.

Was ist das, was Richtiges?

Weiß ich auch nicht, sagte er barsch. Nach einer Weile fügte er hinzu: Daß man weiß, wo man hingehört, wie Unterhosen in die oberste Schublade oder Salat ins Gemüsefach im Kühlschrank.

Wolltest du doch nie.

Nein. Er seufzte. Als meine Beine noch in Ordnung waren, war ich Bote, hatte ’n ziemlich schnelles Fahrrad. Er lachte. Weißt du noch, was ein Fahrrad ist?

Das gibt’s doch noch.

Ja, aber kein Bardini-Leichtmetall, sx 70. Das war vielleicht 'n Fahrrad. Er grinste. Und du? Was machst du?

Oh, ich bin Kulturreporterin, murmelte ich.

Kulturreporterin, wiederholte er und lachte. Von der Seite sah ich, wie sich seine Lippen verzogen. Sein Mund war noch wie früher. Wie Konfetti flatterten Bilder durch mein Gehirn. Mit Dave unter der Dusche im Haus seiner Eltern. Sein altes, kratziges Jackett, das er auch in der größten Hitze Kaliforniens trug. Seine Art zu rauchen und sich die Tabakkrümel von den Lippen zu pulen. Seine kleine ordentliche Handschrift in Druckbuchstaben, Gedichte, Notizen für Filme, Theaterstücke. Sein Lieblingsbuch, *I and Thou* von Martin Buber, das er überall mit sich trug. Seine attraktive Melancholie. Sein entsetzlicher Wankelmut, mit dem er mich – und sich – gequält hatte, seine verwirrend vielen Talente. Impulsiv streckte ich die Hand aus und strich ihm über den kahlen Kopf, die faltige Wange ... Meine Hand erkannte nichts wieder, natürlich nicht. Ich ließ sie wieder sinken.

Was ist? fragte er, ohne mich anzusehen.

Es war keine gute Idee, sagte ich.

Was?

Was ich da gerade wollte.

Was wolltest du denn?

Ich wollte, daß sich mein Körper erinnert.

Er verstand mich falsch. Keine Chance, sagte er, meiner erinnert sich schon lange an gar nichts mehr.

Wir haben das schon mal versucht, sagte ich. Es war mir jetzt gleichgültig, ob er wußte, wovon ich sprach, oder nicht, fünf Jahre nachdem du einfach nach Israel gefahren bist und mich allein in New York zurückgelassen hast.

Ich denke, ich kam acht Jahre später in Frankfurt angeschneit?

Es war München.

Ich war nie in München.

Doch.

Was haben wir schon mal versucht?

Ich schwieg. Das Stöhnen von nebenan wurde lauter, rhythmischer.

In Israel hatte ich eine Freundin, ich nannte sie Motek, sagte Dave. Sie war verheiratet. Ihr Mann wurde später von Palästinensern erschossen. Ihre Augen waren blau.

Er drehte sich auf die Seite, so daß unsere Gesichter einander zugewandt waren. Wir sahen uns in die Augen. Seine waren jetzt so klar und unschuldig wie die eines Neugeborenen.

Was haben wir schon mal versucht? flüsterte er, und ich glaubte mich flüchtig an seinen Geruch zu erinnern, aber sicher war ich mir nicht. Bitte, erzähl es mir, drängte er.

Oh, wir haben versucht, einfach da weiterzumachen, wo wir aufgehört hatten. Immer eine schlechte Idee. Ich war in New York, um Beth zu besuchen, Pete und Naomi.

Wie Angeln warf ich Namen aus, aber er biß nicht an. Beth hat mir immer erzählt, was du machst. Sie rief einen Freund an, als ich bei ihr in der Wohnung war, plötzlich sagte sie zu mir: Rate mal, wer da am anderen Ende auf der Couch sitzt. Sie gab mir den Hörer, ich wußte, daß du es warst. Du fingst an zu heulen. Als wir uns sahen, stürzten wir uns in die Arme. Wir waren so aufgeregt, daß wir uns schrecklich betranken. Du mußtest dich übergeben, in einem italienischen Lokal. – Später gingen wir in die Wohnung eines

Freundes von dir. Er überließ uns sein Bett. Das Zimmer war überheizt und grün gestrichen. Wir taten so, als wären wir uns vertraut wie Jahre zuvor, aber jede Berührung wurde zur Qual. Wir erkannten uns nicht wieder, unsere Körper waren uns vollkommen fremd, aber wir wollten es nicht wahrhaben, wollten es voreinander nicht zugeben. Wir mühten uns ab, schwitzten vor Enttäuschung. Es war ziemlich traurig.

Er wandte den Kopf leicht von mir ab und rieb sich über die Stirn, als fiele ihm plötzlich etwas ein. Eilig fuhr ich fort:

Am Morgen danach hast du mir vier Fotos geschenkt, du warst zu der Zeit gerade Fotograf. Eins von Big Sur, eins von Death Valley, eins von einem See, in dem sich ein Herbstwald spiegelt, und eins von Golfspielern im Nebel. Ich habe sie überall mit hingeschleppt, überall aufgehängt, in all den Zimmern und Wohnungen, wo ich später gewohnt habe, aber sie waren nicht lichtecht. Irgendwann sind sie einfach verblaßt. Ganz schön metaphorisch, was?

Er drehte sich mir wieder zu und grinste. Wir sahen uns in die Augen, nur in die Augen, und vergaßen unsere zerknitterten Gesichter drum herum. Er machte nicht den Fehler, mich zu küssen. Ich wandte mich abrupt ab und stieß ihn aus Versehen am Bein. Er zuckte zusammen.

Entschuldige, sagte ich, ich bin ein Trampel.

Keine Ursache, erwiderte er.

Wir fingen grundlos an zu kichern. Das Licht, das durch das kleine Fenster fiel, hatte seine Farbe verändert und schimmerte jetzt bläulich.

Ich war plötzlich müde. Ich schloß die Augen und spürte, wie der Schlaf sich wie ein dickes Kissen auf mich senkte.

Montagspumpernickel, sagte Dave plötzlich.

Ich riß die Augen auf, daß mir fast schwindlig wurde. Das weißt du noch? rief ich.

Pumpernickel, wiederholte er, Nickelpumper, Pimpelnickel, Pumpernickel. Montagspumpernickel. Ich erinnere mich an den Geschmack.

O Gott, flüsterte ich, wirklich?

Ja, sagte er, ganz genau.

Montagspumpernickel war ein sehr spezielles Schwarzbrot, das ich in meiner häuslichen Phase mit Dave zu backen begann. Es hieß Montagspumpernickel, weil es einem den Montag versüßen und die ganze Woche über halten sollte. Das Rezept stammte aus einem vegetarischen Kochbuch der verrückten Sheila mit dem Titel *Der vegetarische Epikur*.

Es war schwarz wie die Nacht, sagte Dave.

Mit Rosinen.

Nein, Korinthen.

Und Zitronenschale.

Melasse.

Milch.

Roggenmehl.

Weizenkeime.

Kleie.

Hefe.

Genau, stöhnte er wohlig, genau. Es schmeckte so schön nach vernünftigem, arbeitsamem Leben, nach wohlverdientem Feierabend und ...

Genügsamkeit, sagte ich.

Pflichterfüllung.

Bescheidenheit.

Anstand, lachte Dave.

Gib zu, du hast es nie gemocht.

Doch, sagte er, wirklich. Ganz bestimmt.

Bei meinem ersten Versuch wurde das Brot so hart wie Stein. Du hast eine Säge aus dem Werkzeugkasten der verrückten Frau geholt.

Sheila, sagte Dave.

Ja, Sheila. Aber selbst mit der Säge war dem Brot nicht beizukommen. Schließlich warfen wir es weg. Als wir zwei Tage später abends einen Spaziergang machten, lag es mitten auf der Straße. Hunde hatten den Abfall durchstöbert und es rausgeholt, aber auch sie waren an ihm gescheitert. Wie ein schwarzer Stein lag es da. Es hatte geregnet, aber dem Brot hatte auch das nichts ausgemacht. Wir hätten es als biologisches Baumaterial patentieren lassen sollen …

Wir lachten beide.

Erinnerst du dich? fragte ich vorsichtig.

Ja, sagte er, an das Brot erinnere ich mich.

Und an mich?

Er schwieg.

Verdammt, sagte er.

Ich nahm seine Hand.

Ich verließ ihn, als er eingeschlafen war. Paco und Pinkola lagen in einem Knäuel in der Ecke und rührten sich nicht, als ich aus der Tür ging.

Der kleine Junge saß mit weit aufgerissenen Augen im Auto und starrte in die Nacht. Als ich ans Fenster klopfte, fuhr er zusammen.

Tut mir leid, sagte ich, jetzt brauche ich es wieder.

Nehmen Sie mich mit? fragte er und sah mich ironisch grinsend an. Ohne meine Antwort abzuwarten, trollte er sich und verschwand zwischen den Holzhütten.

Ich steckte meine Chipkarte ein, tippte die Adresse meines Hotels in den Computer, und auf dem Bildschirm leuchtete leuchtendgelb die Route zurück in mein luxuriöses, angenehmes Leben auf.

Preisfrage, sagte der Zapper Tom zu mir, was in diesem Raum beweist Ihnen denn, daß wir tatsächlich im einundzwanzigsten und nicht im neunzehnten Jahrhundert leben? Er lächelte, und als er sich bewegte, um sein Glas mit Rotwein zu nehmen, setzte das Kerzenlicht hinter seinem Kopf ihm einen kleinen Heiligenschein auf. Ich sah mich in dem mit Antiquitäten vollgestopften Raum um, betrachtete die beiden in schwarze Anzüge samt Vatermörder gekleideten ernsthaften, jungen Männer, ihre alten, unbequem aussehenden Schnürschuhe, die kostbaren Bücher hinter ihnen im Regal, die Stofftapeten mit Veilchenmuster.

Oh, sagte ich, ich glaube zum Beispiel nicht, daß der Wein, den wir trinken, über hundert Jahre alt ist.

Das können Sie glauben, aber beweisen können Sie es nicht.

Howie, gutaussehend, blond, stand auf und ging vor einem großen Bild mit einem Stilleben von Blumen, Früchten und einem Hummer auf und ab. Er steckte die Hände in die Taschen seines altmodischen Jacketts und reckte den Hals, an dem der Vatermörder schon unschöne rote Stellen hinterlassen hatte.

Es geht uns nicht darum, Puristen zu sein, sagte er.

Wobei es ja auch ganz schön teuer ist, so zu leben wie Sie, warf ich ein.

Ganz recht, sagte er, es ist leider ein Luxus, auf das letzte Jahrhundert zu verzichten, mit all seinem Dreck, seiner Menschenverachtung, seiner Anbetung der Technik, aber uns geht es vielmehr um eine philosophische Haltung.

Ich bin der Beweis, sagte ich, ich erinnere mich an das letzte Jahrhundert, also hat es es gegeben. Ich erinnere mich an selbstgestrickte Pullover und an Autos mit Gangschaltung.

Er lächelte höflich, stellte sich hinter Tom und legte ihm die Hände auf die Schultern. An seinem Zeigefinger trug er einen wunderschönen Ring mit einem Skarabäus.

Sehen Sie, eine subjektive Erinnerung. Objektive Zeit gibt es nicht, belehrte er mich, es gibt nur die Zeit, die wir für uns erfinden, das ist unsere Botschaft. Man muß diesen ganzen Wahnsinn, der um uns herum stattfindet, nicht mitmachen.

Ihre Zähne, sagte ich, Ihre Zahnfüllungen verraten mir, in welcher Zeit wir uns befinden.

Beide starrten mich an mit der Miene verzweifelter Erwachsener, die einem Kind nicht klarmachen können, daß eins und eins zwei ergibt.

Es geht doch nicht um unseren Körper, sagte Howie und seufzte, es geht um unseren Geist.

Aha, sagte ich, dürfte ich auch die Küche sehen?

Sie führten mich in einen Raum, der mich vage an meine Großmutter erinnerte. Der Fußboden war mit Holzbohlen belegt, mitten im Zimmer stand ein alter Messingherd, darüber altmodische Kochutensilien, jede Menge Töpfe und

Kellen, Pfannen und Kasserollen, ein handbesticktes Handtuch. Ich trat an den Herd heran und hob den Metalldeckel vom Schiffchen, an dieses Wort erinnerte ich mich aus der Küche meiner Großmutter, so hieß diese viereckige Vertiefung, in der sich Wasser befand, das sich zusammen mit dem Herd aufheizte.

Wo bekommen Sie mitten in New York Holz her? fragte ich die beiden, die wie zwei Adjutanten hinter mir standen.

Wir bekommen es aus Vermont, antwortete Tom.

Aber mitten in New York Holz zu verbrennen verstößt doch gegen die Luftreinheitsgesetze.

Howie zuckte die Schultern. Jeder Slumbewohner in den Vorstädten verfeuert an einem Tag mehr als wir.

Und der Herd funktioniert wirklich?

Da können Sie Gift drauf nehmen, sagte Tom stolz, sogar der Backofen. Er öffnete die Klappe für mich.

Dürfte ich an Ihrem Herd vielleicht ein Rezept meiner Großmutter ausprobieren?

Sie sahen mich verwundert an und legten die Köpfe schief.

Es ist ein Brot, es heißt Montagspumpernickel, das Rezept stammt schon von meiner Urgroßmutter. Sie sehen, es paßt ausgezeichnet in Ihr Jahrhundert.

Na ja, stotterte Tom und griff nach Howies Hand, wenn Sie unbedingt wollen.

Ich löste die Hefe in lauwarmem Wasser auf, tat Butter, Zitronenschale, Salz, Melasse und Korinthen in eine Schale, erhitzte die Milch und goß sie darüber. Wie zwei Kinder beim Weihnachtsplätzchenbacken saßen Tom und Howie nebeneinander an einem wurmzerfressenen Tisch in der Ecke und sahen mir zu.

Roggenmehl und Weizenmehl zu gleichen Teilen tat ich dazu, Kleie und Weizenkeime, verrührte das Ganze mit einem Holzlöffel, bis der Teig glatt wurde. Ich sprenkelte Mehl auf den Tisch vor Tom und Howie und verknetete den Teig zu einer Kugel.

In ihren Augen sah ich die romantische Begeisterung der Jungen für etwas ihrer Meinung nach längst Vergessenes aus alten, alten Zeiten. Sie stellten sich mich wahrscheinlich als kleines Mädchen in einem Bauernhaus im Schwarzwald vor, mit blonden Zöpfen und Dirndl, eine Kuckucksuhr an der Wand, wie ich meiner Großmutter dabei zusah, wie sie den Teig für den Montagspumpernickel knetete.

Ich erzählte ihnen nicht, daß ich zum Backen Frank Zappa zu hören pflegte. Sie hätten doch nicht gewußt, wer er war und daß ich es manchmal mitten in der Nacht tat, am liebsten halbnackt, nur mit einem winzigen Slip bekleidet, wenn unsere verrückte Mitbewohnerin mit Hilfe ihrer Beruhigungstabletten tief und fest schlief und Dave und ich kichernd in den aufgegangenen Teig boxten wie in einen Punchingball.

Mit dem noch warmen Brot in der Tasche ging ich zur Autovermietung. Das Brot erfüllte das Auto mit seinem Geruch nach Hefe und Rosinen. Ich lehnte mich zurück und beobachtete, wie sich die gelbe Leuchtanzeige vor mir auf dem Bildschirm durch die Stadt fraß wie eine Raupe.

An einer Ecke nicht weit von Daves Haus sah ich den Jungen, der auf mein Auto aufgepaßt hatte. Er stach mit einem Stecken in eine Ratte, daß das Blut spritzte.

Eilig stieg ich in den siebten Stock. Der Flur war leer. Ich legte das eingewickelte Brot vor die Tür. ›Für Dave‹ schrieb ich auf einen Zettel und legte ihn obendrauf. Ich überlegte, ob ich ihm hätte Geld geben sollen. Der Dave, den ich kannte, hätte das mit Empörung von sich gewiesen. Der Dave, der hinter dieser Tür lebte, auch? Ich wußte es nicht.

Einen Moment lang war ich versucht, zu klingeln. Einen Moment lang war ich überzeugt, heute würde er sich erinnern.

Als ich wieder hinunterging, tat mir mein Knie weh, als hätte es ganz plötzlich, einfach nur so, beschlossen, sich bemerkbar zu machen. Ich mußte mich auf die Stufen setzen, um auszuruhen.

Schreie hallten durch das Haus, Schritte, das Schlagen von Türen, vielleicht auch von Menschen.

Ich humpelte aus dem Haus.

Im Hotel rief ich meine Tochter an. Sie sah schrecklich aus, die Haare strähnig und ungewaschen, tiefe Ringe unter den Augen. Sie bringt mich noch um, grinste sie, ich habe überhaupt keine Zeit mehr. Warte einen Moment. Sie ging weg, der Bildschirm zeigte ein undeutliches, verwaschenes blaues Bild. Ich bekam plötzlich Angst, ich könne sie nie mehr wiedersehen. Sie hielt mein Enkelkind hoch, es glotzte mich mit runden Veilchenaugen an und wackelte mit dem Kopf.

Drück auf ›print‹, sagte meine Tochter, das tat ich, und aus dem Drucker neben mir flatterte das Bild eines funkelnagelneuen Menschen.

Die Handtasche

Ich überlege, welche Details meines Hotelzimmers mir verraten, daß ich mich in den USA befinde. Die Türknöpfe vielleicht mit dem Druckknopf in der Mitte zum Abschließen? Die Nachttischlampen mit ihren Zweistufenschaltern an den Glühbirnen? Das Klo mit einer Spülung wie die Niagarafälle? Die Speisekarte mit den weltweit gleich langweiligen Sandwiches und fettigen Salaten? Selbst das Fernsehprogramm sagt mir nicht mehr, wo ich bin, seit man in Peking, Moskau und Abu Dhabi dieselben dämlichen Geschichten über fröhliche Krankenhäuser, sprechende Autos und degenerierte Winzer sieht. Es fehlt nur noch das Fernsehquiz, in dem die verschiedenen Kandidaten in absolut identischen Hotelzimmern sitzen und raten müssen, wo auf der Welt sie sich befinden.

Wo bin ich? frage ich den immer traurig aussehenden Zimmerkellner ironisch, der mir seit vier Tagen mittags und abends einen pappigen Clubsandwich bringt.

In der Hölle, antwortet er gelassen, wo sonst? Einen Moment lang starrt er sehnsüchtig aus dem Fenster auf die Palme vor der Betonwand, und ich glaube plötzlich, in ihm einen Kollegen gefunden zu haben, weil ich fühle, daß sein Herz unter dem weißen Nyltesthemd desillusioniert und müde ist wie meines.

Mann, sagt er und wendet sich vom Fenster ab, wo sollen Sie schon groß sein. In einem miesen Motel in der beschissensten Stadt der ganzen gottverdammten Welt. Los Angeles – ›die Engel‹ –, daß ich nicht lache. Kein gottverdammter Engel hat diese Stadt je gesehen, dazu ist der beschissene Smog viel zu dick. Er sammelt die Reste des vorigen Sandwichs ein und verläßt das Zimmer, ohne mich noch einmal anzusehen.

Seit meiner Ankunft vor drei Tagen liege ich im Bett und sehe fern. Nichts erinnert mich hier an Fanny. Ich erhole mich zusehends. Nachmittags gibt es im Fernsehen eine Show mit frisch verheirateten Paaren, die auf ihre eheliche Harmonie getestet werden. Nach spätestens zwanzig Minuten – so lange dauert die Sendung – ist ihre Ehe meist zum Teufel. Man kann sie live zerbrechen sehen. Sie verraten sie im Handumdrehen an den Erfolg, den sie damit haben, ihre miese, kleine Rache am anderen vor einem Millionenpublikum ausbreiten zu dürfen.

Es sind übrigens immer die Frauen, die ihrer Ehe öffentlich den Dolchstoß versetzen. Der Showmaster, ein widerlich glatter, für Frauenaugen wahrscheinlich gutaussehender Typ, macht ihnen dazu Mut. Er lobt sie, wenn sie indiskret werden, schmeichelt ihnen, redet ihnen gut zu, bis sie ausholen zum Vernichtungsschlag.

Was war die peinlichste Situation, in der Sie Ihren Mann bisher erwischt haben? fragt er eine kleine Frau mit sanftem Engelsgesicht. Sie überlegt, er lächelt ihr aufmunternd zu, dann holt sie tief Luft und sagt:

Als mein Mann Hund spielen wollte und nackt unterm

Tisch herumgekrochen ist. Er hat sich sogar ein Halsband umgebunden und mir die Füße geleckt. Das Publikum kreischt vor Vergnügen und klatscht. Der kleine Engel freut sich über den Applaus, der erste in ihrem ganzen Leben. Das tut so gut, das will sie gleich noch einmal haben.

Ich habe ihm eine Scheibe Wurst unter den Tisch geworfen, sagt sie. Die Leute johlen. Der kleine Engel strahlt.

Nun wird der ahnungslose Ehemann des Engels ins Studio gebeten, und der Showmaster fragt ihn ganz harmlos, was denn wohl die peinlichste Situation gewesen sei, in der ihn seine Frau in ihrer jungen Ehe bisher erwischt habe. Der Ehemann, lang, dünn, blaß und freundlich, denkt angestrengt nach, dann sagt er zögernd: Als ich ohne Socken ins Büro gefahren bin. Das Publikum kichert verhalten, um dann in wieherndes Gelächter, Pfeifen und Kreischen auszubrechen, als der Showmaster eine Tafel hochreißt, auf der in großen Lettern steht: ALS ER NACKT UNTERM TISCH SASS UND HUND SPIELEN WOLLTE

Die Leute trampeln vor Vergnügen. Der kleine Engel lächelt bescheiden. Der Ehemann bemüht sich nach Kräften, Haltung zu bewahren, er krallt sich in die Armstützen seines Sessels, als säße er auf einem Schleudersitz, und grinst dümmlich, aber in der Großaufnahme sieht man seine Unterlippe zittern und ein seltsames Flackern in seinen Augen. Die Leute klatschen und trampeln, der kleine Engel winkt jetzt wie ein Star ins Publikum, der Showmaster bedankt sich bei dem Ehepaar für die prima Show. Ich sehe Fanny dort auf der Bühne sitzen. Sie rollt voller Genugtuung ihren Strumpf herunter und zeigt der Kamera einen großen, blauen Fleck auf ihrem Schenkel.

Vorwurfsvoll sagt sie zu dem Showmaster: Und am nächsten Tag kann er sich nicht mal mehr dran erinnern. Dann tut er so, als hätte ich mir das alles ausgedacht. Und woher kommt dann bitte schön der blaue Fleck, die aufgeplatzte Lippe, das Veilchen?

Wie sehr ich darunter gelitten habe, daß ich mich nicht erinnern konnte, hat sie nie begriffen. Der Showmaster hält die Tafel hoch: BESOFFENES SCHWEIN steht darauf. Ich werde rot, allein in meinem Bett in einem Hotelzimmer irgendwo in Los Angeles.

Damals habe ich ihr in dieser Stadt ein Kleid gekauft, ein silbernes Kleid wie aus einem alten Film, züchtig und obszön zugleich. Davon gibt es noch ein Foto: Fanny tanzt in diesem Kleid über einen Parkplatz. Sie trägt Turnschuhe dazu und sieht aus wie zwölf. Sie konnte manchmal ausgelassen und albern sein wie ein Kind.

Was für ein schönes Paar Sie sind, hat der Verkäufer des silbernen Kleides zu Fanny und mir damals gesagt, das weiß ich noch genau. Ja, im Spiegel, rein optisch, haben wir immer gut zusammengepaßt: ein blondes, dünnes großes Mädchen mit eisblauen Augen und ein dunkler, untersetzter, etwas düster aussehender Mann mit buschigen Augenbrauen.

An der Strandpromenade von Venice ließen wir uns in alten Kostümen fotografieren, Fanny in einem langen Kleid, ich im schwarzen Anzug mit Vatermörder, die amerikanische Verfassung in der Hand. Das Foto sah sehr echt aus, vergilbt und unscharf an den Rändern. Ein hübsches Paar, zu allen Zeiten, kein Zweifel.

Am Strand von Venice haben wir zusammen auf einer

Decke gelegen, stumm und doch ziemlich glücklich. War es nicht so? Ich traue selbst meinen Erinnerungen nicht mehr.

Vielleicht hätte ich Fanny damals in Las Vegas heiraten sollen. (Darüber würde sie sich ausschütten vor Lachen.)

Ich habe großen Hunger, aber ich will den traurigen Kellner nicht wiedersehen. Die Werbespots für Makkaroni, Schokoladenpudding und Hamburger quälen mich. Ich schalte den Fernseher aus. Nur die Klimaanlage surrt wie eine große Wespe vor sich hin. In der plötzlichen Stille höre ich ein Gewirr von verletzten Stimmen, unterdrückten Schluchzern, dramatischen Schreien von all den Paaren, die in diesem Bett gelegen und sich gestritten haben. Ich höre Fanny und mich in unzähligen Hotelzimmern schreien und weinen, ich sehe sie am Fenster stehen mit zuckenden Schultern, und dann höre ich nur noch diese unselige Stille zwischen uns, die so bedrohlich werden konnte, daß mir davon die Ohren dröhnten.

Ich rufe die Autovermietung an, und eine Stunde später sitze ich in einem häßlichen, silberblauen Pontiac, der ganz neu riecht, und ich sehe mir zu, wie ich den Interstate 15 nach Las Vegas entlangfahre, obwohl ich mir doch geschworen hatte, keinesfalls dorthin zu fahren, wo ich mit ihr war.

Als ich endlich Los Angeles hinter mir lasse, öffnet sich die Wüste vor mir wie ein großes, gelbes Tuch, überall gleich, in allen Himmelsrichtungen dasselbe, die große Langeweile. Ich fühle mich mit einem Mal wie erlöst, die Wüste kann mich an nichts erinnern, an keiner Stelle kann ich sagen, hier, genau hier ist es gewesen, ich fahre durch ein großes Nichts, und bald kommt es mir so vor, als sei mein schon gelebtes Leben genauso vage und verschwommen wie das, was ich noch vor mir habe. Eine Anhäufung von Zufälligkeiten. Fanny hätte auch Anna oder Alexandra sein können, Berta, Beate, Barbara, Cecilie, Charlotte, Dagmar oder Elisabeth. Es ist eine Illusion zu glauben, man könne sein Leben in die Hand nehmen. Der eine Zufall bedingt nur den nächsten. Dieser Gedanke macht mich plötzlich ganz leicht und optimistisch, das Leben hat für mich wieder einen Sinn, weil es keinen hat. Befreit atme ich tief durch, aber im nächsten Moment schnürt mir derselbe Gedanke die Gurgel zu, und ich glaube, an ihm zu ersticken.

Man kann doch die paar Jahre, die man hat, nicht dem Zufall überlassen! Ich habe immer versucht, mein Leben zu planen und zu gestalten. Fanny nicht. Nein, die lag am liebsten im Bett und ließ andere für sich entscheiden. Wie sehr ich sie dafür gehaßt habe. Wie sehr ich sie darum beneidet habe.

Die letzte Möglichkeit, noch auf den Interstate 40 abzubiegen und Las Vegas zu entgehen, habe ich verpaßt. Die Wüste zu meiner Rechten heißt laut Karte »Devil's Playground«. Ich halte an. Es ist ganz still. Ich höre mich atmen. Kein Auto kommt vorbei. Ich bin allein. So allein, wie man in Europa gar nicht allein sein kann. Ich gehe ein paar Schritte in die Wüste hinein. Das trockene Gestrüpp zerfällt unter meinen Schuhen zu Pulver. Die Hitze legt sich auf meinen Kopf wie ein Stein. Ich setze mich hin. Würde jemand anhalten, um nach mir zu sehen? Es könnte ja sein, daß ich krank bin, plötzlich einen Herzanfall habe. Zwei LKWs donnern vorbei. Wie lange dauert es, bis man verdurstet? Kann man beschließen zu verdursten, so wie man beschließen kann zu verhungern? Ich würde gern hier sitzenbleiben und einfach aufhören zu existieren. Einfach so, ohne Anstrengung, ohne Vorbereitung, ohne Abschiedsbriefe. Mir fällt ein, daß ich vergessen habe, meinem Steuerberater die Zahlen für die Umsatzsteuervoranmeldung für diesen Monat zu hinterlassen. Als ich wieder aufstehen will, sehe ich unter einem Busch direkt neben mir eine beige Damenhandtasche, von dem rötlichen Wüstensand wie mit Puderzucker bedeckt. Ich ziehe sie zu mir heran und öffne sie. Ich finde einen orangeroten, stark benutzten Lippenstift, Wimperntusche und eine Puderdose mit zersprungenem Spiegel, Zigaretten der Marke »More«, ein kleines Kinderbuch mit dem Titel *Mike and the Bear*, einen Zettel mit einer Straßenskizze, ein Anleitungsbuch für die Ausbildung von Gehörgeschädigten, eine kleine Flasche Parfüm, die ausgelaufen ist, Benzinquittungen, ein Bewerbungsformular für eine Wohnung in Tucson, Arizona, eine Visitenkarte von einem Bewährungshelfer in Los Angeles und einem Anwalt in Phoenix. Am Boden der Tasche liegt ein kleiner, zerknüllter Zettel, den ich fast übersehen hätte. Ich streiche ihn glatt und lese in einer sehr gleichmäßigen Handschrift: DU KANNST EIN WAHRES INDIVIDUUM SEIN, WENN DU AUFHÖRST, VOR ETWAS DAVONZULAUFEN, WAS VIELLEICHT AUSSIEHT WIE EINE BEDROHUNG, WAS ABER IN WIRKLICHKEIT GENAU DAS IST, WAS DU MEHR WILLST ALS ALLES ANDERE IN DEINEM LEBEN. Darunter steht: DIE KOSMISCHE MACHT. FÜR LINDA. ANGST: SEITE 95. Ob die Besitzerin der Tasche Linda hieß? Ich denke automatisch von ihr in der Vergangenheit. Und was ist mit ihr geschehen? Vergewaltigt? Ermordet?

Was bedeutet dieses Buch für Gehörlose? War sie taub oder taubstumm? Konnte sie nicht um Hilfe schreien? Kam sie aus dem Knast? Eine Drogengeschichte? Auf jeden Fall eine böse Geschichte. Keine Frau wirft einfach so ihre Handtasche weg. Ich hasse Geschichten. Besonders die von Frauen. Ihre Geschichten sind wie Blutegel, die sie einem auf die Haut setzen und die man nicht mehr los wird. Mit ihren Geschichten wollen sie einem beweisen, daß man in ihrer Biografie einen logischen Platz einnimmt, sie wollen einem den Zufall ausreden. Linda mit ihrer herzzerreißenden, beschissenen, kleinen Geschichte. Ich schleudere ihre Handtasche zurück in die Wüste. Sie fliegt von mir fort und scheint immer weiter nach oben steigen zu wollen wie ein vorsintflutlicher, ungelenker Vogel, bis plötzlich die Kurve abrupt abbricht und sie abstürzt wie abgeschossen. Den Zettel mit dem blöden Ratschlag der ›Kosmischen Macht‹ stecke ich ein. Ich habe Durst. Ich fahre weiter und versuche, alle Frauen zu vergessen. Und erinnere mich an Felicitas. Sehr blond. Und an Gabi mit den kleinen Füßen. Und Susanne aus Lüchow-Dannenberg. Angelika mit ihrer Hausmilbenallergie. Britta, die mich jahrelang mit einem anderen Mann betrogen hat. Und den mit mir. Peggy, die Pan-Am-Stewardeß, die mir jedesmal Rasierwasser aus dem Duty Free mitbrachte, bis ich einen ganzen Schrank voll davon hatte. Und natürlich Fanny, immer wieder Fanny. Wer hat gesagt, die gnädigste Einrichtung des menschlichen Gehirns sei, vergessen zu können? Ich bin plötzlich umgeben von meinen alten Geschichten wie von einem Schwarm Insekten. Ich sehne mich nach einem Bier. Der Sonnenuntergang in der Wüste ist so lang wie sonst nur über den Wolken.

Kurz bevor der Himmel dunkelblau wird, färbt sich der Horizont smaragdgrün. Dann kommt die Dunkelheit. Schwärzer als schwarz. Wie ein großes Loch. Ich drehe das Radio lauter. Fahre schneller. Bekomme Herzklopfen. Als hätte ich Angst. Lange Zeit begegnet mir kein Auto. Dann endlich fängt der Horizont an zu flackern. So wie Tausende von Glühbirnen kurz vorm Durchbrennen. Ich erkenne es wieder. Las Vegas. Eine halbe Stunde später fahre ich den Strip runter. Es ist so hell, daß mir die Augen weh tun. Diese Stromverschwendung, hat Fanny gesagt. Manchmal konnte sie erstaunlich humorlos sein. Im Hotel Caesar's Palace zwinkerte uns damals der Portier zu und gab uns ein Zimmer mit einem Spiegel an der Decke über dem herzförmigen Bett. Ich wende und fahre den Strip wieder zurück, flüchte in eine Bar und bestelle einen ›Southern Comfort‹ wegen des Namens. Er tröstet mich natürlich nicht. Die Bar ist fast leer bis auf ein paar Poolspieler, die um den Billardtisch herumlungern, und ein Mädchen mit zerzausten braunen Haaren, das Geld in die Musikbox wirft. Frank Sinatra singt *I did it my way*. Das Mädchen legt den Kopf auf die Musikbox. Sie ist zu dünn. Ihre Schulterblätter ragen unter dem dünnen Sommerkleid hervor wie kleine Flügel. Sie lächelt vor sich hin, ohne den Kopf von der Musikbox zu heben. Als der Song zu Ende ist, geht sie ganz dicht an mir vorbei zur Theke. Ich kann sie riechen, sie riecht nach Sonne und warmer Haut. Sie sieht mich mit schwarzen Augen flüchtig an. Der Wirt gibt ihr seufzend, aber wortlos etwas Kleingeld. Ich warte darauf, daß sie wieder an mir vorbeikommt, aber sie schlängelt sich durch die Theke hindurch zurück zur Musikbox. Ihre Beine sind lang, schlank und braungebrannt. Sie trägt weiße, schäbige Sandalen, die von rotem Staub bedeckt sind. Wüstenstaub, denke ich. Sie drückt die Tasten der Musikbox, und wieder singt Frank Sinatra *I did it my way*. Der Wirt verzieht das Gesicht. Ich bitte ihn, dem Mädchen einen Drink zu bringen. Als er das Glas vor sie auf die Musikbox stellt, deutet er mit ausgestrecktem Arm auf mich, aber sie dreht sich nicht nach mir um. Wieder legt sie ihren Kopf auf die vibrierende Musikbox, breitet die Arme aus, legt sie auf die Plexiglashaube und bewegt dazu leicht die Hüften. Plötzlich will ich sie mehr als alles andere in der Welt. Idiotisch. Ich bestelle mir noch einen ›Southern Comfort‹. Als Frankie-Boy fertig ist und sie sich wie in Trance langsam aufrichtet, gehe ich schnell auf sie zu. Ich krame Kleingeld aus der Hosentasche und frage sie:

Noch mal dasselbe? Sie sieht mich ausdruckslos an. Ich werfe das Geld in die Musikbox und drücke fünfmal hintereinander *I did it my way*. Als ich mich umdrehe, erwische ich gerade noch den letzten Rest eines Lächelns in ihrem Gesicht. Sie nimmt eine Schachtel Zigaretten der Marke »More« vom Tisch und zündet sich eine an. Ich sehe die Schachtel und denke noch, seltsam, dieselbe Marke wie in der Handtasche, da zupft sie mich am Ärmel. Sie sieht mir direkt ins Gesicht, bohrt ihre schwarzen Augen in meine, atmet zweimal tief durch, dann sagt sie in einem seltsam monotonen Singsang:

Entschuldigen Sie, Mister, hätten Sie vielleicht etwas Geld für ein Mädchen, das alles weggeworfen hat, was ihm etwas wert war? Am Ende des Satzes rutscht ihre Stimme aus, und sie wiederholt monoton wie eine Schallplatte mit

Kratzer: ... was ihm etwas wert war? Erschrocken wühle ich in meinem Portemonnaie, und da ich die Dollarscheine nie recht auseinanderhalten kann, gebe ich ihr aus Versehen statt einen Zehn- einen Fünfzigdollarschein. Meinen Irrtum bemerke ich erst, als sie das Geld schon in der Hand hat. Sie starrt auf den Schein, nickt mir knapp zu, dann dreht sie sich um und geht auf den Ausgang zu. Seltsam, denke ich, sie hat nichts dabei, noch nicht einmal eine Handtasche. Keine Handtasche.

Linda! rufe ich plötzlich, Linda! Sie dreht sich nicht um. Ich stürze hinter ihr her.

Als ich aus der Bar komme, sehe ich, wie sie auf die gegenüberliegende Straßenseite läuft, ihr dünnes Sommerkleid weht wie ein Segel, sie hält den Daumen raus, und schon hält ein Auto neben ihr. Ein Mann allein am Steuer. Natürlich, denke ich. Was sonst? Sie steigt ein. Mit quietschenden Reifen schießt der Wagen davon und verschwindet wie ein Komet in der Dunkelheit. Ich habe sie verloren. Ich wundere mich über meine tiefe Enttäuschung. Ich gehe zurück in die Bar. Ungefragt stellt der Wirt einen weiteren ›Southern Comfort‹ vor mir auf die Theke. Immer noch singt Frank Sinatra *I did it my way*.

Kannten Sie die? fragt der Wirt.

Nein, wieso? sage ich.

Haben Sie nicht 'n Namen gerufen?

Ich hab sie mit jemandem verwechselt.

Ach so, sagt er, ich hab gedacht, wenn er sie kennt, warum ruft er dann hinter ihr her? Sie kann doch gar nichts hören, das arme Ding. Sprechen ja, aber nichts hören. Taub.

Total taub. Aber diese Schnulze, die hat sie gemocht. Die Schwingungen oder so was. Seit einer Woche jeden Abend nichts als *I did it my way*. Und keinen Pfennig in der Tasche. Die Musik habe ich ihr spendiert. Mädchen wie die sind wie Treibsand. Man weiß nicht, woher sie kommen, und morgen sind sie woanders und schnorren den nächsten an. Ich ziehe den Zettel aus der Tasche, glätte ihn und lege ihn auf die Theke. Der Wirt nimmt ihn und liest laut und mit einer Betonung wie ein Schulanfänger vor: DU KANNST EIN WAHRES INDIVIDUUM SEIN, WENN DU AUFHÖRST, VOR ETWAS DAVONZULAUFEN, WAS VIELLEICHT AUSSIEHT WIE EINE BEDROHUNG, WAS ABER IN WIRKLICHKEIT GENAU DAS IST, WAS DU MEHR WILLST ALS ALLES ANDERE IN DEINEM LEBEN. DIE KOSMISCHE MACHT. FÜR LINDA. Er gibt mir den Zettel zurück und sieht mich mißtrauisch an.

Hat das was mit dem Mädchen zu tun? fragt er. Ich zucke die Achseln. Hippiescheiße, sagt er, wenn Sie mich fragen, ist das Hippiescheiße. Frank Sinatra fängt schon wieder von vorne an. Der Wirt kriecht hinter der Theke vor, geht zur Musikbox und zieht den Stecker aus der Wand. Ich trinke weiter, bis die Bar schließt.

Ich setze mich ins Auto und warte, bis ich wieder halbwegs nüchtern bin. Dann fahre ich zurück in die Wüste. Im Rückspiegel beobachte ich, wie die Lichter von Las Vegas hinter mir immer schwächer blinken wie müde werdende Glühwürmchen, bis sie schließlich ganz verlöschen. Vor mir liegt wieder das große, schwarze Loch. Es nimmt mich freundlich auf wie einen guten, alten Bekannten.

Bin ich schön?

Mein Vater hat meiner Mutter verboten zu fragen. Aber jedesmal, wenn eine Frau im Bikini an uns vorbeigeht, sehe ich, wie die Wörter sich in den Mund meiner Mutter drängen, mit aller Macht herauswollen und wie sie versucht, sie herunterzuschlucken, die Zähne zusammenbeißt und die Lippen aufeinanderpreßt.

Ich brauche dann nur noch bis zehn zu zählen, und schon höre ich meine Mutter sagen: Sagt mir die Wahrheit: Ist mein Hintern so fett wie bei der da? Sind meine Beine auch so voller Dellen? Sehe ich aus wie die da? Bin ich hübscher? Oder häßlicher? Genauso? Ich will es nur wissen. Sagt es mir. Ich bin nicht beleidigt. Bestimmt nicht. Ich will nur wissen, woran ich bin.

Lucy, stöhnt mein Vater, bitte.

Meine Mutter schweigt einen Moment. Angelina, ruft sie dann, komm her, deine Schultern sind schon ganz rot!

Mit schnellen, harten Bewegungen reibt sie Sonnenmilch in meine Haut, bis ich ihr davonlaufe, runter zum Wasser, dicht vorbei an all den Mädchen in geblümten Bikinis, die mit geschlossenen Augen auf flauschigen Handtüchern liegen, in der einen Hand einen Pappbecher mit Strohhalm, in der anderen ihren Walkman. Ein Mädchen richtet sich auf und sieht mir zu, wie ich mit dem Zeh große Kreise in den

Sand male, ein Stück schneeweißer Busen quillt unter ihrem Oberteil hervor. Sie trägt eine goldene Bitex-Brille, die sich an ihre Wangenknochen anschmiegt und sie aussehen läßt wie ein gefährliches Insekt. Ich möchte auch eine Bitex-Brille.

Ich bin alt, sagt meine Mutter. Mein Vater seufzt. Versprecht mir, daß ihr mir sagt, wenn ich anfange, im Bikini unmöglich auszusehen.

Der Körper meiner Mutter ist seltsam. Sie hat schlanke Arme und Beine, aber einen dicken Bauch, der wie ein Polster auf ihr draufsitzt und nie richtig braun wird, weiße Streifen durchziehen ihn wie Flüsse. Er ist häßlich, aber manchmal würde ich ihn gern berühren, er wirkt so weich und empfindlich.

Ich hasse meinen Bauch, sagt meine Mutter. Ich kann machen, was ich will, er geht nicht weg, das hat man nun vom Kinderkriegen.

Wenn sie ihn so haßt, warum zeigt sie ihn allen Leuten? Ich frage mich, wie sie es fertigbringt, so herumzulaufen. Warum trägt sie nicht einen Badeanzug oder ein Strandkleid? Warum will sie ihren Bauch unbedingt in die Sonne halten? Jeden Tag gehen wir an den Strand, und jeden Tag sehe ich ihren Bauch.

Ah, sagt meine Mutter, schön ist es hier. Ich möchte nie mehr zurück.

Das ist das Stichwort. Ich sehe meinen Vater an, er kneift die Augen zusammen. Mein Bruder Philip stöhnt. Ben ist noch zu klein, er erinnert sich wahrscheinlich nicht. Letztes Jahr wollte sie nicht mehr aus Italien zurück, vorletztes nicht mehr aus Portugal, jetzt also nie mehr aus Florida.

Am Nachmittag sehe ich sie bereits die Immobilienanzeigen der Zeitungen durchblättern. Nur so, sagt sie, nur aus Interesse.

So fängt es immer an. Seit sie vor vier Jahren das Geld meiner Großmutter geerbt hat, hat sie die Macht, unser aller Leben zu verändern.

Bodo, sagt sie und hält meinem Vater die Annoncen unter die Nase, schau dir das an, für das Geld bekommt man zu Hause noch nicht einmal eine Garage!

Mein Vater nickt und schweigt, wie er immer schweigt, wenn es uns allen an den Kragen geht.

Stellt euch doch mal vor, wie das wäre, unter Palmen zu leben! ruft meine Mutter begeistert. Jeden Morgen aufzuwachen, und die Sonne scheint! Niemals mehr Strumpfhosen tragen zu müssen, Angelina, denk doch mal!

Ich wende mich ab.

Zieh dir ein T-Shirt an, sagt meine Mutter, dein Rücken ist schon ganz rot. Sie hält mir lächelnd mein T-Shirt entgegen, ich ziehe es über den Kopf.

Ich kann nichts sehen, als sie flüstert: Angelina, ganz woanders leben, wäre das nicht toll?

Getrocknetes Salz scheuert bei jeder Bewegung am Rükken unter dem Hemd, ich hasse das Gefühl.

Mädchen und Jungen auf rosa Vespas summen auf der Straße am Strand vorbei wie ein Schwarm Bienen. Die Mädchen lachen und haben die Münder weit aufgerissen, sie tragen silberne und goldene Bitex-Brillen, die Jungen grinsen und werfen sich heimlich Blicke zu. Sie tragen zerrissene Jeans, keine Hemden, ihre glatten braungebrannten Rücken schimmern wie Maikäferflügel in der Sonne.

Ben wirft mit Sand, Philip gräbt ein fünf Meter tiefes Loch, mein Vater starrt schweigend aufs Wasser, meine Mutter läßt die Zeitung sinken.

Sie sieht plötzlich aus, als würde sie gleich in Tränen ausbrechen, aber vielleicht habe ich mich auch geirrt, denn sie schnauft nur kurz, hebt das Kinn und klatscht in die Hände: Ist vielleicht irgend jemand hungrig?

Im Motel stehe ich in meinem hellblauen Bikini vorm Spiegel, das Oberteil liegt flach auf meinen taubeneigroßen Brüsten, eine gerade Linie geht von meinen Achseln bis zu meinen Füßen. Ich bin dünn, meine Rippen stehen hervor, die klassische Bügelbrettfigur, aber mir gefällt sie. Ich möchte nicht anders sein. Meine Haut ist weich und hellbraun wie Vollmilchschokolade. Ich streiche über meinen flachen, harten Bauch. Wenn ich mich vorbeuge, werden die dünnen Hautfältchen schwarz. Meine Beine sind lang und gerade. Ich sehe gut aus. Ich lächle mich im Spiegel an, meine Zähne leuchten weiß in meinem braungebrannten Gesicht, meine Augen wirken blauer als sonst. Hätte ich eine Bitex-Brille, wäre ich richtig schön.

Angelina, ruft meine Mutter, hilf mir gefälligst!

In den Ferien kocht sie immer dasselbe, Spaghetti und Salat, ganz gleich, in welchem Land wir uns befinden. Sie glaubt, wir Kinder sind verrückt nach Spaghetti, dabei sind wir nur wie ausgehungert nach einem Tag am Strand, wir würden alles essen. Ben darf sich nackt an den Tisch setzen und sich die Tomatensoße auf die Brust kleckern.

Ist das nicht toll? fragt meine Mutter ihn schon zum dritten Mal. Sie ist ganz begeistert und lacht albern, wenn er mit der Soße um sich spritzt. Philip liest unter dem Tisch ein

Comic-Heft, mein Vater fordert ihn zweimal auf, es wegzulegen, aber seine Stimme klingt müde, und Philip sieht noch nicht einmal auf.

Meine Eltern sehen sich über den Tisch hinweg an.

Ich bin glücklich, sagt meine Mutter.

Gut, sagt mein Vater.

Du sollst dich nicht dauernd mit anderen vergleichen, ermahnt mich meine Mutter. Wenn alle Bitex-Brillen haben, heißt das noch lange nicht, daß du unbedingt auch eine brauchst. Frag dich, welche Wünsche wirklich aus deinem Herzen kommen und welche dir von der Werbung eingeredet werden. Haben, haben, haben – das macht nicht glücklich.

Tief aus meinem Innern kommt der Wunsch nach einer Bitex-Brille. Mit ihr, das weiß ich, wäre ich ein anderer Mensch.

Meine Mutter und ich fahren zum Supermarkt, die ruhigen kleinen Straßen entlang, an denen die Holzhäuser mit ihren Verandas stehen, umsäumt von riesigen Hibiskusbüschen mit Blüten so groß wie Untertassen.

Ab und zu wird meine Mutter so langsam, daß die Autos hinter uns wütend hupen. Angestrengt sieht sie aus dem Seitenfenster, beugt sich weit hinaus, hält die Hand über die Augen. Beim dritten Mal kapiere ich. Immer wenn sie langsamer wird, hat sie an einem Haus ein Schild entdeckt, größer und bunter als in Italien und Portugal, aber es steht dasselbe drauf: ZU VERKAUFEN.

Warum willst du immer unbedingt woanders leben? frage ich sie.

Sie sieht mich erstaunt an, als hätte ich ihr innerstes Geheimnis erraten. Sie hält mich für ziemlich beschränkt.

Will ich ja gar nicht, sagt sie, ich will es mir nur vorstellen dürfen, ist das denn so schlimm? Man wird sich wohl doch noch etwas vorstellen dürfen, verdammt noch mal.

Sie tritt unvermittelt aufs Gas, daß der Wagen davonschießt und ich in den Sitz gedrückt werde, als würde ich in den Weltraum geschossen.

Ich stelle mir vor, daß ich eine schmale, große Frau von fünfundzwanzig bin, in einem langen schwarzen Kleid aus Chiffon, es weht bei jedem Schritt um meine Knöchel. Ich habe ein Champagnerglas in der Hand und lächle. Meine Ohrringe klingeln leicht bei jeder Bewegung, mein Lippenstift leuchtet feuerrot, ich brauche niemanden.

Als wir auf den Highway einbiegen, sehe ich den Mann mit dem Kreuz. Ich habe ihn schon einmal gesehen, kurz nach Miami, als Ben das Auto vollgekotzt hat, weil ihm zu heiß war. Der Mann ist groß und dick, seine Haare wirken schlecht gefärbt, gelb wie eine Ananas. Er trägt ein riesiges hölzernes Kreuz auf den Schultern, etwa fünf Meter lang, Rucksack und Schlafsack sind auf dem Kreuz festgeschnallt. Er geht auf dem Grünstreifen in der Mitte der Fahrbahnen, der Verkehr donnert an ihm vorbei.

Dieser Wahnsinnige, sagt meine Mutter und schüttelt den Kopf.

Mir gefällt er. Er tut immerhin etwas Außergewöhnliches, obwohl ich keine Ahnung habe, warum er das Kreuz durch die Gegend schleppt, und was tun wir?

Im Supermarkt liegen ganze Stapel von Bitex-Brillen in allen Farben. Ich setze eine auf, sie sind so leicht, daß man sie kaum spürt, die Gläser sind meergrün, und der Supermarkt versinkt unter Wasser. Meine Mutter sieht mich grün an und schüttelt den Kopf.

O bitte, flehe ich sie an, aber sie sieht mich kaum an, abwesend murmelt sie etwas vor sich hin, daß sie auf keinen Fall den Joghurt für Bodo vergessen darf und daß ich sie daran erinnern soll, schon schiebt sie ihren Wagen weiter.

Ich bleibe zurück und sehe ihr nach, als würde ich Abschied nehmen, ich könnte in diesem Augenblick verlorengehen, mich von da an allein durchschlagen. Allein in Amerika.

In zehn Jahren würde ich anrufen, das spinatgrüne Telefon im Flur würde klingeln, meine Mutter würde wütend aus der Küche rufen: Warum geht denn niemand dran? Mit nassen Händen käme sie den Flur entlanggelaufen, gerade als sie nach dem Hörer greift, hört das Klingeln auf.

Sie schubst mich mit dem Einkaufswagen absichtlich in den Po, Angelina, meckert sie, steh nicht da wie ein Ölgötze, hilf mir gefälligst.

Neben dem Supermarkt entdeckt sie einen Schuhladen. Verträumt betrachtet sie ein paar dunkelblaue hochhackige Sandalen.

Nur mal reinschauen, sagt sie.

Sie trippelt in den Schuhen vor dem Spiegel auf und ab und streckt die Brust raus. Ich sehe, wie sich ihr Bauch unter dem dünnen Kleid wölbt. Sie reißt eine Schachtel auf und drückt mir ein paar rote Sandalen in die Hand. Probier doch mal, sagt sie, sind die nicht süß?

Ich schüttle den Kopf.

Jetzt will ich dir schon was schenken, sagt sie, und du

ziehst nur ein Gesicht. Wütend packt sie die Sandalen wieder in die Schachtel, läuft barfuß im Laden herum und probiert ein Paar knallgelbe Stöckelschuhe an. Ihre Beine sind wirklich hübsch, sie sind wie meine. Sie sind jünger als ihr Gesicht. Sie lacht und betrachtet sich in den Schuhen, sie tänzelt auf und ab, und im Spiegel sehe ich die Frau, die ich sonst nur von alten Fotos kenne. Da ist sie jung, ihre Haut straff wie bei den Mädchen am Strand, sie trägt ein enges geblümtes Kleid und hält ein dickes Baby im Arm, mich. Als du klein warst, sagt sie manchmal zu mir, hast du mich umarmt und geküßt und mir gesagt, wie sehr du mich liebhast.

Ich kann mich an die beiden Menschen, von denen sie redet, nicht erinnern. Es ist mir unangenehm und auch ein bißchen peinlich, wenn sie das sagt, ich fühle mich dann wie jemand, der auf den Kopf gefallen ist und alles vergessen hat.

Wie findest du diese Schuhe? fragt sie mich und dreht sich zu mir um.

Geil, sage ich, weil ich sehe, wie sehr sie ihr gefallen.

Wirklich? sagt sie und grinst. Ich nicke.

Sie kommt auf mich zu, flüstert: Sehe ich nicht bescheuert aus mit solchen Schuhen? Alte Kuh macht auf jung? Sie lächelt unsicher. Ich möchte sie umarmen und küssen und ihr sagen, wie sehr ich sie liebe. Ich zucke die Achseln und sehe weg. Es entsteht eine Pause.

Na ja, sagt sie, was soll's. Sie zieht die Schuhe aus und stellt sie ordentlich weg, schlüpft in ihre alten Sandalen und geht aus dem Geschäft, ohne sich nach mir umzusehen.

Am nächsten Tag hat sie einen Termin zur Hausbesichtigung. Nur so, sagt sie, aus Interesse. Es verpflichtet uns doch zu nichts.

Mein Vater schweigt.

O Gott, ruft sie und stampft mit dem Fuß auf, ich möchte einfach nur mal so ein Haus von innen sehen, weiter nichts!

Wo sollen wir denn dann zur Schule gehen? fragt Philip.

Sie starrt ihn an. Ihr bringt mich um, schreit sie, ihr bringt mich einfach um!

Sie verschwindet in der Küche und wäscht scheppernd das Geschirr ab.

Was hat sie denn? fragt Philip. Ich zucke die Achseln. Mein Vater macht den Fernseher an.

Eine dicke schwarze Frau in einem senfgelben Kostüm hält Jugendlichen ein Mikrophon unter die Nase.

Was reden sie? frage ich meinen Vater.

Sie fragt sie, ob sie lieber attraktiv oder intelligent wären, wenn sie es sich aussuchen könnten, übersetzt er. Was würdet ihr wählen?

Attraktiv, sagen Philip und ich wie aus einem Mund.

Mein Vater seufzt und macht den Fernseher wieder aus. Lucy, ruft er, wenn du es dir aussuchen könntest, wärst du lieber attraktiv oder intelligent?

Sie kommt aus der Küche, ein Sieb auf dem Kopf, zwei Spaghetti über den Ohren, den Zeigefinger im Mund. Ich glaube, ich wäre gern intelligent, sagt sie, attraktiv bin ich schon.

Der Makler ist jung und cool. Er hat tiefschwarze, längere Haare und trägt eine blaumetallene Bitex-Brille mit silbernen Gläsern. Seine Nike-Turnschuhe stehen offen, damit macht er großen Eindruck auf Philip, nur wirklich megacoole Leute tragen seiner Meinung nach die Turnschuhe offen.

Sind Sie Frau Winter? fragt der Makler meine Mutter.

Sie trägt ihr bestes Kleid und Lippenstift. Ihr Kragen ist verkrempelt, man sieht das Etikett. Ja, flötet sie auf englisch, und das ist meine Familie.

Ich kann es nicht ausstehen, wenn sie englisch spricht.

Er drückt uns allen fest die Hand. Meine ist verschwitzt, seine auffallend kühl in der Hitze. Sein Name ist Douglas. Meine Mutter stellt uns alle vor, selbst Ben, den mein Vater auf den Schultern trägt. Angelina, wiederholt Douglas meinen Namen langsam, als lutsche er einen Bonbon.

Er schließt das Haus auf und geht voran. Es ist dunkel und riecht nach Katzenpisse und nassem Hund. Antiquitäten stehen überall herum, an den Wänden hängen Bilder von toten Hasen und düsteren Wäldern. Das Bett im Schlafzimmer ist mit grüner Seide bezogen, im Badezimmer stecken Fotos von zwei Männern mit Schnauzbärten am Spiegel, sie haben Hunde und Katzen im Arm. An einem Stück Stacheldraht hängen dutzendweise glitzernde Ohrringe. Meine Mutter geht sofort wieder hinaus, mein Vater sieht sich das Badezimmer gar nicht erst an.

Einen Moment lang bin ich allein, ich überlege, ob ich ein wie Weintrauben geformtes Paar Ohrringe einstecken soll, aber ich könnte sie nie tragen, meine Mutter würde mich verhören wie die Polizei, wo ich die herhabe.

Douglas führt uns in den Garten. Auf einer alten, zerfetzten Couch sitzen drei Hunde, zwei große und ein winzig kleiner, und sehen fern. Sie wenden kaum die Köpfe nach uns, der kleine kläfft kurz. Es läuft eine Reklame für

Tampons. Neben dem Swimmingpool liegt überall Hundescheiße.

Douglas entschuldigt sich lahm. Meine Mutter sieht keinen von uns an. Lächelnd betrachtet sie alles und nickt.

Tja, sagt sie schließlich, ich glaube, wir haben es gesehen, nicht? Sie wendet sich an meinen Vater. Er nickt stumm.

Im Flur vor der Haustür steht ein Paravent. Philip sieht hinter den Paravent und kommt nicht wieder hervor, bis ich dahinter schaue und ihn grinsend in einer schwarzen Lederschaukel sitzen sehe. Über ihm hängen an Eisenketten zwei Lederschlaufen. Jetzt schauen alle hinter den Paravent.

Hm, sagt Douglas.

Jedem Tierchen sein Pläsierchen, sagt mein Vater auf deutsch.

Philip, komm sofort da raus, sagt meine Mutter.

Wir stehen stumm vor dem Haus. Philip tritt gegen die Reifen unseres Mietwagens. Mein Vater zeigt Ben eine Biene, die an einer Hibiskusblume saugt.

Man könnte etwas aus dem Haus machen, sagt Douglas.

Bestimmt, sagt meine Mutter, es ist nicht so ganz das, was wir uns vorgestellt haben. Mein Vater sieht sie von der Seite an.

Erzählen Sie mir von Ihren Vorstellungen, sagt Douglas und spielt mit seiner Bitex-Brille. Ben greift nach ihr.

Nicht, sagt meine Mutter.

Oh, sagt Douglas, lassen Sie ihn ruhig, diese Brillen sind unzerbrechlich. Er grinst. Wir können doch offen sein: Dieses Haus ist schrecklich. Meine Firma besteht darauf, daß ich es immer als erstes zeige, als Schock, sozusagen, danach wirken alle anderen Häuser hübsch und sauber.

Meine Mutter kichert. Ach so, sagt sie.

Ich würde Ben gern die Bitex-Brille aus den Fingern reißen, sie aufsetzen, davonrennen.

Das nächste Haus, sagt Douglas, hat besonders ruhige Nachbarn. Es liegt am Friedhof.

Meine Mutter strahlt ihn an. Mein Vater entwendet Ben die Brille und gibt sie Douglas zurück. Ben schreit.

Könnte ich bei Ihnen im Auto mitfahren? fragt Douglas.

Aber natürlich! ruft meine Mutter. Mein Vater zieht die Augenbrauen hoch.

Douglas sitzt neben mir, ich rieche sein zitroniges Aftershave.

Er trommelt mit den Fingern auf die Armlehne. Angelina, sagt er, was für ein hübscher Name.

Ich antworte nicht, ich spreche nicht gern Englisch. Die Wörter passen nicht in meinen Mund, und ich hasse es, Fehler zu machen. Sein Schenkel drückt leicht gegen meinen. Mit Absicht oder notgedrungen, weil es so eng ist auf dem Rücksitz? Ich atme tief ein und ziehe mein Bein einen Millimeter zurück. Eine Weile geschieht nichts, dann beugt Douglas sich vor, und sein Knie preßt hart gegen meins.

Suchen Sie ein reines Ferienhaus, oder beabsichtigen Sie, sich länger in Florida aufzuhalten? fragt er meine Eltern.

Meine Mutter macht den Mund auf. Eigentlich wollen wir ganz hierher ziehen, sagt sie, Europa wird zu einem unheimlichen Ort. Krieg und Depression überall, verstehen Sie?

Es wird still im Auto. Mein Vater sieht meine Mutter von der Seite an.

Sie reckt sich und lächelt in den Rückspiegel.

Verstehe, sagt Douglas und läßt sich in den Sitz zurückfallen, sein Oberarm drückt gegen meinen.

Sorry, sagt er, zieht seinen Oberarm wieder weg und setzt seine Bitex-Brille auf.

Wir sehen noch sieben Häuser. In dem einen hängen Babykleider unter Glas an der Wand, in einem anderen steht ein großer leerer Käfig in einem makellos sauberen Schlafzimmer. Um den Käfig herum sieht man die Staubsaugerspuren auf dem Teppich.

Was meinst du, Bodo? fragt meine Mutter in jedem Haus. Mein Vater zuckt die Achseln und lächelt geduldig.

Ich habe Durst, mault Philip.

Morgen sehen wir uns nur fünf Häuser an, sagt Douglas zu ihm.

Philip stöhnt, ich halte den Atem an. Morgen? sagt mein Vater.

Meine Mutter sieht uns lächelnd an. Bis morgen, sagt sie zu Douglas.

Er deutet eine kleine Verbeugung an. Ciao, Angelina, sagt er zu mir.

Stellt euch doch nur mal vor, sagt meine Mutter, nach der Schule könntet ihr an den Strand gehen, am Wochenende würden wir ein Boot mieten und auf dem Meer Picknick machen. Wir würden immer alle ganz braun und gesund aussehen, und nie wieder hätten wir Erkältungen. Wir würden uns selbst besser leiden können.

Wir müssen Douglas sagen, daß wir es nicht ernst meinen, sagt mein Vater.

Morgen, sagt meine Mutter, morgen sagen wir es ihm.

Im ersten Haus, das wir uns am nächsten Tag ansehen, sitzt eine alte Frau mit verschmiertem Lippenstift im Nachthemd vorm Fernseher. Ich setze mich neben sie, mein Vater gibt mir Ben auf den Schoß. Ben streckt die Hand nach der alten Frau aus, und zitternd reicht sie ihm ihre. Hunde laufen über die Mattscheibe. Wuff, sagt die alte Frau zu Ben, und Ben sieht sie nachsichtig an.

Ihre Kinder wollen das Haus verkaufen, sagt Douglas leise zu meiner Mutter, sie haben es eilig, der Preis ist günstig.

Aber meiner Mutter gefällt die Raumaufteilung nicht, und außerdem hat das Haus keine Veranda.

Die alte Frau küßt Ben zum Abschied auf den Kopf, Ben fängt an zu schreien.

Douglas hat die Autotür auf Philips Seite schon in der Hand, da überlegt er es sich anders, geht noch einmal ums Auto herum und öffnet die Tür auf meiner Seite. Er sieht mich nicht an, als er einsteigt.

Was ist schlimmer, sagt Philip, ein haariges Männerbein ablecken oder ein Kuhauge verschlucken?

Laß das, sage ich.

Was ist schlimmer, sagt er, Achselschweiß trinken oder Fußschweiß?

Philip! ruft meine Mutter vom Fahrersitz.

Was ist schlimmer, flüstert er, in Hundescheiße ausrutschen oder einen Makler küssen?

Meine Mutter liegt im Liegestuhl am Strand und blättert in Katalogen. Häuser, klein wie Spielzeug, sind dort abgebildet, eins neben dem anderen. Mein Vater hockt neben ihr im Sand, er spendiert nur einen Liegestuhl am Tag, sie sind unverschämt teuer, sagt er.

Ich höre meine Eltern undeutlich durch die Musik aus meinem Walkman miteinander sprechen. Die Batterien neigen sich dem Ende zu, die Musik fängt an zu leiern. Ich mache den Walkman aus, aber setze den Kopfhörer nicht ab.

Eine Palme hätte ich gern vorm Haus, eine große Palme, sagt meine Mutter.

Wie lange willst du dieses Spiel noch weiterspielen? fragt mein Vater.

Nur noch einen Tag, bitte, sagt sie.

Ich verstehe dich nicht, sagt er, warum steigerst du dich in Träume hinein, die niemals wahr werden können?

Warum eigentlich nicht? sagt sie, erklär mir das mal.

Wie stellst du dir das denn vor?

Wir könnten, wenn wir wollten, ein ganz anderes Leben führen, sagt sie und legt die Hände auf ihren Bauch.

Mein Vater wendet sich ab und stochert mit einem Stöckchen im Sand. Ich kann dich nicht glücklich machen, sagt er, steht auf und geht zum Wasser. Seine Oberschenkel und sein Rücken sind mit Sand bepudert, von hinten sieht er aus wie ein paniertes Schnitzel.

Meine Mutter blickt sich um, sie wirkt verwirrt, als hätte sie sich verlaufen. Angelina, brüllt sie dann, weil sie meint, ich könne sie nicht hören, creme dir die Schultern ein!

Ich sitze in der Schaukel auf der Veranda, alle andern sind im Haus. Es ist ein altes Haus, die Farbe bröckelt von den Holzschindeln, Küchenschaben krabbeln über den Boden. Aus den Rissen im Zementboden der Veranda wächst Gras.

Douglas setzt sich zu mir in die Schaukel. Sein Zitronengeruch schwappt wie eine Welle über mich.

Ich lege den Kopf in den Nacken, weil ich nicht weiß, wohin ich gucken soll. Über unseren Köpfen hängen die Zweige einer tieflila Bougainvillea.

Meine Mutter tritt in die Tür.

Ich glaube, ich bin dabei, mich zu verlieben, sagt sie, habt ihr das Zimmer im ersten Stock gesehen? Sie verschwindet wieder im Haus.

Douglas balanciert die Bitex-Brille auf seinem Schenkel. Ich nehme sie und setze sie auf. Sechs Uhr, Exxon-Tankstelle, sagt er.

Ich sehe ihn durch seine Bitex-Brille an, seine Haut schimmert bläulich, als wäre sie kalt. Ich fühle mich selbstbewußt, erwachsen, schön.

Er nimmt die Brille von meiner Nase. Mrs. Winter, ruft er, I'm coming! Wie von einem Gummiband gezogen, gehe ich widerwillig hinter ihm her.

Ein junges Mädchen mit strohblonden Haaren sitzt im Wohnzimmer an einer Nähmaschine. Ein ebenso blonder Hund mit blauen Augen liegt zu ihren Füßen.

Es ist ein gutes Haus, sagt sie zu meiner Mutter, es hat gute Schwingungen. Menschen mit bösen Herzen halten es nicht lang hier aus. Wir hatten mal 'nen Typen hier, der machte Zettel an seine Sachen im Kühlschrank. Er blieb nur 'ne Woche. Als er ging, hat er meine Uhr geklaut. Sie seufzt, krault ihren Hund hinter den Ohren und rattert dann weiter auf ihrer Nähmaschine.

Vom Zimmer im ersten Stock aus sieht man das Meer. Douglas klettert aus dem Fenster aufs Dach und reicht erst meiner Mutter, dann mir die Hand. Er drückt meine Hand leicht, bevor er sie losläßt.

Die Dachpappe glüht unter meinen Füßen. Zwei große Palmen ratteln leicht im Wind. Unten vor der Veranda steht mein Vater. Ben spielt zu seinen Füßen mit abgefallenen Bougainvilleablüten. Das blonde Mädchen kommt aus dem Haus und schließt sein Fahrrad auf. Sie setzt Ben auf den Fahrradsitz und fährt mit ihm im Kreis. Mein Vater steht in der Mitte des Kreises, der helle Hund läuft hinter dem Fahrrad her. Von hier oben sehen sie zusammen aus wie die perfekte kleine Familie. Sie lieben sich und essen Cornflakes zum Frühstück in einem lichtdurchfluteten Zimmer, sie laufen lachend über Frühlingswiesen, ihre glänzenden Haare wehen im Wind, sie kuscheln sich in schneeweißen Bademänteln am Kaminfeuer, dicke Socken an den Füßen.

Meine Mutter hebt die Hand, um ihnen zu winken, und läßt sie wieder sinken. Stell dir doch bloß mal vor, sagt sie zu mir.

Douglas sieht mich an und leckt sich über die Lippen.

Er lehnt an der Zapfsäule von Super bleifrei, von weitem sieht er arrogant und schlecht gelaunt aus. Er hat die Arme vor der Brust verschränkt, seine Augen hinter der Bitex-Brille verborgen. Er bemerkt mich nicht. Hinter einer Reklametafel für Reisen nach Mexiko bleibe ich stehen. Der lauwarme Wind streicht mir um die Beine, fährt mir unters Kleid, bauscht den Stoff, als wäre ich schwanger. Ich habe eine frische Unterhose an, mein Bauch verkrampft sich, als hätte ich etwas Falsches gegessen.

In einer dreiviertel Stunde, bei Einbruch der Dunkelheit,

muß ich wieder zu Hause sein. Ich sehe jede Minute bis dorthin vor mir liegen wie die Stufen der Maja-Ruine auf dem Plakat vor mir. Sie führen geradewegs ins Nichts, in einen leeren Himmel. Es gibt keinen Grund, sie hinaufzusteigen. Man sieht von unten, was einen oben erwartet.

Ich mag Douglas noch nicht mal.

Als ich genau weiß, daß ich ihn noch nicht einmal besonders mag, beruhigt sich mein Magen. Ich bin stärker als Douglas. Ich setze mich in Bewegung.

Hi, sage ich.

Wir fahren zu einer einsamen Stelle in den Mangrovensümpfen, rechts und links vom Weg dümpelt braunes Wasser, in der Entfernung schimmert das türkisblaue Meer. Über uns fliegen die Pelikane.

Während er mich anfaßt, verfolge ich ihren Flug. Sie stürzen plötzlich ab wie abgeschossen, schießen mit dem Schnabel zuerst ins Wasser, verschwinden, dann kommen sie wieder hoch, schlucken kurz, man sieht eine Verdickung in ihren Hälsen, sie sehen sich um, als hätten sie bei einer feinen Gesellschaft heimlich die Verzierung von der Torte geklaut, lassen sich noch einen Moment auf den Wellen treiben, dann starten sie wieder, mühsam wie ein altes Flugzeug steigen sie nach oben, und das Spiel beginnt von neuem.

Seine Hand rutscht tiefer, erst spielt sie mit dem Gummiband der Unterhose, läßt sie gegen meine Haut schnippen, dann taucht sie unvermittelt in meine Unterhose hinein.

Ich halte sie mit einer blitzschnellen Bewegung fest, als wollte ich einen Fisch fangen.

Please, flüstert er in mein Ohr, *please. You are so beautiful. You are driving me crazy.*

Forty-eight dollars, sage ich.

Draußen fällt die Sonne wie eine Apfelsine ins Meer, im Auto ist es eiskalt, die Air-condition läuft, ich sehe die Gänsehaut auf meinem Bauch. Er legt das grüne Geld auf die Ablage, er lacht. Was kostet dein Herz? sagt er. Leg dich zurück.

Ich bezahle die Brille heimlich an der Kasse, während meine Mutter noch Milch und Joghurt holt. Ich stecke sie unter mein Hemd. Die Brille berührt meine Brust, die jetzt ein Mensch mehr kennt als gestern noch.

Als meine Mutter nicht wiederkommt, schlendere ich langsam durch die Reihen von Cornflakes und Crackers zurück in die Milchabteilung.

Sie hat die Arme auf das Regal mit den Fruchtjoghurts gestützt, ihr Kopf hängt herunter, ihr Atem bildet weiße Wölkchen in der Kälte der riesigen Kühltruhe, an ihren Beinen laufen kleine rote Rinnsale entlang.

Mama, sage ich und fühle mich so hilflos, als wäre ich drei Jahre alt. Mama.

Sie richtet sich auf, Schweißperlen stehen auf ihrer Stirn, ihr Gesicht ist weiß wie Wachs. Sie verzieht ihr Gesicht. Mist, sagt sie, auf nichts ist mehr Verlaß. Mit einem Taschentuch tupft sie sich die Beine ab, dann holt sie einen Plastikkanister Milch aus der Kühltruhe, hievt ihn in den Einkaufswagen und schiebt damit zur Kasse, als wäre nichts geschehen.

Mein Vater geht nicht mit an den Strand, er bleibt im Bett und liest die Zeitung. Philip boxt ihn zum Abschied in die Rippen.

Mein Vater sieht auf. Lucy? sagt er, aber meine Mutter ist schon mit Ben samt Sandeimerchen, Schaufel und Handtüchern aus der Tür. Ich laufe mit Philip hinter ihr her.

Am Strand zieht sie sich nicht aus, sie setzt sich im Kleid im Schneidersitz in den Sand und gräbt schweigend für Ben ein Loch.

Sehen wir uns heute keine Häuser an? frage ich.

Sie schüttelt den Kopf. Ich stehe neben ihr, mein Schatten fällt auf ihren Schoß. Mein Hals schwillt an von langen, komplizierten Sätzen, die ich ihr gern sagen würde. Mama, fange ich an.

Sie streckt die Hand aus. Guckt doch mal, sagt sie, der Mann mit dem Kreuz!

Er zieht sein Kreuz dicht am Wasser durch den Sand, vorbei an all den hübschen Mädchen in ihren geblümten Bikinis, den jungen Männern in Bermudas und mit ihren Bitex-Brillen. Er stellt sein Kreuz gegen einen Felsen und beginnt, kleine Karten zu verteilen.

Schließlich kommt er auch zu uns. Meine Mutter streckt ihm die Hand entgegen. Auf der Karte ist er selbst mit dem Kreuz auf dem Rücken abgebildet, darunter steht ›Warum?‹.

Erklären Sie mir das, sagt meine Mutter und sieht ihn ernsthaft an.

Er kommt noch einen Schritt näher, geht vor ihr in die Hocke. Er fährt sich durch das ananasgelbe Haar und lächelt schüchtern.

Ich war ein Arschloch, sagt er, ein Alkoholiker und ein Arschloch. Bis mich Jesus gerufen hat. Er gab mir eine Aufgabe. 6000 Meilen bin ich für Ihn schon gegangen, bis runter nach Mexiko. Fünf Kreuze hat man mir bereits gestohlen. Ich habe nichts, aber Er sorgt für mich. Jeder Tag bringt das, was er bringt. Er verstummt.

Ich bewundere Sie, sagt meine Mutter.

Er lächelt. Ich tue nur meinen Job, sagt er. Gott segne Sie, Ma'am. Er steht auf und geht weiter.

Meine Mutter sieht ihm nach, dann wendet sie kurz den Kopf zu mir und sagt zusammenhanglos: Als du zwei Jahre alt warst, waren wir einmal in Spanien am Meer. Ich ging schwimmen, und du standest in einer rosa Badehose heulend am Strand, du wolltest mich nicht gehenlassen. Immer hast du hinter mir hergeschrien. Keinen Schritt durfte ich allein tun. Ich brauchte mich manchmal nur zu bewegen, schon fingst du an zu schreien. Länger als alle anderen Kinder hast du das gemacht, und ich wußte nicht, warum. Ich hatte dich nie allein gelassen, nie. Zwei Jahre lang habe ich dich herumgetragen, weil ich ein Buch gelesen hatte, in dem behauptet wurde, daß Kinder, die dauernd herumgetragen werden wie bei den Indiofrauen oder Afrikanerinnen, zuversichtlicher und angstfreier sind als andere Kinder.

Ich schwamm immer weiter hinaus, und draußen war alles so friedlich, der Mond stand schon am Himmel, obwohl es erst früh am Nachmittag war, ich war allein, zum erstenmal seit deiner Geburt ganz allein. Ich fühlte mich wie ein Mensch, den ich mal gut gekannt, aber dann aus den Augen verloren hatte. Es war so still und schön da draußen, daß ich immer weiterschwamm, immer weiter, wie unter Zwang. So lange, bis meine Nägel dunkelblau waren und ich vor Anstrengung zu zittern begann. Ich wollte nie mehr zurück. – Du hast das gewußt. Als ich aus dem Wasser kam, hörte ich dich weinen, und Bodo sagte, er habe dich einfach nicht beruhigen können. Alle Leute am Strand sahen mich vorwurfsvoll an.

Sie macht eine Pause und putzt Ben den Sand aus dem Gesicht.

Du hast das immer von mir gewußt, sagt sie. Aber es hat nichts mit euch zu tun, verstehst du das?

Ich fahre mit der einen Hand in meinen Rucksack und umklammere meine Bitex-Brille. Ja, sage ich, verstehe ich.

Eine Frau in einem silbernen Bikini mit einem fetten Arsch geht an uns vorbei.

Angelina, sagt meine Mutter, sag mir die Wahrheit, ist mein Hintern so dick wie der da?

In der Nacht, als alle schlafen, setze ich im Dunkeln die Brille auf. Ich lächle, und die Ränder der Gläser schaben leicht an meinen Wangen. Ich höre den schnellen Babyatem von Ben, das Schnarchen meines Vaters, Philips unruhige Bewegungen im Schlaf. Nur meine Mutter höre ich nicht. Sie schläft vollkommen geräuschlos.

Ich lege mich ins Kissen zurück, die Nacht ist goldenschwarz. Ich schließe die Augen hinter der Brille und weiß, ich werde nie wieder dieselbe sein.

Wer sind Sie?

An meinem fünfundzwanzigsten Geburtstag fand ich eine Frau. Ich hielt kurz hinter der Autobahnabfahrt Landsberg-Ost auf einem leeren Parkplatz an, um zu pinkeln, und sah sie erst, als ich aus dem Gebüsch zurückkam. Sie saß zusammengesunken in einem Rollstuhl, trotz der Hitze in einen schweren, dunklen Mantel gehüllt, einen dunkelroten Samthut auf dem Kopf, ihr Gesicht konnte ich nicht sehen. Eine Fliege kroch über ihre Hand. Die Autos donnerten an uns vorbei. Es roch nach verfaulten Bananen und Benzin. Kein Mensch weit und breit.

Ich sah der Fliege zu, wie sie über die alte, zerfurchte Haut kletterte. Ich habe noch nie einen Toten gesehen. Ich fürchte mich vor ihnen, vor ihrem Geruch.

Vor zwei Jahren war ich einmal in der Pathologie der Uniklinik, in dem Raum, wo sie die Leichen auseinandernehmen. Es war gar keine Leiche da, es wurde nur eine Szene für einen Fernsehkrimi gedreht, ich bin Aufnahmeleiterin, und unsere Leiche war ein geschwätziger Schauspieler. Der blanke Stahl, die roten Gummihandschuhe an der Wand, die Sägen, um die Schädel aufzusägen, das Abflußbecken für das Blut, die Waage für die Organe, all das war schon schlimm genug, aber was mich wirklich erschreckte, war der Geruch. Der Geruch unter dem Formalin. Er war durch nichts zu überdecken. Die verschiedenen Parfüms der Frauen im Team und der penetrante Zigarilloqualm des Regisseurs machten ihn nur um so deutlicher. Wie Giftgas drang er durch meine Kleider, meine Haut, in mein Herz. Er ließ das Leben, das noch vor mir liegt, zusammenschnurren zu einem winzigen Punkt, wie Fliegendreck auf einer Fensterscheibe, und wann immer ich drohte, dies zu vergessen, stieg er mir wieder in die Nase. Zum Mittagessen gab es Wiener Schnitzel mit Kartoffelsalat auf Papptellern direkt vor der Tür zur Leichenhalle. Erstaunt sah ich zu, wie es sich alle schmecken ließen, selbst der Maskenbildner, der noch fünf Minuten zuvor die Leiche eines Erwürgten studiert hatte, um die Würgemale an unserem Schauspieler naturgetreu schminken zu können. Keiner schien zu riechen, was ich roch.

Abends, als ich nach Hause kam, preßte ich mich eng an den Körper meines Freundes Chris, und auch er roch danach. Nachts wachte ich von dem Geruch auf, mein eigenes Fleisch stank nach Tod und Verwesung, jeder Zentimeter meines Körpers.

Sie hob kurz die Hand und wedelte die Fliege weg. Das machte die Sache nicht unbedingt einfacher. Wenn sie am Leben war, was sollte mit ihr geschehen? Ich ging ein paar Schritte näher an sie heran. Sie hatte die Augen geschlossen, sie schien zu schlafen, ich hörte ein leichtes Schnarchen. Ich berührte ihre Hand, sie war eiskalt in der glühenden Hitze. Ich richtete mich auf, hoffte, ein anderes Auto würde endlich auf den Parkplatz fahren, eine Familie mit einer resoluten Mutter und einem Bürokratenhengst von Vater, die würden schon wissen, was man mit alten Frauen tut, die man auf Autobahnparkplätzen findet.

Es war immerhin mein Geburtstag, ich war auf dem Weg zu meiner Geburtstagsparty, die Chris für mich auf einer Wiese seines Vaters gab. Chris hatte auf dieser Party bestanden, ich wäre am liebsten allein in meiner kleinen Wohnung geblieben. Wir vertrugen uns nicht gut in letzter Zeit, er haßte meine Passivität, er wollte Nägel mit Köpfen machen, wie er es nannte, nicht mehr warten.

Ich war zu jung, um mich mit alten Frauen zu beschäftigen, noch viel zu jung. Die letzten paar Schritte rannte ich zu meinem Auto, als würde ich verfolgt.

Ich sah die alte Frau nicht an, als ich an ihr vorbeifuhr und wieder auf die Autobahn einbog. In einer glitzernden Schlange zogen die Menschen in ihren Autos an mir vorbei; sie schienen schon seit Ewigkeiten in ein endloses Wochenende unterwegs zu sein, ihre Gesichter wirkten müde und desillusioniert. Ich reihte mich ein.

Vor fünfundzwanzig Jahren war dieser Tag auch ein Samstag, sagte meine Mutter morgens um acht Uhr in mein neues, tragbares Telefon. Dreißig Grad im Schatten.

Red lauter, Mama, ich hör dich nicht.

Ach, flüstert sie, ich red doch schon so laut. Vera, bist du noch da?

Ja.

Als wir im Taxi in die Klinik fuhren, klebte ich mit dem ganzen Körper an den heißen Ledersitzen. Dieses Gefühl werde ich nie mehr vergessen. Heute wird es heiß. Es ist jetzt schon über zwanzig Grad. Ich hasse die Hitze. Ich habe die

Vorhänge zugezogen. Es ist ganz dunkel und kühl in der Wohnung. Ich werde den ganzen Tag in der Wohnung bleiben, ja, das werde ich tun, ich werde überhaupt nichts tun heute, ich werde mich in den großen Sessel setzen und an dich denken. Den ganzen Tag. Und kochen werde ich auch nicht. Ich war so glücklich, als du geboren wurdest. Wenn dich die Schwestern brachten, hörte ich dich auf dem Flur schon schreien. Du konntest lauter schreien als alle anderen Babys. Ich war so glücklich. Bist du noch dran, Vera? Liegt ein Mann in deinem Bett? Störe ich?

Nein, Mama.

Sie schweigt und seufzt. Es wird schrecklich heiß heute. Meine Beine sind schon ganz schwer. Hier ist dein Vater.

Sie reicht den Hörer weiter. Mein Vater redet am Telefon immer zu laut. Sie wispert, er brüllt.

Und? Bist du über Nacht gewachsen?

Das fragt er mich seit fünfundzwanzig Jahren. Ja, einen Meter.

Das ist gut. Du wirst noch die Größte. Hab ich doch schon immer gewußt. Fünfundzwanzig, Mensch, Mädchen, ein Vierteljahrhundert, wer hätte das gedacht, was?

Als ich zurückkam, saß sie ganz genauso da wie zuvor. Immer noch war der Parkplatz menschenleer, als stünde ein großes Warnschild vor der Zufahrt. Ich berührte ihre Schulter, schüttelte sie leicht. Sie sah verwirrt auf, mit winzigkleinen wasserblauen Augen in einem schneeweißen, weichen, leicht verschobenen Gesicht sah sie mich an.

Wie heißen Sie? Was machen Sie hier? Wie sind Sie hierhergekommen? Wo wohnen Sie? Wer sind Sie?

Sie sah mich interessiert an, als versuche sie den Sinn meiner Wörter zu entziffern, und schwieg. Als ich mich umwandte, um noch einmal nachzusehen, ob ihr Begleiter vielleicht ohnmächtig im Unterholz lag, irgendeine Erklärung mußte es doch geben, griff sie nach meiner Hand und umklammerte sie. Sie sah mich dabei nicht an. Sie hielt meine Hand und ließ sie nicht mehr los. Alles wird gut, flüsterte ich, alles wird gut.

Sie war leicht und knochig, als ich sie aus dem Rollstuhl hob und in mein Auto setzte. Ich nahm ihr den Hut ab, ihre Haare waren sorgfältig frisiert und mit einem Haarnetz bedeckt, in das klitzekleine Perlen eingewebt waren. Ihre Beine schien sie nicht bewegen zu können, ich mußte sie einzeln ins Auto heben. Ich schnallte sie an, aufrecht saß sie da, ihren roten Hut im Schoß, und sah aufmerksam durch die Windschutzscheibe. Als ich mich mit dem Rollstuhl abmühte, um ihn im Kofferraum zu verstauen, erscholl plötzlich ohrenbetäubend laut die Musik von U2 über den Parkplatz. Der Gedanke, daß ich sie vielleicht doch noch an einen anderen Autofahrer loswerden konnte, schoß mir durch den Kopf, aber wer würde mir glauben, daß die Frau, die in meinem Auto saß, eine vollkommen Fremde war?

Ich richtete mich auf, drehte mich nach der Musik um – aber sie kam aus meinem eigenen Auto. Sie mußte mit der einen Hand das Radio angemacht haben. Jetzt saß sie unbewegt da, und ich war mir nicht sicher, ob sie die Musik überhaupt hörte. Ich drehte das Radio ab. Langsam, wie in Zeitlupe, streckte sie ihren linken Arm aus und drehte das Radio wieder an. Also mochte sie die Band U2. Das war alles, was ich über sie wußte. Ich stieg ins Auto. Wir saßen einfach nur so da. Der Sänger Bono, die alte Frau und ich waren allein auf der Welt.

Mein tragbares Telefon klingelte in meiner Tasche. Meine Mutter war dran.

Mein Schätzchen, sagte sie, ich glaube, ich habe heute früh ganz vergessen, dir zu gratulieren. Ich wünsche dir ein wunderbares Leben, flüsterte sie, eins, für das es sich lohnt, einen Mann, der dich vergöttert, das wünsche ich dir, einen romantischen, zärtlichen, gebildeten Mann. Versteh mich nicht falsch, dein Vater ist ein guter Mann, versteh mich nicht falsch. Hörst du mich überhaupt?

Ja, Mama.

Ich kann dich nicht verstehen, woher kommt diese laute Musik, wo bist du, was machst du, ist es bei euch auch so heiß wie bei uns?

Ja, Mama.

Was ich dir noch sagen wollte – ich hoffe, ich störe dich nicht –, laß dir Zeit, wollte ich dir sagen, du bist erst fünfundzwanzig. Als ich so alt war wie du, war ich schon verheiratet. Ja, das wollte ich dir noch sagen.

Der Fahrtwind bewegte kein einziges Haar in der Frisur der alten Frau. Ein schwacher Geruch von Mottenkugeln und Lavendel, Katzen und Franzbranntwein ging von ihr aus, von rosa Schokolinsen und Krankheit. An ihren Füßen steckten altmodische schwarze Schnürstiefel. Ihre Beine standen die ganze Fahrt über genauso da, wie ich sie hingestellt hatte. Einmal wandte sie den Kopf nach mir wie eine Echse und sah mich lange an. Nicht einmal ihre Augenlider bewegten sich. Ihr Gesicht wirkte auf der einen Seite hart und starr, auf der anderen weich und beweglich. Das Auge auf der starren Seite tränte. Im Radio lief die Sendung ›Nur mit dir‹. Liebesbriefe von Hörern wurden vorgelesen und Musikwünsche erfüllt. Mit samtiger Stimme las die Sprecherin vor. *Jens aus Wuppertal schreibt an seine Gabi: Mein geliebter Hase. Ohne Dich ist die Welt blaß und leer. Was habe ich falsch gemacht? Ohne Dich bin ich nicht ich selbst. Bitte, bitte, gib mir noch eine Chance. Dein Jens.*

Jens wünschte sich für seine Gabi den Song *When a man loves a woman*. Ich konnte nicht anders, ich mußte mitsingen. *Baby, baby, please don't let me go*, grölte ich und sah die alte Frau grinsend an.

Eine Träne lief ihr jetzt aus dem einen Auge über die Backe, vielleicht vom Fahrtwind. Sie starrte mich immer noch an, aber vielleicht sah sie mich gar nicht. Als wäre ihr Kopf in dieser Position eingerastet, wandte sie ihn nicht wieder zurück, bis wir bei McDonald's in Landsberg hielten.

Ich kaufte eine Tüte Pommes frites und einen Orangensaft und hielt ihr beides unter die Nase. Sie kräuselte die Nasenspitze, machte ansonsten aber keine Anstalten, etwas zu essen oder zu trinken. Ich schob ihr den Strohhalm zwischen die Lippen. Mit einem gurgelnden Geräusch saugte sie auf einen Rutsch den ganzen Becher leer. Prima, sagte ich – da fiel mir das nächste Problem ein.

Besser hier als später an der Straße. Ich packte also den Rollstuhl aus, hievte sie hinein, schob ihn in den Laden. Ich kam nicht einmal um die Ecke zur Klotür, viel zu eng war der Flur, wir versperrten den Weg, bis ich den Rollstuhl endlich herumgedreht, bei der Eingangstür geparkt und sie auf meinen Rücken gehoben hatte.

Keiner half, die Gäste betrachteten interessiert meine Manöver wie eine Showeinlage, während sie mit stetigen Bewegungen Pommes frites und Hamburger in sich hineinstopften.

Hören Sie, wollte ich rufen, ich kenne diese Frau auf meinem Rücken nicht, ich weiß nicht, wer sie ist, ich habe sie nie zuvor gesehen, ich habe sie gefunden, und ich brauche sie nicht zu behalten!

Sie trug altmodische Wollstrümpfe unter einem geblümten Kleid, die mit Clips an ihrer schlotternden Unterhose befestigt waren.

Das System war mir unbekannt, und ich brauchte ewig, bis ich die Clips aufbekam. Ich zerrte an ihr herum, während sie mir geduldig zusah wie einem Kind, das zum erstenmal versucht, seine Jacke allein aufzuknöpfen. Als sie endlich auf dem Klo saß, sah sie mich von unten mit einem Hauch von Lächeln um den einen Mundwinkel herum an. Der andere blieb starr, als verweigere er sich absichtlich jeder Bemühung, einen Ausdruck in ihr Gesicht zu bringen. Die bewegliche Seite wirkte jünger, zufrieden, in diesem Moment fast glücklich, während der herabgezogene Mundwinkel der anderen Seite ihr etwas Bitteres und Enttäuschtes gab.

Zwei junge Mädchen kicherten in den Kabinen neben uns.

Ich habe dich gewarnt, sagte die eine, er legt dich flach und ruft nie wieder an.

Ich war für alle Fälle im Solarium, kicherte die andere, und zwei Kondome habe ich auch dabei.

Zwei? gluckste die erste. Wenn schon, denn schon, sagte die zweite, man lebt nicht ewig.

Die alte Frau und ich lauschten. Die Mädchen verschwanden. Wir blieben im Rauschen der Wasserspülung allein zurück.

Ich zog sie wieder an und trug sie zurück zu ihrem Rollstuhl, schob sie zu einem Tisch und ging schweißüberströmt zur Theke, um mir ein großes Cola zu holen.

Ich war mir nicht sicher, ob ich zu ihr zurückkehren würde. Ein dicker Mann mit roter Glatze sah mich unverwandt an. Er hatte sich wahrscheinlich bereits meine Autonummer aufgeschrieben. Draußen filmte eine Frau ihre Kinder auf der Rutsche. Sie hatte vielleicht schon einschlägig dokumentiert, wie ich mit der alten Frau auf dem Rücken zum Klo gewankt war. Amateurfilmer riechen die Ereignisse, bevor sie geschehen. Wie sonst wäre es zu erklären, daß immer einer im rechten Moment mit der Videokamera dabei ist, ganz gleich, ob Kennedy erschossen wird, ein Hotel in Manila brennt oder ein Flugzeug abstürzt?

Ich sah bereits Filmschnipsel von der alten Frau und mir im Fernsehen laufen. Ein gutaussehender Journalist mit einem gepunkteten Schlips stellte mir Fragen, auf die ich keine Antwort wußte. Warum haben Sie eine alte behinderte Frau erst mitgenommen und dann hilflos in einem Fastfood-Restaurant zurückgelassen? Warum sind Sie so unentschieden, so schwach, so ohne Vision, wie Ihr Leben aussehen sollte? Warum besuchen Sie Ihre Eltern so selten? Warum ziehen Sie nicht endlich mit Ihrem Freund Chris zusammen? Warum haben Sie Ihr Studium abgebrochen? Warum wissen Sie nicht, was Sie wollen?

Das Fest hatte ohne mich angefangen. Auf einer blumenbunten Wiese mitten im Wald waren Bänke und Tische aufgestellt, bunte Lampions hingen an den Bäumen, ein Grillfeuer brannte, in einem kleinen Bach lagen die Bierkästen und ein paar Flaschen Wein. Auf einem Feldweg holperten wir auf meine Geburtstagsparty zu, ich sah Chris, er stand neben Rita, seine blonden Haare leuchteten wie eine Flamme, er sah jung und gesund aus, er lachte.

Er erkannte mein Auto, gab Rita sein Glas, kam auf mich zugelaufen.

Mensch, Vera, wo bleibst du denn? rief er aufgeregt.

Erst als er mir durchs geöffnete Autofenster einen Kuß gab, sah er die alte Frau. Sie lehnte an der Scheibe und schlief.

Ich habe sie gefunden, sagte ich.

Rita meinte, man müsse sofort die Polizei benachrichtigen, Axel wollte sie ins Krankenhaus bringen, Olaf schlug vor, sie nachts vor dem nächsten Altersheim in Lechbruck abzustellen.

Eine Findeloma, sagte Chris und lachte.

Stell dir vor, das wäre deine Großmutter, sagte Rita.

Oder Mutter, sagte ich.

Deine Frau, sagte Axel, und du bist schon tot.

Ist sie aber nicht, sagte Chris.

Er nahm mich am Arm und ging mit mir ein paar Schritte in die Wiese hinein. Sein Kuß schmeckte heiß und durstig. Gefällt dir die Party nicht? fragte er.

Doch, sagte ich, danke.

Für dich kann man sich ein Bein ausreißen, du sagst danke, als hätte man dir mal eben das Salz gereicht. Er riß einen Grashalm aus und schlug damit auf seine Hose. Ich weiß nie, woran ich mit dir bin. Ich warne dich, ich bin kein Hampelmann. Irgendwann wirst du dich umdrehen, und ich bin weg. Einfach weg.

Ich beobachtete, wie Axel die alte Frau aus dem Wagen zerrte. Ihre Beine blieben stecken, die Tür schlug halb zu, hilflos stand Axel da, Hilfe, rief er, Hilfe! Rita kam und faßte die Beine an. Sie trugen sie quer durch die Partygesellschaft über die Wiese und setzten sie am Waldrand auf eine Decke. Eine Weile saß sie mit ausgestreckten Beinen da, dann fiel sie wie ein Käfer auf den Rücken.

Doch, sagte ich zu Chris, ich freue mich, du kannst es bloß nicht sehen.

Axel richtete die alte Frau wieder auf und setzte sich neben sie. Ich kniff die Augen zusammen, bis die Wimpern meinen Blick verschleierten und die beiden aussahen wie ein Paar.

Komm, sagte Chris und zog mich ins Gras. Er knöpfte mir die Bluse auf.

Ich sah einen Grashüpfer an einem Kleeblatt hängen, seine Flügel zitterten. Bocksbart, Hahnenfuß, Bärenklau, Gamander Ehrenpreis. Die Namen der Blumen hatte mir meine Mutter beigebracht. Gepflückt, getrocknet, gepreßt, jedes Frühjahr wieder. Meinem Vater brachte ich unzählige Sträuße mit, die bereits verwelkt waren, wenn er abends von der Arbeit kam.

Das unrasierte Kinn von Chris schwebte dicht über mir, helle Stoppeln auf dunklem Feld. Er küßte die kleine Kuhle zwischen meinen Schlüsselbeinen und drückte mir die Luft ab. Ich richtete mich auf. Jetzt nicht, sagte ich. Ich stand auf und ging zurück.

Wann, schrie Chris hinter mir her, wann denn, verdammt?

Keiner schenkte mir etwas, was mir wirklich gefiel, als würden sie mich nicht kennen, selbst von Rita, meiner besten Freundin, bekam ich einen grünen Seidenschal, obwohl sie doch wissen mußte, daß ich die Farbe Grün nicht ausstehen kann.

Es wurde dunkel, Rita zündete die Kerzen in den Lampions an. Chris hat sich so viel Mühe gegeben, sagte Rita zu mir, richtig romantisch sollte es sein. Du hast diese Frau mitgebracht und alles ruiniert.

Wir sahen beide zu ihr hinüber. Sie lehnte an einem Baumstamm und ließ sich von Axel kleine Stücke von einem Würstchen in den Mund schieben.

Hätte ich sie an der Autobahn stehen- und in der Hitze verpuffen lassen sollen?

Rita zuckte die Schultern. Es hätte sich schon jemand gefunden, so wichtig bist du auch nicht, sagte sie und blies das Streichholz aus.

Ich verstand sie nicht. Ich verstand niemanden auf dieser Party. Ich setzte mich mit einem Pappteller mit Kartoffelsalat auf eine kippelige Biergartenbank und hörte zu, wie Isabel, ein langes, hübsches Mädchen, den anderen von einem Wettbewerb im Orgasmusvortäuschen in einer Diskothek in München erzählte. Der Beste war ein kleiner Dicker mit Brille, sagte sie, und alles lachte, er sah aus wie 'ne Jungfrau mit fünfzehn, war aber schon mindestens Anfang Dreißig. Der hat gejault wie ein Hund, wenn du ihm auf die Pfoten trittst, immer schneller, immer schneller, am Ende hat er geschrien: Oh, Mama, oh, Mama, nein, nein, jaaaaa!

Sie warf den Kopf zurück und heulte wie ein Wolf. Jaaaaaa! Jaaaaaa! Der hat aber nur den dritten Preis gemacht, fügte sie trocken hinzu, das Publikum steht mehr auf weibliche Orgasmen, ist einfach so.

Beate aus Rosenheim fing an zu keuchen, rhythmisch auf die Bank zu schlagen, Isabel fiel ein, dann machten auch die anderen mit, die Bank unter mir fing an zu beben. Ja, riefen alle, o Gott, ja, ja, ja! Sie wurden schneller und schneller, sie schrien und quietschten und heulten durcheinander. Jesus, rief Olaf, Jesus!

Ich stand auf. Die anderen, die drumherum standen, lachten. Chris stand neben dem Feuer und trank Rum aus der Flasche. Er sah mich vorwurfsvoll an. Ich öffnete den Mund und gab einen spitzen Schrei von mir. Er starrte mich an, schüttelte den Kopf.

Axel saß immer noch neben der alten Frau auf der Decke. Ein roter Lampion hüllte sie in schwaches Licht. Ich stand zwischen dem Feuer auf der einen und den beiden auf der Decke auf der anderen Seite im Dunkeln. Es war ein lauer, windstiller Abend, ein Abend, an dem man sich lieben sollte. Wie eine Fata Morgana stieg die Party aus den schwarzen Wiesen auf. Das Feuer warf zuckende Schatten über die kreischenden jungen Leute. Axel hatte der Frau den Mantel ausgezogen. Er hielt ihren Arm in seinem Schoß und streichelte ihn, strich mit Daumen und Zeigefinger auf und ab, auf und ab, ohne Unterlaß.

Als ich aus dem Dunkeln auftauchte, sah er auf. Guck dir das an, sagte er und deutete auf den schwarzen Mantel. Ins Futter eingenäht war ein Zettel:

Danke, daß Sie meiner Mutter helfen. Sie ist seit einem Schlaganfall halbseitig gelähmt. Sie kann nicht sprechen, sie versteht auch nichts. Es tut mir leid. Aber ich habe auch nur ein Leben. Die Tochter.
PS: Sie mag es, wenn man ihre Arme streichelt.

Ich setzte mich neben die alte Frau und nahm ihren anderen Arm in den Schoß. Langsam strich ich über die alte Haut. Sie fühlte sich an wie ein verwelktes Blatt.

Das Telefon in meiner Jackentasche piepste. Ich ließ den Arm der alten Frau nicht los.

Was ich dir noch erzählen wollte, sagte meine Mutter, Petra Kühn hat sich vor die U-Bahn geworfen.

Wer ist Petra Kühn?

Du erinnerst dich nicht mehr an Petra Kühn? Deine beste Freundin in der zweiten Klasse, das mußt du doch wissen!

Mama, wenn ich's doch sage, ich weiß nicht, wer sie ist.

Petra Kühn, das Mädchen mit den sauberen Händen, das mußt du doch noch wissen. Sie hatte immer makellos saubere Hände und Fingernägel. Vor vier Tagen hat sie sich vor die U-Bahn geworfen. Es heißt, sie konnte nicht ertragen, daß ihr Vater im Sterben liegt. Krebs. Vielleicht ist sie aber auch nur ausgerutscht, genau wird man das nie erfahren. Das arme Ding. Ich habe die Mutter zufällig auf der Straße getroffen, sie sieht zwanzig Jahre älter aus. Furchtbar, nicht? Bist du noch da?

Ja, Mama.

Ich dachte, es interessiert dich. Sie war immerhin mal deine Freundin. Ich will auch gar nicht weiter stören.

Du störst nicht, überhaupt nicht.

Meine Mutter schwieg und atmete leise ins Telefon. Ich streichelte den Arm der alten Frau, bis es mir vorkam, es sei mein eigener. Um uns herum roch es nach frischem Gras, Harz und verbranntem Holz.

Der Vater der Braut

Auf der Treppe will ich noch umkehren, aber da ist es schon zu spät. Meine Ex-Frau Karin öffnet die Tür, schlägt die Arme unter und sieht mir entgegen, bis ich endlich mit wild klopfendem Herzen vor ihr stehe. Mein Herz hat nach vier Stockwerken immer geklopft. Abend für Abend habe ich mein wie verrückt pochendes Herz an ihre Brust gedrückt, am Anfang voller Erregung und Sehnsucht, am Ende wie ein *Football*-Spieler beim *sac*. Aber sie gab nicht nach. Immer stand sie da, so wie sie jetzt auch dasteht. Als brächte ich eine frohe Botschaft. Das Glück. Bis zur letzten Sekunde unserer Ehe stand sie so da.

Sie haucht mir einen Kuß auf die Wange und zieht mich in die Wohnung. Daß du es tatsächlich geschafft hast, sagt sie, tritt einen Schritt zurück und betrachtet mich wie ein Bild in einem Museum.

Wir haben uns fast fünf Jahre nicht mehr gesehen. Keine Ahnung, was sie denkt. Alt ist er geworden. Er sieht nicht gut aus. Zum Glück bin ich nicht mehr mit ihm verheiratet. Gut sieht er aus. Immer besser, je älter er wird. Ein Jammer, daß ich nicht mehr mit ihm verheiratet bin.

Sie lächelt ein wenig, und auch dieses Lächeln bleibt mir ein Rätsel. Ist es wehmütig oder froh? Ich auf jeden Fall fühle beides gleichzeitig, und davon wird mir schwindlig, fast ein wenig übel, als hätte ich Heringe mit Marmelade gegessen oder Kuchen mit Bratensoße.

Es riecht anders, als ich es in Erinnerung habe. Das verwirrt mich mehr, als wenn die Wände umgestrichen und alle Möbel ausgetauscht wären.

Wonach riecht es hier?

Karin zuckt die Achseln. Vielleicht der Weihrauch, sagt sie lakonisch und nimmt mir den Mantel ab.

Welcher Weihrauch?

Sie antwortet nicht. Mein Blick fällt auf Annas Turnschuhe, die sie, wie immer, unter die Garderobe gepfeffert hat. An diesem vertrauten Anblick werde ich mich den ganzen Abend über festhalten. Etwas, das genau so geblieben ist, wie es immer war, die stinkenden, abgelatschten Turnschuhe meiner Tochter, sie werden mir Halt geben, die Turnschuhe der Braut.

Jetzt komm schon. Karin zieht mich am Arm ins Wohnzimmer, und da sitzen sie alle, die ich nie wieder sehen wollte, wie die Krähen um den Adventskranz herum. Sie sehen mich mit kalten Augen an und knabbern Adventskekse. Meine Schwiegermutter, eine alte Grille im Seidenkleid, mein Schwager, ein vierschrötiger Mensch mit rotem Kopf, Stationsarzt im Schwabinger Krankenhaus, Elke, Karins beste Freundin, die Karin während der Trennung beriet und der ich meine astronomischen Unterhaltszahlungen zu verdanken habe.

Auf der Couch sitzen zwei junge, etwas verwirrt aussehende Menschen in karierten Hosen und überdimensionalen T-Shirts, die Karin mir als die besten Freunde unserer Tochter vorstellt, die aber höchstens aussehen wie sechzehn.

Vielleicht kann ich ihr Alter aber auch nicht mehr richtig schätzen, weil ich mit jungen Menschen jetzt kaum noch etwas zu tun habe und sie sich seitdem wie mit Lichtgeschwindigkeit von mir entfernt haben. Manchmal bedauere ich das.

Wo ist denn Anna?

Sie zieht sich um, sagt Karin eilig.

Und der Bräutigam? Ich habe ihn noch nie gesehen. Weiß nur, daß er Ivo heißt und Taxi fährt.

Ich kann mir meine Tochter beim besten Willen nicht als Braut vorstellen. Aber wenn ich ehrlich bin, kann ich sie mir überhaupt nicht anders vorstellen als das Kind, das sie war, als ich gegangen bin. Ein spindeldürres Kind mit strohblonden Haaren, das sich weigerte zu essen, um nie, nie erwachsen werden zu müssen und so wie wir.

Wir haben uns selten gesehen seit der Scheidung vor sechs Jahren. Ab und an gab es verklemmte Gespräche in Restaurants, ein paarmal hat sie mich in der neuen Wohnung besucht. Zu Eva, meiner neuen Freundin, fand sie keinen Draht – oder wollte keinen finden. Sie wurde mir fremd, meine Tochter, sie bekam eine schlechte Haut, wurde dick, als sie endlich wieder normal aß, sehr dick, fett, fast monströs, so daß ich irgendwann das kleine, dünne Mädchen, das ich kannte, nicht mehr wiederfand.

Bei unserem letzten Treffen vor einem halben Jahr saß ich einer dicken, jungen Frau mit wilden, rötlich gefärbten Haaren gegenüber, die mich entsetzlich langweilte und irgend etwas von einer Ausbildung als Shiatsu-Masseuse in Holland faselte und von dem Glück, mit anderen Menschen in Kontakt zu sein. Ich nickte und lächelte höflich, wie man nur bei Leuten lächelt, die man sich am liebsten auf den Mond wünscht. Meine eigene Tochter, die ich nur einmal im Jahr sah! Erschrocken fragte ich sie irgend etwas Belangloses, da richtete sie sich kerzengerade auf, sah mich mit den Augen ihrer Mutter an und sagte klar und deutlich: Ich möchte nicht wie du immer woanders sein, als ich bin.

Wie meinst du das, um Himmels willen?

Ihr Blick verlor seine Härte, ein rosa Schimmer überzog ihre teigigen Wangen, sie fummelte an der Kerze herum, die auf dem Tisch stand. Du … du bist irgendwie nie richtig da, murmelte sie. Und als du damals gegangen bist, haben wir es gar nicht so recht gemerkt, weil du vorher, als du noch da warst, auch nie wirklich da warst.

Jetzt bin ich also da, Anna, ich bin hier, obwohl ich das angesichts dieser jämmerlichen kleinen Hochzeitsgesellschaft bereits heftig bereue.

Karin drückt mir ein Glas Punsch in die Hand, gleichzeitig öffnet sich die Tür zum Schlafzimmer, und Anna kommt in einem braun glänzenden Kleid auf mich zugesprungen wie ein riesiger Medizinball, umarmt mich so heftig, daß ich den Punsch fast verschütte, und deutet begeistert auf einen kleinen, dünnen Mann, der schüchtern und mit gesenktem Kopf hinter ihr steht.

Das ist Ivo! ruft sie, legt einen ihrer dicken Arme um den kleinen Mann. Freut mich, sagt er. Er hat eisblaue Augen in einem grauen Mausgesicht. Von nahem wirkt er jünger. Vielleicht fünfundzwanzig. Er trägt einen Anzug mit zu breiten Schultern und ein grün schillerndes Hemd.

Meine Familie konnte leider nicht kommen, aber sie haben einen Schinken geschickt, sagt er und lächelt unsicher.

Jetzt laß doch den Schinken, lächelt Anna und sieht mich unverwandt an. Sie wartet, daß ich ihr ein Zeichen gebe, daß mir ihr Mann gefällt, daß der dünne, blasse Ivo aus Sarajevo genau der Richtige für sie ist. Ich kann nicht. Ich senke den Kopf, und als ich ihn wieder hebe, habe ich ein künstliches Lächeln aufgesetzt, das sie sofort als solches erkennt.

Enttäuscht wendet sie sich ab. Ich wechsle einen Blick mit Karin. Sie zieht die Augenbrauen hoch und hebt leicht die Hände. Sie hätte mich vorbereiten können auf Ivo. Kein Wort hat sie gesagt, aus purer Bosheit hat sie kein Wort über ihn verloren.

So, sie klatscht in die Hände, alle bitte austrinken. Wir müssen los. Nach Karlsfeld brauchen wir mindestens eine halbe Stunde.

Die Kirche ist in Karlsfeld?

Der Tempel, verbessert sie mich lächelnd.

Wieso der Tempel?

Ach, sagt Karin leichthin, habe ich dir das gar nicht erzählt? Ivo und Anna heiraten buddhistisch.

Aha.

Alle sehen mich an, als hätte *ich* etwas Seltsames gesagt. Ich wende mich an Ivo. Sie sind Buddhist?

Nö.

Und du, Anna, bist du neuerdings Buddhistin?

Nein, sagt Anna, eigentlich nicht.

Mir wird leicht schwindlig, das mag an dem Punsch liegen. Und wieso heiratet ihr dann buddhistisch?

Das würde ich auch gerne mal erfahren, krächzt meine Schwiegermutter aus dem Hintergrund.

Och, sagt Anna, weil ich ja nicht getauft bin und Ivo

Moslem ist, können wir nicht in der Kirche heiraten, und nur auf dem Standesamt, fanden wir auch irgendwie doof.

Ah ja, lächle ich belämmert in die Runde.

Und die Buddhisten waren mir schon immer sympathisch, fügt Anna hinzu. Ja, sagt Ivo und trinkt seinen Punsch in einem Zug aus.

Wir fahren vor den anderen her im Taxi. In Ivos Taxi. Darauf hat er bestanden. Karin sitzt vorne, Anna und ich hinten. Darauf hat Karin bestanden. Der Vater der Braut solle doch bitte schön neben der Braut sitzen. *Der Vater der Braut.* Einen winzigen Moment lang fühle ich mich tatsächlich wie Spencer Tracy in dem gleichnamigen Film. Fast ein bißchen stolz. Aber dann sehe ich meine dicke Tochter, die so viel Platz einnimmt, daß ich mich dicht ans Fenster quetschen muß, und den dünnen Hecht am Steuer, der ihr Mann sein will, und die müden roten Rosen, die irgend jemand in die Löcher vom Armaturenbrett gesteckt hat, und mein ganzes bißchen Stolz fliegt wie eine Fliege zum Fenster hinaus.

Karin dreht sich zu mir um und lächelt mich aufmunternd an, so wie sie mich immer angelächelt hat, wenn etwas Unangenehmes vor uns lag. Zum letzten Mal beim Gerichtstermin unserer Scheidung.

Ivo schaltet aus Versehen den Taxameter ein. Ivo, sagt Anna zärtlich und legt ihm von hinten die Hand auf die Schulter.

Ivo lacht kurz auf wie eine Hyäne, schaltet den Taxameter wieder aus und sucht im Rückspiegel Annas Blick, erwischt jedoch meinen. Seine eisblauen Augen erinnern mich an die Augen von Polarhunden.

Anna nimmt die Hand von seiner Schulter und malt Kringel auf die beschlagene Scheibe neben sich. Sie hat immer irgend etwas auf die Autoscheiben gemalt mit ihren verschmierten, fettigen Kinderpfoten. All die endlosen Autofahrten mit einem kreischenden Baby in seinem Kindersitz, später das Geblök der Kindermusikkassetten, dann ein muffiger, magersüchtiger Teenager, all diese vergeblichen Fahrten ins Glück. Und dann wieder ein strahlendes, braungebranntes Kind, das in Jeans und T-Shirt auf mich zustürzt und an mir hochspringt wie ein Hund, und eine lächelnde Frau, die uns dabei zusieht. Ein vor Freude glucksendes Baby, das ich hoch in die Luft werfe, hoch, hoch, hoch, so hoch, daß Karin vor Schreck ganz blaß wird, und das Glück, dieses Glück, immer wenn dieses sabbernde, quiekende Baby wieder auf mich zufliegt, als käme es direkt aus dem Weltall.

Ich suche nach Annas Hand auf dem Sitz und drücke sie. Eine weiche, große Hand, die mir völlig unbekannt ist. Erstaunt dreht sie mir ihr rundes Gesicht zu, und mit einer plötzlichen Bewegung legt sie ihren Kopf auf meine Schulter. Schwer lastet er auf mir, es ist nicht besonders bequem.

Du hast zu mir Kristallstraße gesagt, ganz sicher, behauptet Karin.

Nein, Diamantstraße, jammert Anna, es war die Diamantstraße. Ivo, sag doch auch mal was.

Es war irgend so ein Edelstein, sagt Ivo.

Wir irren in unserer kleinen Kolonne im Halbdunkel durch eine heruntergekommene Wohnsiedlung weit vor der Stadt. Unter den Teppichstangen zwischen den Häusern liegt Schnee. Hinter den quadratischen Fenstern stehen Weihnachtspyramiden und leuchten mattgelb vor sich hin. Zum dritten Mal biegen wir von der Smaragdstraße in die Rubinstraße.

Es ist schon nach fünf, jammert Anna, der Lama ist bestimmt schon da.

Der Lama?

Ja, der Lama der Kalmücken kommt extra für uns.

Der Lama der Kalmücken?

Karin dreht sich zu mir um und verdreht die Augen. Ich drehe ebenfalls die Augen gen Himmel. Die Verschwörung der Eltern gegen ihre Kinder. Dieser kleine Moment stillen Einverständnisses zwischen Karin und mir macht mich unversehens glücklich. Ich hebe die Hand, um sie ihr auf die Schulter zu legen, lasse es dann aber doch sein.

Laß uns noch einmal zurückfahren zur Opalstraße, schlage ich vor, und von vorne anfangen.

Ivo fragt über Funk seine Kollegen an. Keiner weiß Bescheid. Ist das nicht in Karlsfeld? brüllt eine Frau mit Kölner Einschlag aus dem Funkgerät, da gibt's 'ne ganze Ecke, da heißen alle Straßen wie Juwelen, und die Häuser sind der letzte Dreck.

Wir finden das nie, stöhnt Anna und greift jetzt nach meiner Hand.

Als wir zum fünften Mal durch die Rubinstraße fahren, steht ein stämmiger Mann in einem seltsamen roten Umhang mit nackten Oberarmen vor einem Haus im Schnee.

Da ist er! ruft Anna aufgeregt. Der Lama! Halt an! Halt doch an!

Von einer asiatischen Frau mit Schürze werden wir

freundlich angehalten, uns in dem winzigen Flur die Schuhe auszuziehen.

Mit unseren dicken Wintermänteln sind wir uns gegenseitig im Weg, wir schubsen und schieben und flüstern aufgeregt wie eine Schulklasse. Ivo holt einen Kamm aus seiner Hosentasche und fährt sich damit durch die Haare. Er legt dabei seinen Kopf schräg wie früher mein Vater.

Verwundert stelle ich fest, daß ich tatsächlich eine Familienähnlichkeit an Ivo entdeckt habe, da werden wir aufgefordert hereinzukommen in die winzige Zweizimmerwohnung, von der das Wohnzimmer eine Art Wartezimmer und das Schlafzimmer der Tempel ist. Meine Schwiegermutter geht barfuß vor mir so vorsichtig über den Teppich, als fürchte sie versteckte Tellerminen.

Ich drehe mich nach Anna um, will ihren Arm nehmen – so macht man das doch, als Vater der Braut. Im Kopf höre ich sogar die richtige Musik dazu: Taatatata – taatatata. Aber Anna lächelt nur und faßt Ivo fest bei der Hand. Ihre Augen glänzen wie als Kind, wenn sie endlich das Weihnachtszimmer betreten durfte.

Vor einer Art Schrankwand mit verschiedenen goldenen Buddhas stehen brennende Butterlämpchen und Schalen voller Obst und Weihnachtskeksen. Selbst ein Schokoladenweihnachtsmann ist dabei. An den Wänden hängen bunte Bilder, überhaupt ist alles sehr bunt und heiter. Die Teppiche haben leuchtende Farben, rote Kissen liegen im Raum verstreut, goldgelbe Tücher hängen über einem Podest, auf dem jetzt der Lama sitzt. Er ist klein und dick, sein runder Schädel geschoren, sein Alter kaum zu schätzen.

Vierzig? Siebzig? Seine Ausstrahlung ist ebenso heiter

wie seine Umgebung und würdevoll zugleich. Lächelnd bedeutet er uns, uns ebenfalls zu setzen. Die Brauteltern in der zweiten Reihe, die anderen dahinter.

Mit krachenden Knochen lasse ich mich auf ein rotes Kissen nieder, während Karin sich neben mir elegant auf die Fersen kniet. Ich bin gespannt, wie lange sie diese Position aushält.

Daß ich so was noch erleben darf, sagt meine Schwiegermutter hinter mir.

Dem Brautpaar weist der Lama zwei goldene Kissen in der ersten Reihe zu. Anna wirft sich sofort schwer wie ein Elefantenkalb nieder, während Ivo stehenbleibt und sich etwas betreten umsieht. Freundlich nickt ihm der Lama zu.

Ich glaub, ich komm nicht runter, sagt Ivo schüchtern und deutet auf sein Knie. Schußverletzung. Krieg. Er zuckt die Schultern, grinst.

Oh, Anna rappelt sich wieder auf und bietet ihm ihren breiten Rücken dar. Entschuldige.

Ivo winkt ab, stützt sich auf ihren Rücken und senkt sich langsam mit ihr zu Boden, wobei er das eine Bein anwinkelt, das andere weit von sich streckt.

Er trägt Socken mit eingestricktem Spielkartenmuster. Ich kann seinen Fuß nicht sehen. Vielleicht hat er sogar eine Prothese, dieser kleine, dünne, jämmerliche Taxifahrer, der Mann meiner Tochter, der bereits in einem Krieg war, während ich noch nicht mal bei der Bundeswehr war.

Da sitzt also mein künftiger Schwiegersohn Ivo, der Kriegsteilnehmer und Taxifahrer, direkt vor mir, sein Rükken so schmal wie der eines Zwölfjährigen, und daneben meine mächtige Tochter, zukünftige Masseuse, und der Lama wirft in einer großen Geste seinen roten Umhang über die eine nackte Schulter, kichert und sagt in fließendem Deutsch: So, dann fangen wir mal an mit der Trauung, die es bei uns Buddhisten gar nicht gibt. Er kichert abermals. Ich kann Sie nicht trauen, aber ich kann Ihnen einen Glückssegen geben.

Einen was? flüstert hinter mir meine Schwiegermutter, die immer gegen mich gewesen ist und bis zur letzten Minute versucht hat, ihre Tochter davon abzubringen, einen Sportreporter aus Hannover zu heiraten. Einen Glückssegen, flüstert Karin zurück.

Jeder Mensch möchte glücklich sein. Ich möchte Sie beide bitten, dem anderen bei seinem Streben nach Glück immer behilflich zu sein, sagt der Lama zu dem Brautpaar. Und gleichzeitig sollten Sie den Samen des Glücks in sich selbst bewässern, damit es wächst und gedeiht. Und was ist der Same des Glücks? Er macht eine Pause und sieht uns alle der Reihe nach an, seine Augen sind wach und scharf. Er wandert mit seinem Blick über Anna und Ivo zu Karin und schließlich zu mir. Der Augenblick. Der gegenwärtige, bewußt erlebte Augenblick. Wenn Sie essen, essen Sie. Wenn Sie schlafen, schlafen Sie. Wenn Sie heiraten, heiraten Sie.

Seine Augen blitzen. Wieder lacht er. Mehr sagt er nicht. Zumindest nicht auf deutsch. Er rezitiert irgend etwas auf tibetisch mit vielen *chös* und *lös* und *pas*, ganz tief aus seinem Bauch heraus kommen diese Töne, als hätte er eine Trompete verschluckt. Meine Beine schlafen ein, mühsam zerre ich sie unter mir hervor und lege sie wie zwei Stöcke in eine andere Richtung.

Auch Karin hat Mühe, ihren eleganten Fersensitz beizubehalten. Unruhig rutscht sie von einer Pobacke auf die andere, aber Ivo und Anna vor uns rühren sich keinen Zentimeter von der Stelle.

Ganz langsam kriecht Karins Hand über den himmelblauen tibetischen Teppich auf meine zu, bis wir uns an den Händen halten und gemeinsam auf den vertrauenerweckenden breiten Rücken unserer Tochter starren.

Haben Sie vielleicht ’ne Zigarette? fragt mich Ivo, als wir aus dem Haus kommen. Er trägt den weißen Segensschal über seinem grauen, schweren Mantel. Ich sehe jetzt sein leichtes Humpeln. Der Schnee knirscht unter unseren Füßen. Hast *du*? verbessere ich ihn.

Ne, sagt Ivo.

Ich meine, du mußt mich duzen, ich bin doch jetzt dein Schwiegervater. Ich klopfe ihm ungelenk auf den Rücken und hole die Schachtel Zigaretten aus meiner Tasche.

Wie hast du’s gefunden? fragt mich Ivo. Sein Gesicht leuchtet im Feuerschein der Zigarette orange auf. War doch ’ne gute Idee, oder?

Ja, sage ich.

War doch schön, oder?

Ja.

War doch verrückt, oder?

Ja.

Und schön.

Ich glaube, du darfst jetzt nie mehr eine Mücke totschlagen – es könnte deine reinkarnierte Großmutter sein, sage ich. Wir lachen beide und beobachten Anna, die mit beiden Händen im Schnee wühlt.

Ich wollte einfach was, an das ich mich mal erinnern

kann, sagt Ivo, legt den Kopf schief und fährt sich wie mein Vater langsam über die Haare, und da kommt Anna lachend mit offenem, wehendem Mantel auf uns zugelaufen und wirft ihren Schneeball hoch in die Luft, hoch, hoch, hoch, und wir alle verfolgen seinen Flug und fragen uns, wen von uns er treffen wird.

Mitten ins Herz

Nach Armins Tod hatte Anna sofort alle elektrischen Geräte im Haus verschenkt oder verkauft und die Steckkontakte entfernen lassen. Außer für einige Hängelampen an der Decke floß im ganzen Haus kein Strom mehr, und sosehr Anna auch den Fernseher, das Tonband, den Schallplattenspieler oder einen Fön manchmal vermißte, so war es ihr doch auf jeden Fall lieber, sich nicht von Elektrizität umgeben zu fühlen und um Jans Sicherheit zittern zu müssen. Sie traute es sich einfach nicht länger zu, mit Strom umzugehen; fast fürchtete sie seine Rache … aber das war albern.

Mit vier Jahren hatte Jan einmal einen leichten elektrischen Schlag bekommen, als er Annas flauschigen Pullover berührte. Es gab einen kleinen Funken, und Jan brach vor Schreck in Tränen aus. Anna nahm ihn auf den Arm, trug ihn in ihr Zimmer und legte ihn aufs Bett. Jan schluchzte laut, zitterte und klammerte sich an sie, und Anna wußte, er stellte sich nicht an, er war zu Recht in Panik. Sie spürte Armin und die Vergangenheit im Rücken und drehte sich mutig und trotzig um, ging zum Schrank und zerrte den Schuhkarton mit ihren alten Fotos heraus.

Jans Schluchzen brach ab, er liebte Bilder über alles, griff sofort nach seinem Lieblingsfoto und betrachtete es aufmerksam, als wolle er überprüfen, ob darauf noch alles beim alten war: Anna mit dem glänzenden Saxophon nach ihrem ersten Konzert. Gerade 16, mit schweißnassen Haaren, häßlich, glücklich. Im Hintergrund der Schlagzeuger. Jetzt fiel ihr noch nicht einmal mehr sein Name ein. Sehr sanft war er gewesen, und auf dem Bauch hatte er ein kleines Büschel sehr langer, schwarzer Haare. Wie Gras. Anna lächelte vor sich hin, und Jan grinste verständnislos zurück, die Tränen waren vergessen. Er kramte in dem Karton. Anna und Thomas in einem Fischerboot in Griechenland. Sie blickten mit gleichgültigen Mienen in entgegengesetzte Richtungen. Ein alberner Mensch mit übertriebenen Bewegungen, der ihr in dem halben Jahr, in dem sie zusammen waren, jeden Tag gesagt hatte, er liebe sie über alles. Anna nahm Jan das Foto aus der Hand. Armin vor dem kleinen roten Fiat, den er ihr zu ihrem 21. Geburtstag geschenkt hatte und den sie jetzt noch fuhr.

War Papi sehr stark?

Nein, mein Schatz – das war er nicht. Aber sehr nett.

Was heißt nett?

Na ja, er war sehr lieb zu mir.

Wart ihr Verliebte? Jan kicherte aufgeregt.

Nein, sagte Anna sanft, das waren wir nicht.

Jan zuckte mit den Achseln und mischte das Foto wieder unter die anderen. Ihre Mutter Angelika und sie in ihrer Studentenbude in München. Anna hatte die Kamera auf Armeslänge weggehalten, ihre Mutter in den Arm genommen und auf den Auslöser gedrückt.

Von ihrem eigenen Gesicht war nur noch die Hälfte zu sehen, und diese Hälfte verriet nichts über den Ausdruck, den sie gehabt hatte. Abschiedsfoto. Sie hatte gar nicht von zu Hause weggewollt. Angelika lächelte in die Kamera. Hatte meine Mutter nach 19 Jahren genug von mir? Angelikas Enttäuschung, als Anna die Aufnahmeprüfung an der Musikhochschule nicht bestand. Auf jeden Fall studieren. Dann also in München, so weit weg von zu Hause. Sie haßte die nahen Berge. Das Zimmer war winzig und teuer und lag unter dem Dach. Unkraut in der Regenrinne vorm Fenster. Wasserflecken an der Decke. Tagsüber dunkel, abends recht gemütlich. Die Gasheizung war viel zu groß für den kleinen Raum und ließ sich nicht regulieren. Alle Viertelstunde mußte Anna sie ausmachen und das Fenster öffnen. *The American Forces Network* im Radio. Gebrabbel gegen die Stille.

Die Uni unterschied sich enttäuschend wenig vom gewohnten Schulalltag. Die Kommilitonen langweilten sie mit ihrer Ernsthaftigkeit. Abends ging sie allein ins Kino oder in eine Kneipe. Der verrückte Amerikaner, der mit seinem Bierglas neben dem Eingang stand und vor sich hin grinste. Sie wußte sofort, daß er Amerikaner war, weil er diese derben Wanderstiefel und eine blaue Daunenweste trug. Hast du Hunger? hatte sie ihn gefragt. Ich gehe jetzt nach Hause und koche mir ein paar Spaghetti. Wie blöd – aber er hatte tatsächlich Hunger. Schweigend und gutgelaunt gingen sie zusammen über die Leopoldstraße. Er war mindestens 35, hatte lange graue Haare.

Auf der kleinen Elektroplatte kochte sie Spaghetti mit Butter, die er lobte. Er mochte auch Randy Newman. Als sie im Dunkeln im Bett lagen, grinste Anna, den Kopf an seiner Schulter: Sie hatte einen Mann regelrecht aufgerissen, er war nett – und eingeschlafen, noch bevor sie sich ausgezogen hatte.

Sie sah ihn nur noch einmal wieder, als sie morgens zur Vorlesung wollte und auf der Treppe im dritten Stock fast über ihn gestolpert wäre. Er schlief dort seinen Rausch aus; hatte es in der Nacht nicht mehr bis in den fünften Stock geschafft. Anna ließ ihre Vorlesung sausen und briet ihm Eier.

Er liebte ein deutsches Mannequin und las alles von Henry Miller, während er darauf wartete, von ihr erhört zu werden.

Mami, warum hast du auf diesem Foto mit Papi blaue Haare?

Komm, Jan. Jetzt laß mich mal für fünf Minuten die Augen zumachen. Ich habe ein bißchen Kopfschmerzen.

Jan tatschte ihr mit seiner kleinen heißen Hand auf die Stirn. Anna lächelte mit geschlossenen Augen.

Die Arbeiten, die sie damals für Seminare hatte schreiben müssen, hatten sie gequält. Stundenlang hockte sie in ihrem Zimmer vor den Büchern. Es interessierte sie nicht. Sie trank in kleinen Schlucken Cinzano, bis sich ihre Gedanken verwirrten. Schlaf. Oft bis spätabends. Bunte, angenehme Träume, nichts Aufregendes, aber Grund genug, sich gegen das Aufwachen zu wehren. Mit geschlossenen Augen lag sie dann da und wartete darauf, wieder in den Schlaf abzugleiten.

Mach dir für jeden Tag einen Plan, ein Rat ihrer Mutter. Wie beschämend für die Menschheit, die eigene Sinnlosigkeit durch einen genauen Tagesplan zu übertünchen.

Ihr alter Lateinlehrer immer wieder: Anna, Sie sind ein Windhund. Sie bekam die Stadt nicht in den Griff, verlief sich in der Altstadt, stieg in die falschen Straßenbahnen und Busse. Die zielstrebigen Gesichter um sie herum ließen sie fahrig und ungeschickt werden. Sie trat anderen auf die Füße, verlor einmal den Halt und stützte sich auf dem Kopf eines Sitzenden ab. Erschrocken stieg sie sofort aus. Als wären ihre Gleichgewichtsorgane defekt gewesen. Zuviel Schlaf. Wie eine Krankheit ohne Schmerzen. Oder war sie nur durch und durch träge gewesen? Unangenehmer Gedanke.

Entschlüsse faßte sie nur selten, und wenn, dann kamen sie von weit her über Nacht. Eines Morgens war sie klar und unverquollen aufgewacht und hatte gewußt: Heute lasse ich mir die Haare blau färben.

Es tat ihr gut zu sehen, wie selbst die modebewußten britischen Friseure in der Elisabethstraße von ihrem Vorhaben beeindruckt waren und sich nicht so recht trauten. Lächelnd wartete sie darauf, an die Reihe zu kommen, und blätterte mit leiser Verachtung in einer Frauenzeitschrift. Als dann die stinkende chemische Substanz in ihren Haaren wirkte und noch nicht abzusehen war, wie blau sie wohl werden würden, genoß Anna das heiße, aufregende Gefühl von leichter Elektrizität in ihrem Körper, das sie so sehr mochte, aber das sich nur bei seltenen Gelegenheiten einstellte. Die Trockenhaube wurde abgestellt und zur Seite geschwenkt. Ultramarinblau. Anna strahlte. So wie ein billiger Nylonpullover aus der Grabbelkiste eines Kaufhauses.

Es störte sie nicht, daß auf der Straße und im Hörsaal alle auf sie starrten und über sie flüsterten. Sie hatte sich immer anders als die meisten empfunden, nicht besser, nur anders; und die blauen Haare ließen diese ohnehin vorhandene Empfindung nun in ihrem Kopf zu einem Bild werden: ein Schwarzweiß-Foto mit einem einzigen Farbklecks – Anna Blume. Eine einsame Existenz, das ahnte sie schon seit langem. Es strengte sie über die Maßen an, sich mit anderen länger zu unterhalten. Vor Langeweile wurde ihr fast schwindlig, dabei redete sie gern, war sich jedoch nie sicher, ob die Weise, in der sie die Wörter gebrauchte, mit der üblichen Gebrauchsform übereinstimmte. Es lag ihr nicht unbedingt daran, verstanden zu werden. Aber anders als im Schlaf ließ sie der Zustand des Wachseins etwas vermissen, was sie nicht benennen konnte.

In den letzten sonnigen Herbsttagen nahm sie das Saxophon mit in den Englischen Garten. Sie freute sich über den weiten Klang. Ein Mann Mitte Dreißig in einem schweren teuren Mantel, der ihm eine ganz rechteckige Statur gab, blieb stehen und hörte lange zu. Sie erinnerte sich ganz deutlich daran, daß sie unbewußt einen Schritt zurückgetreten war, um den Abstand zwischen sich und diesem

Mann zu vergrößern. Sie spielte nicht für Geld, aber der Mann nahm seine Zeitung, breitete sie vor ihr aus und legte einen Zwanzigmarkschein darauf, den er mit einem kleinen Stein beschwerte. Sein großes Gesicht war gerötet. Sehr ernste helle Augen. Anna sah ihn unterm Spielen an. Er nahm seinen Blick nicht weg, und so wie er da stand und sie ruhig betrachtete, versetzte er Anna in Unruhe. Sie wandte sich ab. Warum ging er nicht endlich weiter? Ihre Hände fingen an, kalt zu schwitzen. Als sie sich umdrehte, war er weg, und sie spielte wieder besser.

Gladiolen. Wie kitschig. Und gleich ein ganzes Dutzend. Sie lagen vor ihrer Tür, als sie spätnachts aufs Klo ging. Und eine weiße Karte mit gespreizter Handschrift: Ich würde Sie gern morgen abend um 20.30 Uhr zum Essen in das Restaurant ›Die Wolke‹ einladen. Keine Unterschrift. Der rechteckige Mann. Sie war ganz sicher. Verärgert warf Anna die Karte in den Papierkorb und wußte gleichzeitig, daß sie natürlich hingehen würde. Vielleicht das elektrische Gefühl und die Sicherheit, einen ganzen Tag lang zu wissen, was sie zu tun hatte.

Bis sechs Uhr abends blieb sie im Bett. Duschen. Haarewaschen. Die Heizspiralen ihres alten Föns glühten plötzlich gefährlich orange auf, es gab einen kleinen Knall, und Anna ließ den Fön erschrocken fallen. Zwanzig Minuten, um sich die Haare mit einem Handtuch trockenzurubbeln. Weiße Schminke und schwarzes Kajal für die Augen. Jeans. Nicht zuviel Theater.

Das Lokal war klein, vornehm und angenehm gelblich beleuchtet. Der Kellner führte sie sofort zu einem Tisch, schob den Stuhl zurück und blieb hinter ihm stehen, bis Anna sich gesetzt hatte. Herr Dr. Thal hat angerufen. Er wird gleich hier sein. Natürlich. Rechtsanwalt oder Arzt. Ihre Achselhöhlen juckten von dem Parfüm. Aufstehen und gehen, sofort.

Er trug wieder seinen schweren Mantel. Das freut mich, er gab Anna fest die Hand. Auf seinem Gesicht glänzten Regentropfen. Unter dem Mantel ein hellblauer Kaschmirpullover. Fast kindlich. Armin Thal, Zahnarzt. Anna nickte. Für sie, bitte, Pastete und Hummer. Er bestellte den Wein. Während sie den Aperitif tranken, sah er sie wieder so ruhig und unbewegt an. Anna gab sich einen Punkt, wenn sie seinem Blick standhielt, bis sie langsam bis fünf gezählt hatte, zwei Punkte, wenn sie die Zehn erreichte und drei bei fünfzehn. Wich sie seinem Blick schon vor der Fünf aus, zog sie sich einen Punkt ab.

Erst drei Punkte, als er nach langer Pause begann: Anna, seit ich Sie gestern im Englischen Garten gesehen habe, habe ich ein sehr starkes Gefühl für Ihre Erscheinung entwikkelt. Ich habe gesehen, wie Sie wohnen, weil ich Ihnen gefolgt bin. Der Ober brachte die Vorspeise, und während er auflegte, fuhr Armin Thal ruhig fort: Ich möchte Ihnen einen Vorschlag machen: Ich wohne auf dem Land in einem sehr großzügigen, umgebauten Bauernhaus. Sie könnten dort ab sofort wohnen, hätten zwei Zimmer zu Ihrer Verfügung und 1500 Mark im Monat. Keinerlei Verpflichtungen.

Sie war gar nicht sehr erstaunt gewesen. Angenommen, ich hätte keine blauen Haare und Sie hätten mich als normale Studentin und nicht als Saxophonistin kennengelernt – würden Sie mir auch dann noch dieses Angebot machen? Er lächelte ganz kurz allein mit den Augen. Sie halten mich für sehr oberflächlich. Nein, mit oder ohne blaue Haare – ich hätte Sie gern um mich, weil ich in Ihrem Beisein etwas von der Aufregung verspüre, die bisher in meinem Leben gefehlt hat. Sie verstand sofort. Was ist das für eine Aufregung? Sie lächelte, weil ihr Blut plötzlich schneller floß. Die Aufregung, doch noch einmal jemand anders zu werden, als man ist – durch eine zweite Person. Jetzt grinste er. Illusion. Aber um so vieles spannender als die Realität.

Aber wenn es nun mit der Aufregung nach wenigen Tagen oder auch Wochen vorbei ist... dann kann ich wieder gehen?

Nein. Das Risiko für Sie wäre relativ gering. Ich habe mir da zunächst einen Ein-Jahres-Vertrag vorgestellt, 1500 Mark monatlich.

Anna saugte das Fleisch aus den Hummerscheren, wusch sich die Finger in einer kleinen Keramikschale mit lauwarmem Zitronenwasser.

2000 Mark, sagte sie. Ein langer Blick. Drei Punkte.

Er faltete die Hände und legte sie vor sich auf den Tisch. Kurze, runde Finger mit sehr kleinen Nägeln.

Einverstanden.

Anna trank einen Schluck Wein.

Vielleicht.

Das Gesicht geriet ihr ein wenig außer Kontrolle. Beim Espresso mit Cognac Atemschwierigkeiten.

Aufrecht erreichte sie die Toilette. Lautes Würgen, Erleichterung danach. Sie wusch sich das Gesicht, spülte sich den Mund aus und setzte sich auf den kalten Steinfußboden. Plötzlich erschöpft. Verschmierte Schminke.

Er bezahlte rasch mit einer Kreditkarte und führte sie zu seinem Wagen. Anna hatte Mühe, ihren Blick zu fokussieren. Unaufgefordert fuhr er sie zu ihrer Wohnung. Beim Treppensteigen fing sie an zu taumeln, und er nahm sie auf die Arme und trug sie schnell und sicher bis in den fünften Stock. Als er ihr die Jeans auszog, versuchte sie zu entscheiden, ob ihr dies unangenehm war, kam jedoch zu keiner eindeutigen Empfindung. Das sichere Bett. Mit geschlossenen Augen merkte sie noch, wie nach wenigen Minuten das Licht ausging.

Sie wachte auf, weil ihr wieder schlecht wurde. Tastete nach dem Lichtschalter, aber da war er schon bei ihr und führte sie zum Waschbecken. Bittere Galle. Er hielt sie und klopfte ihr leicht den Rücken. Ein Arzt. Jeder Gedanke jetzt zu anstrengend. Um sieben Uhr weckte er sie mit Tee und Zwieback. Er fahre jetzt in seine Praxis. Seine Telefonnummer legte er auf den Nachttisch. Ein kurzer, kühler Luftzug wehte ihr über die Stirn, als er die Tür öffnete und ging.

Zwei Stunden später hatte Anna hohes Fieber, das sie in einen angenehmen, weichen Dämmer versetzte. Sie genoß ihre eigene heiße Trägheit, den Blick an die immergleiche schmutzigweiße Decke mit dem großen braunumränderten Wasserfleck. Wenn Armin kam, um nach ihr zu sehen, fiel sie ohne Anstrengung in tiefen Schlaf. Er ließ sie in Ruhe, sorgte für Lüftung und heißen Tee in der Thermoskanne. Nach zwei Tagen erkannte sie ihn schon an seinen Schritten auf der Treppe.

Nach vier Tagen wußte sie, was sie wollte, und das Fieber sank. Armin freute sich mit einem knappen Kopfnicken. Zusammen packten sie ihre Sachen. Belustigung und das Gefühl, in wenigen Tagen viele Jahre älter geworden zu sein. Er trug das Saxophon die Treppe hinunter.

Auf der Fahrt durch die Stadt fühlte sie sich dann doch eher bedrückt und verschüchtert wie eine Entführte. Sie öffnete das Fenster und hielt den Kopf hinaus. Der kalte Wind biß in die Augen und ließ die Kopfhaut zusammenschrumpfen. Ich möchte wild sein – und eine Wilde kennt kein Zögern. Sie stieß einen langen, hohen Schrei aus, den das Auto in seiner Geschwindigkeit wie einen Schweif hinter sich herzog.

Armin war zufrieden. Er strich mit lederbehandschuhten Händen beim Warten an den Ampeln leicht übers Lenkrad.

Das Bauernhaus überraschte sie. Es war stilvoll, aber nicht protzig eingerichtet. Wenige Möbel, große, schöne Teppiche. Kein Hund zum Glück. Aus ihrem Zimmer im ersten Stock sah sie auf Weiden ohne Ende.

An diesem Abend saßen sie zusammen vor dem Videorecorder im Wohnzimmer und sahen sich den Film *Only*

Angels Have Wings an. Jean Arthur wußte auch genau, was sie wollte. Wer weiß, was er will, kompromittiert sich nie. Der Wein war gut. Sie sprachen wenig. Um halb eins stand Anna auf. Aus einer Laune heraus gab sie Armin einen Kuß auf die Stirn, den er gleichmütig und freundlich hinnahm.

Im Bett weinte sie ein bißchen. Nur so, weil sie nicht wußte, was sie fühlen sollte. Er weckte sie um sieben mit Rosentee und zwei kleinen runden Kuchen. Wollte sie mit in die Stadt kommen? Viel zu früh. Anna winkte ab. 2000 Mark und der Vertrag unter dem Frühstücksteller.

Neugierig und mit leichtem Herzklopfen wanderte sie später durchs Haus. In seinem Schlafzimmer ein zweiter Videorecorder. Englische Krimis. Nur wenige Hinweise auf die Person von Armin Thal. Keine Fotos, keine Briefe. Seidene Schlafanzüge. Im Keller nur Weinflaschen und alte Möbel.

Sie las einen Krimi, sah zwei Filme: *Vier im roten Kreis* und *Außer Atem*. Telefonat mit ihrer Mutter. Wie erwartet, war sie über ihren Umzug entsetzt.

Armin brachte abends Steaks und Salat mit. Er legte eine Rock-'n'-Roll-Platte auf und fing an, den Salat zu waschen. Erstaunt, daß Anna keinen Rock 'n' Roll tanzen konnte. Jerry Lee Lewis – nie gehört. 1957 geboren – woher sollte sie ihn kennen? Ach ja, Armin lachte leise. Er legte die Steaks in die Pfanne.

Nach dem Essen: Können Sie Schach spielen? Nein, auch das nicht. Geduldig erklärte er. Feuer im Kamin. Nach zwei Stunden konnte sie sich nicht länger konzentrieren. Sie schwitzte, Schweigen. Er sah sie ruhig an. Sie stand auf und ging im Zimmer auf und ab. Unruhe im Magen.

Ungeduldig setzte sie sich zu ihm auf die Stuhllehne und legte ihm einen Arm um den Hals. Er sah sie freundlich an, aber bewegte sich nicht. Ihr blauer Kopf an seiner Brust. Angenehm. Wollte er vielleicht wirklich nichts weiter von ihr? Unmöglich. Er hatte dann ja schließlich doch angefangen, sie zu streicheln. Seine Haut war fest, glatt und kühl. An der Decke in seinem Schlafzimmer kein Wasserfleck. Aufgeregt und gleichzeitig gleichgültig, sehr frei hatte sie sich gefühlt. Er war elegant, zärtlich, daran gewöhnt, gut.

Sie wachte erst mittags auf, allein. Ein langes, heißes Bad. Was war denn schon dabei? Keine Liebe, keine Probleme. Sie lachte, und es klang in dem großen gekachelten Badezimmer lauter, als sie beabsichtigt hatte.

Die Vorlesung um drei verpaßte sie, weil der Bus in die Stadt länger als eine Stunde brauchte. Sie fuhr statt dessen zum Markt und kaufte frischen Fisch und Gemüse ein. Schokoladenpudding zum Nachtisch. Armin war begeistert. Seezunge – sein Lieblingsfisch. Anna wurde rot vor Freude.

Sie gewöhnte sich daran, auf ihn zu warten. Oft kochte sie, weil sie Spaß daran fand. Sie verabredeten sich nie. Anna war immer da.

Für das Sommersemester schrieb sie sich nicht mehr ein. Tagsüber saß sie in dem bequemen Ledersessel und las oder sah Filme. Jeder Tag hatte jetzt einen Plan: Armin verließ um 7.30 Uhr das Haus und kam gegen acht Uhr abends zurück.

Sie fuhren fort, sich zu siezen. Nicht aus Höflichkeit, das wußten beide, sondern weil es sie davor bewahrte, ins Alltägliche abzurutschen.

An einem nassen Juniabend legte Armin nach dem Abendessen zwei Flugtickets nach San Francisco auf den Tisch. Abflug in zwei Tagen. Vergessen Sie nicht, Ihr Saxophon mitzunehmen. Sie grinste und kratzte sich am Bein. Ihr schönes Blau wächst langsam raus.

Noch vor der Reise ließ sie sich die Haare nachfärben. Sie selbst hätte sich gern mal wieder verändert – aber lieber nichts riskieren. Er kannte sie so. So sollte sie bleiben.

Als sie amerikanischen Boden betraten, sprach Armin nur noch Englisch mit ihr. Er bewegte sich leichter und lächelte öfter. Paßte er sich nur den Amerikanern an, oder fühlte er sich tatsächlich anders?

Leise rauschten die Klimaanlagen in den teuren Hotels. Manchmal fühlte sie sich wie Jean Arthur, manchmal eher wie Lauren Bacall – sie fühlte sich wohl.

Armin trug ihr Saxophon durch die Stadt, und als er am dritten Tag zwei Schwarze sah, die an der Straßenecke standen und Tenorsaxophon und Gitarre spielten, packte er es aus. Sie sollte spielen? Armin bat sie darum, und die beiden Schwarzen nickten gutmütig. Es war ihr peinlich. Sie spielte für ihr eigenes Gefühl viel zu trocken und fantasielos. Armin fotografierte. Die kindlichen Augen der beiden Musiker. Plötzlich kurze, heftige Magenschmerzen, die ihr die Luft nahmen. Sie kam sich falsch vor. Alles falsch. Schon vorbei. Leute blieben stehen und guckten anerkennend.

Armin lud die beiden Musiker zum Essen ein. Sie hatte keinen Hunger, ihr war heiß und flau. Bei einer ungeschickten Bewegung warf sie das Weinglas um. Die beiden mochten Armin. Seine Ruhe. Nebenbei nahm er behutsam ihr Handgelenk und hielt es einige Minuten fest. Ihr wurde leichter, und sie konnte sich wieder besser orientieren.

Am Ocean Front Walk in Los Angeles. Am Strand, unter Palmen. Armin auf Rollschuhen. Lachte über jeden Sturz. Spielte wie ein kleiner Junge. In München undenkbar.

Im Tropicana-Motel griff Anna nachts im Schlaf nach seinem Arm und rückte näher an ihn heran. Erschrocken wachte sie auf: Die alte Gleichgültigkeit war fort. Ihr Körper veränderte sich, ihre Haut wurde nervös und elektrisch, ihr Herz klopfte. Sie duschte. Die schwarzen Schaben liefen eilig über den Badewannenrand. Manche ertranken. Es war nicht vorgesehen, dumm, gefährlich. Lächerlich. Aber sie wußte, sie würde die Veränderung nicht wieder rückgängig machen können. Was war das? Ein biochemischer Prozeß?

Von nun an kostete es sie Kraft, Armin nicht ständig zu berühren. Why are you so tense? fragte er sie beim Frühstück. English Muffins und Orangensaft. Was hieß tense, was meinte er? Sie zuckte die Schultern: Let's go to the movies.

Sie sahen *Sunset Boulevard*. Wie anders, die Filme hier zu sehen, wo sie herkamen und hingehörten. Armin legte den Arm um sie und zog sie an sich. Für ihn unverbindlicher Genuß, für sie plötzlich Qual. Mund halten, nichts verraten. Mühe, nicht ins fantasierte ›du‹ zu fallen. Eine verliebte Pute? Er hätte den Vertrag nicht verlängert, hätte sie fortgeschickt. Langweilig, nicht das, was er von ihr erwartete.

In Chicago ließ sie sich einen kleinen diamantenen Nasenring anfertigen, den Armin ihr eigenhändig schnell und fast schmerzlos in den Nasenflügel bohrte, als sie ihn darum bat.

Trotz aller Anstrengungen fand sie sich zum Gähnen, aber er genoß sie. Noch. Zurück in München, verfiel er sofort in seine alte zurückhaltende Eleganz, und Anna litt um so mehr an ihrer gefühlvollen Schwäche.

Zum 21. Geburtstag einen kleinen roten Fiat. Sie fiel ihm um den Hals.

Nur zwei Wochen später, am 20. September, kam er zum ersten Mal nicht nach Hause. Um 22 Uhr klopfte Annas Herz etwa zwei Minuten lang spürbar schneller.

Jean Seberg und Jean-Paul Belmondo beruhigten sie für die nächste Stunde. Ein Glas ›Southern Comfort‹. Dann jedoch plötzlich ein dicker Ball im Hals, der ihr Schwierigkeiten beim Schlucken bereitete, und eiskalte Hände. Sie ging auf und ab, geriet vor Angst außer Atem. Sie hatte doch früher keine Sekunde lang befürchtet, er hätte einen Unfall gehabt oder sie ganz einfach vergessen. Um Mitternacht lief sie nach draußen. Stille. Als sie über einen kleinen Stein stolperte und fiel, fing sie an zu weinen. Das Weinen verwandelte sich in Würgen. Sie erbrach sich, aber das Würgen hörte nicht auf. Auf Händen und Füßen kroch sie zurück ins Haus, legte sich zusammengekrümmt auf den Badezimmerteppich. Alle fünf Minuten kehrte das Würgen wieder, ging in großen Wellen durch sie hindurch und schüttelte sie. Nach jedem Anfall versuchte sie, ruhig zu atmen und sich zu entspannen. Arbeit. Sie würde zu etwas führen.

Als Armin um 6.45 Uhr kam, war sie erschöpft, aber gesammelt. Er nahm ein Bad. Frischer Kaffee. Seine hellen Augen, dieser ruhige, unbeteiligte Ton: Sie haben sich sicher gefragt, warum ich heute nacht entgegen aller Gewohnheit nicht hier war. Sie schmierte ihm eine Semmel mit Quittengelee und lächelte gekünstelt. Ich habe gestern eine sehr eigenartige Malerin kennengelernt.

Noch etwas Kaffee?

Er nickte.

Ich beabsichtige, dieser Malerin einen ähnlichen Vertrag anzubieten wie Ihnen. Ihr Vertrag läuft bis Ablauf des Jahres weiter ... und Sie können hier natürlich auch wohnen bleiben. Ich möchte Sie nun aber nicht überfahren, Anna – hätten Sie etwas dagegen, wenn diese Dame, er biß in die Semmel, gleich morgen hier einzieht?

Sie lächelte ihn stumm an. Dann ein Schrei, hoch und etwa fünfzehn Sekunden lang. Er betrachtete sie ruhig, nur wenig befremdet, trank einen Schluck Kaffee. Anna klappte den Mund zu, grinste und setzte sich auf seine Stuhllehne.

Nun ja, sagte sie leichthin und schabte ihm mit der Hand übers Kinn, ich bin schwanger. Im dritten Monat. Ich weiß nicht, ob Sie das Kind wollen ... ich bräuchte vor allem Ruhe ...

Seine Antwort auf ihre Lüge übertraf ihre Erwartungen. Freude. Er umarmte sie, strahlte, rief in der Praxis an, er komme heute nicht. Sekt und Austern für die Mutter. Nach dem zweiten Glas Anna: Wenn Sie tatsächlich wollen, daß ich das Kind zur Welt bringe, möchte ich von Ihnen in einem Vertrag zugesichert bekommen, daß wir – zum Wohl des Kindes – zusammenbleiben, bis es volljährig ist. Und vielleicht könnte man mein Gehalt auf ... 2800 Mark erhöhen? Sie kicherte. Ab heute, nahm sie sich vor, würde sie du zu ihm sagen. Meine Güte, warum freute er sich so auf das Kind? Sie sahen sich stumm in die Augen, und während Anna ihr Spiegelbild in seinen Pupillen betrachtete, wurde ihr klar, daß sie beide nur scheinbar die Sprache des anderen verstanden.

Durch die Schwangerschaft bekam ihr Leben von jetzt an eine entschiedene Richtung. Sie aß systematisch und mit dem Gefühl, es geschehe zu ihrem eigenen Besten, schon vormittags ein Pfund Nüsse, zwei Tafeln Schokolade, trank einen halben Liter Sahne. Zwei Stunden Verdauungspause, mittags Spaghetti mit weißen Bohnen, manchmal, wenn sie sich überwinden konnte, auch ein halbes Pfund Butter, aufgelöst, mit etwas Salz. Nachmittags appetitanregende Säfte und Kapseln und wieder Nüsse. Sie aß ohne Widerwillen. Schlecht wurde ihr kein einziges Mal. Nur wenn Armin abends kam, mußte sie sich manchmal hinlegen, und er setzte sich neben sie und hielt ihr die Hand.

Die Nächte verbrachte er mit der eigenartigen Malerin, aber er rief Anna alle Stunde an und erkundigte sich nach ihrem Befinden. Zum ersten Mal in ihrem Leben das Gefühl der Ruhe und bleibenden Stärke. Die Diät schlug gut an. Ihr Gesicht verlor seine spitzen Konturen, wurde breit und friedlich. Drumherum die wirren blauen Haare. Ihr Fleisch war ihr in seiner Massigkeit fremd. Einmal erschrak sie, als sie im Spiegel im Flur eine Gestalt sah und diese nicht sofort als die ihre erkannte. Die blauen Haare, das einzige an ihr, das unverändert blieb. Immer weitere Kleider. Die zunehmende Schwerfälligkeit gefiel ihr. Sie spürte, wie sie ihre Knochen, ihr Fleisch, ihr Blut bewegte, und es kam ihr vor wie eine Leistung.

Hellblaue und rosa Wolle für das Baby. Zwei verschiedenfarbige Jäckchen, Höschen und Mützchen. Armin amüsierte sich. Stricken – nie gelernt. Sie ließ sich von der Dame im Wollgeschäft beraten. Ihren Bauch trug sie mit durchgedrücktem Rücken vor sich her, wie sie es an Schwangeren beobachtet hatte. Mütter mit kleinen Kindern an der Hand nickten ihr freundlich zu, Annas absonderliche Haarfarbe schien ihnen jetzt weniger auszumachen.

Wenn Armin ihr morgens eine Vitamin- und Kalziumtablette zwischen die Lippen schob… er war so rührend um sie besorgt. Nein, sie mochte nicht mehr mit ihm ins Bett gehen – er mußte das verstehen. Genaugenommen hatte er sie gar nicht dazu aufgefordert. Merkwürdig, aber seit sie schwanger war, hatte sie kein Verlangen mehr nach ihm verspürt. Was sie von ihm an Zuwendung bekam, reichte ihr. Die Klinik wollte sie sich selbst aussuchen. Frauensache.

Die Geburt. Vielleicht eine Fehlgeburt? Ihr würde schon noch etwas einfallen. Es gab den Vertrag. Oder wurde er doch ungültig, wenn sie kein Kind … Sorgen für später.

Stundenlang saß sie in dem Ledersessel, oft nur damit beschäftigt, ihr Gehirn Gedanken formen zu lassen, diese Gedanken an die gegenüberliegende, weiße Wand spazieren, abprallen und sie ebenso langsam wieder in ihr Gehirn zurückwandern zu lassen.

Dezemberabend am Kamin. Armin massierte ihr die Beine. Bring doch deine Freundin, die Malerin, mal mit. Morgen nachmittag, mein Schatz?! Sie leistete sich jetzt ab und zu Koseworte, durfte es, so merkte sie – als Mutter.

Sein Interesse und seine Fürsorge galten ihrem Bauch, das war ihr klar. Aber ohne Kopf kein Bauch, ohne Anna kein Kind. Wenn es dir nicht zu anstrengend ist, lade ich sie gerne ein! Wen duzte er neuerdings? Sie oder schon das Kind? Egal. Also Kaffee und Kuchen. Die Malerin: rote Haare und eine Nickelbrille. Anna strickte. Gespräche über eine Ausstellung. Unvermittelt lächelte Anna die Malerin an. Verträumt: Er freut sich so wahnsinnig auf das Kind, wissen Sie…

Armin nahm Anna beim Handgelenk. Sie machte sich freundlich los, war doch so ruhig und sicher. Die Malerin nickte. Verabschiedete sich bald.

Armin machte es Anna nicht zum Vorwurf, daß er nie wieder von ihr hörte, sie schon am nächsten Tag nach Italien oder so verschwand.

Er verbrachte jetzt seine Nächte wieder zu Hause. Dicht nebeneinander lagen sie auf seinem Bett und sahen sich Filme an. Manchmal drehte Anna zu Armins Belustigung den Ton weg und synchronisierte Jean Arthur und Cary Grant, Lauren Bacall und Humphrey Bogart selbst. Die täglichen Bohnen machten ihren Bauch prall und hart. Er fühlte mit seiner Hand, wie das Kind sich bewegte. Tatsächlich, es bewegte sich. Anna strahlte. Nachts schlief sie lieber allein. Einsam? Ja, manchmal, wenn sie in den frühen Morgenstunden wach im Bett liegend das Nachthemd hochschob und ihren leeren, dicken, weißen Bauch betrachtete. Aber in der Früh dann Armin: Wie geht es heute uns dreien? Ein kleines Lächeln der Mutter, nicht zu breit, nicht zu strahlend, denn anstrengend war die Schwangerschaft ja schon. Tagsüber wartete sie. Nie gelangweilt, weil sie es als Aufgabe nahm.

Den Geburtstermin hatte sie für den 24. März errechnet. Ab Februar blieb sie auch tagsüber im Bett. Soviel sie auch aß, der Bauch wollte nicht mehr dicker werden. Das Fett setzte sich an ihren Beinen und Armen an. Wenn sie die Arme kreiste, bildeten sich an den Handgelenken zwei dicke Falten. Speck. Es war ihr nicht widerlich gewesen, damals. Unverständlich heute. Armin kaufte eine kostbare Wiege aus dem letzten Jahrhundert in einem Antiquitätengeschäft. Selbstvergessen stand er daneben und schaukelte sie hin und her.

Anfang März bestellte Anna telefonisch Windeln, Flaschen, einen Wickeltisch mit kleiner Badewanne, eine Waage und eine Zweikilodose Nivea.

Ihr zweites Zimmer, das sie kaum benutzt hatte, nachdem sie aufgehört hatte zu studieren, richtete Armin abends als Kinderzimmer her. Durch die Tür sah sie ihn vom Bett aus konzentriert bei der Arbeit. Ein freundliches Hellgelb für die Wände. Armin hatte sich verändert, war nicht mehr ganz so unnahbar, empfänglicher für das Normale und Undramatische. Er machte es ihr möglich, schwanger zu sein. Nichts als schwanger.

Einen Jungen würden sie Jan, ein Mädchen Angelika nennen, nach ihrer Mutter.

Bilder von Geburten in der Zeitschrift, die Armin für sie abonniert hatte. Diese kleinen, blutverschmierten Menschen mit den unglücklich verzerrten Gesichtern. Sie müssen ihre Mütter lieben – es bleibt ihnen gar nichts anderes übrig. Anna lächelte vor sich hin. Ein kleiner, selbstgemachter Freund – oder lieber eine Freundin? Armin, was wünschst du dir – ein Mädchen oder einen Jungen?

Er setzte sich zu ihr aufs Bett. Warum soll ich nicht mit in die Klinik kommen? Ich kann besser kämpfen, wenn du nicht dabei bist, glaub mir. Und danach? Nach der Geburt? Ach, Armin, das ist schwer zu erklären. Ich will mich erst mal allein daran gewöhnen, daß ich Mutter bin. Laß mich, bitte.

Natürlich, natürlich, er respektierte alle ihre Wünsche. Wie zutraulich er jetzt war. Als würde er in Erwartung eines Kindes jeden Tag jünger. Und weicher. Damals hatte sie schon fast gewonnen.

Die Geburt. Herzklopfen bei dem Wort allein. Noch drei Wochen bis zum Termin.

Und dann eines Vormittags im Sessel der Plan. Plötzlich war er da. Ihr Gehirn hatte ihn hervorgebracht, ohne daß sie es bemerkt hatte, und ihn ihr angeboten. Sie hatte sofort zugestimmt.

Am 22. März wußte Anna im Aufwachen, daß heute der Tag war. Sie stieg aus dem Bett und ging zu Armin ins Badezimmer. Er nahm sein morgendliches Bad, begrüßte sie freundlich mit den Augen. Gesprochen wurde nichts. Sie strich ihm nur einmal noch übers Haar. Er ließ diese Gesten zu, die ihm selbst völlig fremd waren.

Sie nahm den kleinen Koffer. Babysachen jeweils in Rosa und Hellblau, Windeln, Milchpulver, Fläschchen. Für sich selbst bequeme Reisekleidung.

Ein Zettel für Armin: Habe Wehen bekommen, bin in die Klinik gefahren. Bitte versuch nicht herauszubekommen, in welche – wie versprochen. Alles wird gut. Anna.

Mit dem Zug fuhr sie nach Frankfurt. Die Stadt kam ihr geeignet vor: Nicht zu weit weg, vier Stunden mit dem Zug, sie kannte dort niemanden – warum also nicht Frankfurt? Die beiden alten Damen in ihrem Abteil nickten ihr freundlich zu. Ab heute durfte sie nichts mehr essen. Keine einzige Kalorie soll über meine Lippen kommen, schwor sie sich. Nur noch schwarzer Tee, na gut – meinetwegen auch Buttermilch, aber sonst wirklich nichts. Nach der Geburt hat man halt erst noch einen dicken Bauch. Weiß doch jeder. Sie mußte sich ein Korsett kaufen, ein enges Kleid. In der Apotheke gab es so Schlankheitspillen. Es gab so viel zu tun.

In Frankfurt nahm sie für den ersten Tag ein komfortables Hotel mit rosa geblümten Vorhängen. Vor Hunger konnte sie nicht einschlafen. Das Kind! Sie verlor es jetzt in diesem Augenblick. Es verhungerte in ihrem Körper. Quatsch. Tränen. Zum ersten Mal seit Beginn der Schwangerschaft wieder Tränen der Hilflosigkeit. Ohne Frühstück zog sie um 10 Uhr los. Kopftuch, weiter Mantel, Sonnenbrille, Koffer in der Hand. Die Fußgängerzone war sicher günstig. Sie durfte nicht aussehen, als suche sie etwas. Sie sah sich die Auslagen in den Schaufenstern an, aus den Augenwinkeln heraus beobachtete sie die Straße. Wie wenig Kinder es doch gab!

Um halb vier erst zwei Kinderwagen. Den einen bewachte die ältere Schwester, während die Mutter im Laden war, am zweiten war ein Dackel angebunden. Ein Hund – nein, dazu fehlte ihr der Mut.

Zur Vorsicht jede Nacht ein anderes Hotel. Ihre Füße schmerzten.

Dienstag, Mittwoch, Donnerstag regnete es in Strömen. Schwindlig vor Hunger. Nachts einsam.

Um 2 Uhr morgens rief sie Armin an und erzählte mit Freude in der Stimme, sie habe einen gesunden Jungen geboren. Idiotin! Aber Armin: überwältigt, glücklich. Sie legte schnell auf. Freitag wieder den ganzen Tag in der Fußgängerzone. Nichts. Ihr Magen wehrte sich. Schwarz vor Augen. Sie lehnte sich gegen eine Hauswand. Wer war sie ohne Kind? Unmöglich, zurückzukehren. Ohne Armin, ohne Wohnung, irgendwann ohne Geld. Das Schlimmste: ohne jeden Sinn.

Sie zwang sich zur Ruhe, zu mehr Methode. Die Geburtenvermerke im Stadtanzeiger. Die Jungen kreuzte sie an. Ein Ausländerkind war vielleicht gar nicht schlecht ... die

Eltern wären hilfloser als Deutsche. Franco Martini und Kenan Ösaydin wohnten in derselben Straße in Bockenheim. Neuer Mut. Mit dem Taxi fuhr sie hin, wartete in Hauseingängen. Sie fror, aber sie fühlte, wie die Entschlossenheit in ihr wuchs. Den ganzen Tag kamen weder Frau Ösaydin noch Frau Martini mit ihren Babys aus dem Haus. Am nächsten Tag wartete sie wieder. Den Koffer mit den Babysachen immer dabei. Endlich etwas Sonne.

Frau Ösaydin – das mußte sie sein – klein, dick und mit Kopftuch, Kenan auf dem Arm, ein kleines Bündel.

Mit zwei Nachbarinnen ging Frau Ösaydin in den Lebensmittelladen an der Ecke. Plötzlich hartes Herzklopfen. Anna betrat den Laden, stand hinter ihr. Ein süßes Kind! Darf ich… darf ich es mal halten? Frau Ösaydin verstand nicht. Anna breitete die Arme aus. Frau Ösaydin lächelte, nickte und legte Kenan in Annas Arme. Die Nachbarinnen nickten Anna zu, sagten etwas, auf türkisch? Sie spannte die Muskeln an. Ging die Tür nach drinnen oder nach draußen auf? Da rannte sie schon, Kenan dicht an sich gepreßt. Sie war schnell. Hinter ihr Rufen, dann Getrappel. Sie hörte Keuchen. Jemand packte sie am Mantel, eine Frau mit rotem Kopf. Anna drehte sich im Laufen um und schleuderte der Frau den Koffer gegen den Bauch. Sie verlor das Kopftuch – die verdammten blauen Haare –, die Frau krümmte sich zusammen, blieb stehen. Anna lief weiter, Seitenstechen. Über zwei Kreuzungen. Ein Taxi. Aufatmen. Kenan schwieg. Zum Hauptbahnhof, bitte. Süßer, kleiner Kenan. Nein, Jan. Jan.

Bis zur Abfahrt des Zuges saß sie mit Jan auf der Damentoilette. Gab ihm die Flasche, sang ihm etwas vor. Ein ruhiges Kind. Die blaue Strickjacke stand ihm gut. Sie schminkte sich die Lippen, band sich einen Schal um den Kopf.

Als der Zug Würzburg erreichte, war Jan schon fast ihr Kind. Die Erinnerung an die Tage in Frankfurt verblaßte bereits. Ihr Gehirn arbeitete gut. Es ließ die Farben der erlebten Bilder verblassen, die Konturen verschwimmen. Anna lächelte. Jan hielt sich an ihrem Zeigefinger fest. Kräftig. Ein Kämpfer wie sie.

Auf der Fahrt vom Bahnhof München nach Hause sabberte Jan schlafend ein bißchen an ihrer Schulter. Sie hatte gewonnen. Ihr Sohn. Ihr Freund. Sie war glücklich.

Väter sind verrückt. Völlig verrückt. Hatte Armin sie jemals so weich, so butterweich angesehen wie jetzt seinen Sohn? Er nahm Jan vorsichtig, ganz vorsichtig auf den Arm, küßte ihn.

Schwarze Augen und schwarze Haare wie mein Großvater.

Anna lächelte. Jan fing an zu plärren. Ein ganz normales Kind. Nein, stillen konnte sie ihn nicht. Keine Milch, kommt bei vielen Frauen vor. Jetzt nahm Armin sie in die Arme, bedankte sich für das hübsche, gesunde Kind. Aber er hat meine Augenbrauen, findest du nicht? Ja, natürlich – er hatte Armins Augenbrauen, das sah sie jetzt auch. Er wollte Jan wickeln, Anna mußte es ihm zeigen. Begeistert befühlte Armin Jans Arme und Beine, die Füße so lang wie sein

Daumen, seinen prallen Bauch mit der Nabelbinde. Meine Güte, vielleicht war Kenan beschnitten worden … Sie merkte, wie ihr Gesicht zuckte. Sie hätte Armin gern zur Seite geschoben. Es war ihr Kind. Nur ihr Kind.

Lange saß Armin neben der Wiege und sah seinen schlafenden Sohn an. Anna legte sich nebenan aufs Bett. Morgen mußte sie sich gleich die Haare färben.

Später tranken sie zusammen ein Glas Wein. Armin war ihr fremder als je zuvor. Er streichelte sie, belohnte sie, aber seine ungewohnten Liebkosungen erreichten sie nicht. Sie hatte noch Jans warmen Geruch von Milch und Niveacreme in der Nase. Ich hätte nie geglaubt, wie aufregend ein Kind sein kann. Ich werde ihm heute nacht seine Flasche geben. Anna wollte widersprechen. Ihr Schlaf war ihr nicht wichtig. Sie hustete kurz und lehnte sich zurück. Nur nicht eifersüchtig werden. Es lagen mindestens 16 Jahre mit Jan und Armin vor ihr. Wollte sie da jetzt kleinlich sein?

Armin nahm sich eine Woche frei, ließ sich von einem Assistenzarzt vertreten. Er badete, fütterte, wickelte Jan und trug ihn in der Wohnung herum, wenn er nicht schlief. Er störte Anna. Die Woche würde vorübergehen, dann gehörte Jan wieder ihr.

Das Blondierpulver roch scharf und kitzelte in der Nase. Erstaunt, wie jung sie mit blonden Haaren aussah. Wie fünfzehn. Sie lachte sich im Spiegel an.

Als sie später durch die Innenstadt ging, um sich ein paar neue Kleider zu kaufen, irritierte es sie zuerst, daß die Leute sie nicht mehr anstarrten. Sie war jetzt so wie alle anderen. Anna Blume, 21 Jahre, Mutter. Es gefiel ihr. Sie fühlte die Zielstrebigkeit in ihrem Gesicht. Jan, mein Schatz – ich danke dir. In einer Kinderboutique kaufte sie haufenweise Kindersachen in lustigen Farben. Eine kleine rote Schiebermütze. Jan würde das wildeste, tollste Kind überhaupt sein.

Schon vor der Haustür ahnte sie etwas. Armin saß in dem Ledersessel im Wohnzimmer. Herzklopfen. Anna raste in Jans Zimmer. Er lag friedlich in seiner Wiege und schlief. Sie küßte ihn vorsichtig auf die Stirn, und er grunzte leise. Sie ging nach nebenan in ihr Zimmer, ihr Herz tat ihr plötzlich weh.

Armin blieb in der Tür stehen. Sein Gesicht ruhig und kontrolliert wie früher. Ich habe die Nachrichten gehört. In Frankfurt hat eine Frau mit angeblich blauen Haaren einen türkischen Säugling entführt. Ich möchte nichts dazu sagen außer folgendem: Ich gebe dir bis morgen früh 10 Uhr Zeit, das Kind selbst zurückzugeben. Nach 10 Uhr werde ich das übernehmen. Er ging aus dem Zimmer. Anna blieb auf dem Bett sitzen. Gejammer war sinnlos. Sie setzte sich neben die Wiege. Türkischer Säugling. Was für ein Unsinn! Ihr Jan. Tränen liefen ihr übers Gesicht, aber sie fühlte sie nicht. Ihr mußte etwas einfallen. Etwas Gutes einfallen. Ein Vertrag … aber was konnte sie Armin anbieten? Sie hatte nichts mehr, was sie ihm hätte verkaufen können. Dieser Mensch ohne Fantasie. Dieser reiche Eisbrocken. Seine blöde, abgeklärte, kühle Art. Ihr wurde heiß. Jan wachte auf, sah sie mit seinen dunklen Augen an, plärrte. Sie nahm ihn auf den Arm. Seine Haut, sein Geruch, dieser kleine Kopf mit einem kleinen, langsamen Gehirn. Sie strich ihm über den weichen Flaum. Mein Kind. Sie sollte ihren Lebensplan für die nächsten 16 Jahre aufgeben? Welcher Idiot konnte das von ihr verlangen? Sie schloß die Tür ab. Um ein Uhr hörte sie Armin in sein Zimmer gehen ... Etwas später schlich sie sich in die Küche, um Jans Milch aufzuwärmen. Mit bloßen Füßen auf den kalten Fliesen, die Arme untergeschlagen. Das Haus war ganz still. Wenn sie sich vorstellte, daß jetzt nur Jan und sie im Haus wären ... Sie hielt die Flasche an die Lippen, um die Temperatur zu testen.

Jan suckelte zufrieden, schlug nach jedem Schluck die Wimpern nieder. Er hielt zu ihr. Anna lächelte ihn an.

Sie schlief nicht in dieser Nacht. Ihre Muskeln schmerzten. Sie saß neben Jans Wiege und sah aus dem Fenster. Saxophon hätte sie jetzt gern gespielt – es hatte ihr früher manchmal beim Nachdenken geholfen. Frau mit blauen Haaren, saxophonspielend. Nein, das war sie gar nicht mehr. Sie versuchte, sich vorzustellen, wie Armin nebenan lag und schlief, aber ihr fiel nicht mehr ein, wie sein Gesicht aussah. Als hinge ein dichter Schleier davor. Sie nahm mehrere Anläufe, um sich an seine Nase, seine Augen, seinen Mund zu erinnern, bis sie verstand, daß ihr Gehirn Armins Gesicht absichtlich verhängte. Natürlich. Als der Himmel draußen langsam heller wurde, lockerten sich ihre Muskeln, sie fühlte sich ausgeruht und frisch. Natürlich, jetzt wußte sie auch, wie. Leise verließ sie das Zimmer. Armin würde in einer halben Stunde aufstehen. Beeilung, aber kein Grund zur Hast.

Der Fön lag im obersten Regal des kleinen Schränkchens im Bad. Die Nagelschere. Die Nagelschere. Sie fand sie nicht, holte ein scharfes Küchenmesser. Die Isolierung mußte weg. Sie schnitt sie rundherum auf, einen Zentimeter bevor die Drähte in die Plastikhülse des Föns einmündeten. So ein kleiner, moderner Fön war es gewesen. Die Kupferdrähte nackt und glänzend. Sie legte den Fön wieder in das Schränkchen, trug das Küchenmesser in die Küche und ging zurück ins Kinderzimmer.

Bewegungslos wartete sie. Jetzt nicht mehr denken. Ihr wurde ganz leicht zumute.

Armin stand pünktlich auf, ließ wie jeden Morgen Wasser in die Badewanne, während er sich rasierte. Noch fünf Minuten. Sie küßte Jan, bevor sie ging.

Armin lag im Wasser. Sie sahen sich nicht an. Im Waschbecken wusch sie sich die Haare. Sie massierte das Shampoo in die Kopfhaut und sah sich dabei im Spiegel an. Ein hübsches Gesicht, würde noch mindestens 10 Jahre hübsch bleiben. Das Wasser färbte sich gelb, als sie die Haare ausspülte. Die blauen Haare waren schuld. An allem schuld. Sie nahm den Fön aus dem Schränkchen. Armin plätscherte hinter ihr beim Einseifen. Vorsicht, die Drähte. Sie steckte den Stecker in die Dose und schaltete den Fön ein. Sanft fing er an zu brummen. Sie sah sich weiter im Spiegel an, als sie den Fön mit einer plötzlichen, graziösen Bewegung in die Badewanne fallen ließ. Eine große Welle schwappte über den Rand, auf den Teppich, ganz naß alles. Sie sah zu Boden, sah aus dem Augenwinkel Armin unschön zucken. Kein Ton. Einen Schrei hatte sie erwartet. Nichts. Nur das Zucken. So lange. Sie sah wieder in den Spiegel. Ihre blauen Augen jetzt fast schwarz. Das schaukelnde Wasser beruhigte sich nur langsam. Minuten vergingen, bevor sie sich umdrehte. Sein Mund offen, verzerrt. Kein Blut zum Glück. Sie zog den Stecker aus der Dose, sah dabei ihre Augen kurz im Spiegel. Blau. Hellblau. Na also. An der Schnur holte sie den Fön vorsichtig aus dem Wasser, trocknete ihn ab und legte ihn wieder ins Schränkchen.

Anna fühlte sich sehr erwachsen, als sie in die Küche ging, um Jans Fläschchen zu holen. Sie gähnte. Jan lag mit offenen Augen in seiner Wiege, und es kam ihr vor, als hätte er gelächelt, bevor sie zur Tür hereinkam. Bald würde er ›Mama‹ sagen lernen. In wieviel Monaten? Sie hatten so viel Zeit.

Als Jan seine Flasche ausgetrunken, sie ihn frisch gewickelt und wieder ins Bett gelegt hatte, rief sie den Arzt an. Das Herz, das Herz. Die Polizei betrat nie das Haus.

Mit den monatlichen 2800 Mark, die weiterhin automatisch auf ihr Konto überwiesen wurden, kam sie gut zurecht. Anna und Jan waren nicht anspruchsvoll. Sie strich ihm zärtlich über den Kopf.

Trinidad

Liebe Kathy,
stell Dir vor, jetzt bin ich im Jodelland gelandet, wo dicke blonde Männer mit roten Backen tatsächlich am hellichten Tag Lederhosen tragen, Frauen im Dirndl auf dem Fahrrad herumsausen, Kühe auf der Straße herumrennen wie andernorts Hunde und die Fliegen direkt von der Kuhscheiße auf deinem Kuchen landen.

Solange wir in der Stadt waren, war es noch erträglich. Das kleine Ungeheuer ging bis drei Uhr in den Kindergarten. Ich mußte sie abholen, mit ihr auf den Spielplatz gehen, wo lauter gehirnamputierte, aber teuflisch schicke, schlanke Mütter Frauenzeitschriften lesen und, ohne aufzublicken, brüllen: Stefanie, schmeiß nicht mit Sand! Hau nicht den Sascha! Lauf nicht vor die Schaukel! Und wenn ihre Erpel auf die Schnauze zu fallen drohen, wollen sie auf keinen Fall, daß man sie vielleicht vor dem Tod oder schweren Verletzungen bewahrt. Anfangs bin ich immer aufgesprungen und hingerannt, aber die Mütter sahen mich nur beleidigt an und sagten: Danke, aber das muß das Kind schon selbst in den Griff bekommen, es stärkt seine Selbständigkeit. Was? Ein Loch im Kopf? Du kannst dir nicht vorstellen, wie deprimierend es ist, diesen Frauen dabei zuzusehen, wie sie sich, ihre Kinder und ihr Leben hassen.

Neulich saß ich neben einer Frau mit goldenen Turnschuhen und trainiertem braungebranntem Körperchen im weißen Stretchkleid, die überhaupt nicht aussah wie eine Mutter – aber das scheint hier der allgemeine Ehrgeiz zu sein –, ihr Erpel war noch winzig, saß im Sand und fraß Steine, was seine Mutter nicht weiter kümmerte. Sie sagte zu ihrer Freundin: Dieses Kind nimmt mir alles, was ich einmal war. Ich bin niemand mehr. Alles, was ich war – futsch. Und dann fing sie auch noch an zu heulen.

Du willst wissen, wie ich Deutschland finde? Keine Ahnung. Alle sprechen die Sprache meiner Mutter, anfangs bin ich manchmal richtig zusammengezuckt, weil ich dachte, meine Mutter ist wieder da und spricht mit mir. Es ist wie ein pawlowscher Reflex, ich möchte auf den Schoß und meine Milchflasche haben. Manchmal fing ich unvermutet an zu flennen. Inzwischen habe ich mich dran gewöhnt.

Ich hoffe, Du putzt ihren Grabstein, wie Du es mir versprochen hast. Und nicht einfach so husch, husch, sondern schön gründlich, wie ich es Dir gezeigt habe. Es stimmt, was sie immer gesagt hat: Deutschland ist sauber. Und soooo weiß. Ich komme mir manchmal vor wie eine Fliege in der Milch. Und so sehen mich manche auch an. Angeekelt. Schmutz. Bäh.

Ansonsten verstehen die Deutschen sich darauf, sich das Leben gründlich zu vermiesen. Die Geschäfte sind fast immer geschlossen, die Waschmaschinen brauchen drei Jahre, bis sie fertig sind, die Kühlschränke sind winzig, es passen etwa fünf Eiswürfel rein, und die nimmt man offensichtlich nur an hohen Feiertagen, ansonsten trinkt man das Cola warm, das deutsche Klopapier ist so hart wie Schmirgel-

papier, daß man sich einen wunden Hintern holt. Das erklärt auch, warum alle so mißmutig wirken und wenig lachen.

Aber: Es gibt einen genauen Fahrplan für die U-Bahn mit Minutenangabe, und tatsächlich kommen die Züge auch auf die Sekunde genau an.

Alle schweigen. Es ist überall mucksmäuschenstill. In der U-Bahn sah ich ein Schild, man solle seinen Walkman leiser stellen, um den Nachbarn nicht zu stören. Stell Dir mal so ein Schild bei uns in New York vor!

Und kein Mensch hat Geld. Sie steigen aus ihren fetten Mercedes, wohnen in riesigen Apartments, tragen teure Designerklamotten, aber mit wem du auch sprichst – sie behaupten alle steif und fest, sie hätten überhaupt kein Geld, als schämten sie sich.

Ungewöhnliche Gemeinheiten habe ich noch nicht erlebt. Sie reden mit mir wie mit einem Vollidioten, weil sie sich nicht vorstellen können, daß ich Deutsch kann. An der Kasse vom Supermarkt nimmt mir die Kassiererin das Geld aus der Hand, weil sie mich für zu blöd hält, es selbst abzuzählen, viele brüllen, als sei ich taub, na ja. In der Straßenbahn hat mir eine alte Frau von hinten in die Haare gefaßt – es ist ein bißchen so wie in diesen alten Expeditionsfilmen: Eingeborene sehen zum erstenmal weißen Mann, nur umgedreht, und für Gott hält mich hier eher niemand.

Wirklich nervig ist eigentlich nur Charlotte, die mir dauernd erzählt, sie fände schwarze Haut so viel schöööööner als weiße, ehrlich, so viel ästhetischer, und die mich behandelt, als wäre ich krank oder behindert, als müsse man besonders vorsichtig mit mir umgehen. Aus purer Bosheit, weil sie mir damit so auf den Wecker ging, habe ich ihr erzählt, ich sei Moslemin. Das war ziemlich unklug, denn seitdem fragt sie mich über den Koran aus und hält Vorträge, wie weise und zivilisiert es sei, auf Schweinefleisch und Alkohol zu verzichten.

Zu fressen gibt es in ihrem Haushalt fast nichts, sie kocht nach irgendwelchen komplizierten Yin-Yang-Rezepten, das Kind bekommt nur Sojamilch und Reiswaffeln mit Gomasin oder so ähnlich – das schmeckt wie Pappkarton mit Klebstoff. Also gehe ich mit Lena heimlich zu McDonald's, was für sie der Himmel auf Erden zu sein scheint – sie hat nämlich noch nie in ihrem Leben Fleisch gegessen! Ich habe sie mit Schwüren dazu verdonnert, ihrer Mutter kein Sterbenswörtchen davon zu verraten, aber Charlotte bemängelt, daß neuerdings die Scheiße ihres Kindes anders stinkt, und sie kann sich überhaupt nicht erklären, warum. Sie selbst wirkt trotz all ihrer gesunden Ernährung blaß, nervös und immer ein wenig deprimiert, obwohl ich beim besten Willen keinen Grund dafür entdecken kann. Sie seufzt sehr viel, ich nenne sie deshalb die Seufzerbrücke, das ist diese Brücke zum Knast in Venedig.

Es gibt ein Foto von meinen Eltern auf ihrer Hochzeitsreise, wie sie auf dieser Brücke stehen, zwei Gesichtslose, denn das Gesicht meines Vaters ist so dunkel, daß man es nicht erkennt, und ihres ist so weiß, daß es aussieht wie ausgebrannt. Ein paar Monate später gab's genug für sie zu seufzen, da war er schon über alle Berge, vielleicht war es ein Fehler, sich mit ihm auf diese Brücke zu stellen.

Ohne jede Warnung fing also Charlotte, die Seufzerbrücke, eines Tages an, die Koffer zu packen, und zwei Stunden später fand ich mich in einem zweihundert Jahre alten Bauernhaus wieder ohne Kühlschrank, ohne Fernseher, ohne Heizung, aber mit Kuhscheiße vor der Tür.

Das Haus gehört ihnen, und sie finden es wahrscheinlich schrecklich urig und natürlich, ihre Lebensmittel in einer lauwarmen Speisekammer aufzubewahren, sich den Hintern abzufrieren, wenn es regnet, mit zehntausend Insekten kämpfen zu müssen, die man natürlich nicht einfach besprühen darf, damit man seine Ruhe hat, weil jede Mücke Natur ist und deshalb fast so heilig wie eine Kuh in Indien. Sie scheinen den Ehrgeiz zu haben, es sich mit all ihrem Geld so unbequem wie möglich zu machen. Hurra, hier werden wir sechs Wochen lang bleiben!

Jetzt habe ich Lena den ganzen Tag am Hals, soll mit ihr basteln und spielen – aber bitte mit natürlichen Materialien! Wir könnten ja Aschenbecher aus Kuhscheiße formen, wie wäre es damit? Natürlich raucht hier niemand – daß ich Nichtraucherin bin, war ja auch Bedingung für den Job. Nach allem hat sie mich gelöchert in ihren endlosen Briefen, nur nach meiner Hautfarbe hat sie mich nie gefragt. Den Moment, als ich aus dem Flughafen kam und auf diese dünne blonde Frau zuging mit dem Schild ›Jeannie Bowles‹ in der Hand, den hätte ich gern auf Video. Den könnte ich glatt einschicken zu der Sendung ›Der komischste Moment Ihres Lebens‹.

Die Barbiepuppe, die ich dem Erpel für teures Geld mitgebracht hatte, wurde sofort eingezogen, denn Plastikspielzeug ist bei den Eltern so verpönt wie bei den Moslems Schweinefleisch. Das Kind heulte den ganzen Nachmittag, und Charlotte erklärte mir mit hochrotem Kopf, sie halte

Barbiepuppen für ein falsches weibliches Vorbild, ich solle es ihr bitte, bitte nicht übelnehmen. Für alles entschuldigt sie sich.

Kurz darauf aß ich nichtsahnend einen Oreo-Keks aus meinem Vorrat, der jetzt leider ziemlich zur Neige geht (dabei rationiere ich schon so eisern, als befände ich mich im Krieg!), sie sah das, schloß sofort die Tür vor Lena, so daß wir uns allein im Zimmer befanden, und flüsterte mir beschwörend zu, ich soll Lena niemals Zucker geben oder Schokolade, denn davon würde sie high wie von einer Droge. Hm. Sie kennt wohl wenig wirkliche Drogen. Sie versucht, locker und hip zu erscheinen, ist aber pingeliger, als meine Mutter jemals war. Nichts kann ich ihr recht machen. Fege ich die Küche, fegt sie hinterher. Mache ich die Betten, streicht sie gleich noch einmal die Laken glatt. Decke ich den Tisch, rückt sie das Besteck gerade. Schickt sie mich zum Brotholen, bemängelt sie, daß es das falsche Brot ist. Ziemlich neurotisch, wenn Du mich fragst. Kein Wunder, daß ihr Alter ständig auf Reisen ist.

Seit wir hier im Lederhosenparadies sind, ist er allerdings wieder da, er heißt Robert, sieht nicht übel aus und fällt nicht weiter unangenehm auf. Er spielt sogar manchmal Musik, Steel, die er aus Trinidad mitgebracht hat, gar nicht mal so schlecht, aber Charlotte verläßt dann immer sofort das Zimmer.

Ich muß Schluß machen, ich hör sie keifen, ich solle Milch holen gehen. Direkt von der Kuh beim Bauern nebenan, ob Du es glaubst oder nicht. Wie im Mittelalter. Aber die Bauern haben eine Satellitenschüssel neben der Scheune stehen, vielleicht frage ich sie mal, ob ich bei ihnen ein bißchen fern-

sehen darf. Ja, ich komme ja schon! Mein Gott, diese Frau macht mich noch krank mit ihrer Hektik.

Alles Liebe, Deine Jeannie.

Sie steht einfach nicht auf. Sie behauptet, sie habe keinen Wecker. Ich könnte ihr einen kaufen, aber ich will mich nicht zur Idiotin machen. Es ist ihr verdammter Job, auf mein Kind aufzupassen! Einmal nur, ein einziges Mal nur möchte auch ich ausschlafen dürfen! Warum darf ich nicht? Warum immer nur Robert? Wutschnaubend stehe ich im Flur vor Jeannies Zimmer, Lena an der Hand, aber ich werde sie nicht wecken, nein. Ich will nicht die verbitterte Alte sein, die sie mit falscher Fröhlichkeit aus ihrem süßen, juvenilen Tiefschlaf reißt. Ich will nicht sein wie meine Mutter.

Geh in ihr Zimmer, und weck sie, fordere ich Lena auf. Sie schüttelt den Kopf.

Ich traue mich nicht, flüstert sie.

Wir gehen barfuß zusammen die warme Holztreppe hinunter, dann über den kalten Steinfußboden hinaus in den Garten, es riecht nach Kühen, nach Heu, nach Blumen. In der Sonne ist es schon heiß, obwohl es noch so früh ist. Im Nachthemd sitzen wir auf der Gartenbank hinter der riesigen Satellitenschüssel unserer Nachbarn, der Freisingers, der Bauern von nebenan. Sie haben einen neunjährigen verstockt wirkenden Sohn, Frau Freisinger ist noch jung, bestimmt vier, fünf Jahre jünger als ich, aber ihre Haut sieht aus wie ein alter Lederhandschuh. Sie ackern den ganzen Tag, um dann mit dem Geld, das sie so mühsam verdienen, ihren wunderschönen alten Hof mit Glasbausteinen und Alufenstern zu verschandeln. Die Satellitenschüssel und eine betonierte Terrasse haben sie sich erst kürzlich zugelegt und dafür kalt lächelnd ihren alten Kräutergarten geopfert. Kein einziges Mal habe ich sie bisher auf dieser Terrasse sitzen sehen, denn sie arbeiten ja den ganzen Tag. Pünktlich um halb sechs Uhr früh springt die Melkmaschine an, und abends laden sie immer noch Heu ab, wenn es bereits dunkel ist. Wenn sie mich im Garten sitzen sehen, lächeln sie mir zu in einer Mischung aus Amüsement und leichter Verachtung, und ich schäme mich meines luxuriösen, nutzlosen Lebens. Vielleicht hassen sie uns.

Lena drückt mir ihre Puppe in die Hand. Spiel! befiehlt sie. Ich mag nicht spielen. Ich eigne mich nicht zum Spielen, ich möchte Ergebnisse sehen.

Spiel, wiederholt Lena und sieht mich mitleidig an. Sie weiß, daß ich es nicht kann.

Oh, bitte, Lena, flehe ich, laß mich noch ein bißchen in Ruhe.

Warum?

Ich schließe die Augen. Ich werde mir Mühe geben, dieser Tag wird schön werden, ein wunderschöner Sommertag in der Erinnerung aller, o ja.

Drei Stunden später poltert Jeannie die Treppe hinunter. Lena und ich haben dreimal *Peter und der Wolf* angehört, wir haben zweimal Hochzeit gespielt, geschaukelt, Sandkuchen und Blumenpizzas gebacken, wir haben Bilder gemalt und einen ganzen Zoo aus Knetgummi geformt, wir haben frisches Vollkornbrot geholt, Honig und Butter. Drei lange Stunden haben wir uns verkniffen, davon zu essen, alle sollen zusammen an einem Tisch frühstücken, so sollte es doch sein, wenigstens in den Ferien, obwohl der Mann von den Frauen der Karibik träumt und das Kind von seinen Freunden in der Stadt.

Jeannie kommt in lila Radlerhosen und einem goldenen Lurex-BH in die Küche gestolpert. Ihr dunkles Fleisch quillt üppig hervor, ihren Mut möchte ich haben, wie kann man nur so selbstbewußt sein?

Sie wirft im Vorbeigehen ihre verbrauchten Walkmanbatterien in den Abfalleimer für Kunststoffe und Folien und läßt sich auf den ersten besten Stuhl fallen. Diese verdammten geilen Katzen, seufzt sie, die ganze Nacht. Sie macht sie nach, jault in den höchsten Tönen. Lena kichert. Kein Auge habe ich zugetan, jammert Jeannie.

Ihr Deutsch hat einen undefinierbaren Akzent und macht mich nervös. Ich fange innerlich an zu beben, als sei ich schnell gelaufen.

Es ist heiß, stöhnt sie.

Ja, sage ich und klaube ihre Batterien aus dem Abfalleimer.

Geiler Bikini, sagt Lena.

Ich höre, wie Robert ins Badezimmer geht.

Laß uns den Tisch decken, sage ich zu Jeannie.

Sie steht ächzend auf und holt drei Teller aus dem Schrank.

Wir sind doch vier, lache ich und möchte schreien. Sie denkt nicht von hier bis an die Wand. Alles muß ich erklären, alles vormachen, alles sagen. Da mache ich es lieber selbst. Wenn sie die Betten macht, zieht sie nicht die Laken glatt, wenn sie den Tisch abwischt, vergißt sie regelmäßig die obere Ecke, für die man sich ein wenig strecken müßte, lasse ich sie staubsaugen, vergißt sie, unter dem Sofa zu saugen. Und wenn ich es ihr dann sage, fühle ich mich wie eine alte, spießige Ziege, die nur meckert.

Sie holt einen vierten Teller, knallt ihn auf den Tisch, setzt sich wieder.

Wie wär's mit Messern? frage ich in scherzhaftem Ton.

Wieder steht sie schwerfällig auf, geht zur Schublade, holt ein Messer heraus – ein einziges Messer! –, legt das Messer neben ihren Teller und setzt sich hin.

Ich warte, sage nichts. Jeannie nimmt sich eine Scheibe Brot und beschmiert sie seelenruhig mit Butter. Überrascht höre ich mich kreischen, spüre, wie sich mein Gesicht verkrampft, wie ich häßlich und verkniffen aussehe. Interessiert betrachten mich Jeannie und Lena, als säßen sie im Zirkus. Und da trabe ich auch schon in die Arena, Robert sitzt auf meinen Schultern, er liest die Zeitung, Lena steht in einem rosa Tütü in meiner Handfläche und lächelt albern in die Runde, die fette Jeannie sitzt auf meinem Kopf und tritt mir zum Takt der Musik aus ihrem Walkman die Hacken ins Kreuz. Ich drehe Runde um Runde, meine Knie zittern, meine Muskeln schmerzen, in Strömen läuft mir der Schweiß herunter, keiner darf mir herunterfallen, keiner. Das Publikum applaudiert müde, da geht der Vorhang hinter mir auf, und eine andere Frau kommt in die Arena galoppiert, sie trägt vier Kinder auf ihren Hüften, ihren Ehemann und seine Geliebte auf den Schultern, ihre alte Mutter im Nachthemd auf dem Kopf, zwei Hunde machen Männchen auf ihren Handflächen, und zu allem Überfluß hat sie auch noch eine knackige Figur, ein strahlendes Lächeln und wache Augen. Das Publikum tobt, beschämt trabe ich hinaus, was will ich hier überhaupt mit meinem erbärmlichen Akt? Ein Beispiel sollte ich mir nehmen.

Ich erwarte doch wirklich nicht viel, wirklich nicht! schreie ich. Hast du noch nie in deinem Leben einen Tisch gedeckt? Muß ich denn alles selber machen? Siehst du denn nicht, was getan werden muß? Bist du blind? Ich kann nicht mehr! Ich kann auch mal nicht mehr!

Ich fange an zu heulen. Lena streckt die Hand nach mir aus. Jeannie steht wortlos auf und holt drei weitere Messer.

Lena bekommt doch kein Messer, wie oft soll ich das noch sagen? schluchze ich.

Jeannie legt ein Messer wieder in die Schublade.

Entschuldige, sage ich zu Lena.

Was ist? fragt sie.

Ich weiß nicht, sage ich, gleich ist es wieder vorbei. Sie sieht mich besorgt an, ich stehe auf und laufe aus der Küche zum Bücherregal im Wohnzimmer, dort steht ein Buch mit Visualisierungsübungen gegen Angst und Depressionen, das habe ich meiner Schwester geklaut, als ich sie vor einer Woche besucht habe, kurz nachdem Robert aus Trinidad zurückgekehrt war und im Wohnzimmer anfing zu tanzen wie ein Verrückter.

Davon erzählte ich meiner Schwester nichts. Wir hassen uns, aber unser Haß fühlt sich an wie die ganz normale Liebe in einer Familie, und wenn ich sie länger nicht sehe, werde ich unruhig.

Oh, là, là, sagte meine Schwester, als sie Jeannie sah, todschick, ein schwarzes Kindermädchen.

Sie spricht deutsch, erwiderte ich.

Hey, prima, sagte meine Schwester und ergriff Jeannies

Hand, dann kannst du ja wenigstens in der Zeitung nachlesen, was dir in diesem Scheißland irgendwann passieren wird. Irgendwo hinten im Lokalteil: FARBIGE AMERIKANERIN VON SKINHEADS …

Afroamerikanerin, korrigierte Jeannie.

Hast du gar keine Angst? fragte meine Schwester.

Nö, murmelte Jeannie und sah sich in der chaotischen Wohnung meiner einundvierzigjährigen Schwester um, die immer noch aussieht wie eine Studentenbude. Lena darf dort an die Wände malen und mit Schuhen auf dem stets ungemachten Bett herumspringen, meiner Schwester ist alles egal. Auf dem Stuhl, auf den ich mich setzen wollte, lag unter Schichten von Unterwäsche und verfärbten T-Shirts dieses Buch.

Hat sie gewußt, daß du Afroamerikanerin bist? fragte meine Schwester Jeannie und deutete mit dem Kopf in meine Richtung.

Nö, sagte Jeannie und grinste.

Meine Schwester lachte schallend.

Worüber lacht ihr? fragte Lena streng.

Über deine Mutter, sagte meine Schwester, wir lachen nur über deine Mutter, und da kicherte auch Lena.

Im Inhaltsverzeichnis finde ich *Lebensangst*, schlage mit zitternden Fingern das Kapitel auf, lese: *die Mumie*. Stellen Sie sich vor, Sie seien gestorben, werden einbalsamiert und mit Bandagen umwickelt, bis kein Zentimeter Ihrer Haut mehr zu sehen ist. Sie werden in einen Sarg gelegt, in eine dunkle Höhle geschoben. Jetzt richten Sie sich auf, lösen Ihre Bandagen, eine nach der anderen, Sie werfen sie hinter sich, steigen aus dem Sarg und gehen hinaus aus der Höhle ins Freie. Dort scheint die Sonne, der Himmel ist blau, Sie haben keine Angst mehr.

Musik erklingt. Eine zwölfköpfige Steelband spielt in der Küche. Lena kreischt vor Vergnügen. Guten Morgen, kleine Schnecke, höre ich Robert sagen, und dann: Guten Morgen, wunderbare Jeannie!

Wissen Robert und Charlotte wirklich nicht, daß ich in meinem Dachkämmerchen jedes Wort genau verstehen kann, das sie in ihrem Schlafzimmer sprechen? Es dringt durch den Kamin wie durch einen Lautsprecher direkt an mein Ohr. Hier ist ein Dialog von gestern nacht, den ich aus purer Langweile mitgeschrieben habe.

Er: Wofür willst du dich rächen, hm?

Sie: Bist du so naiv?

Er: Jetzt komm schon …

Sie: Mach den Test, dann reden wir weiter.

Er: Das ist doch lächerlich.

Sie: Meinst du, ich weiß nicht, warum du dauernd diese Musik hörst, warum du von Trinidad schwärmst, als sei es das Paradies auf Erden?

Er: Es ist das Paradies auf Erden.

Sie: Ach, Scheiße. Und faß mich nicht an.

Er: Heißt das, du verlangst von mir …

Sie: Genau.

Er: Du bist doch verrückt.

Sie: Ach ja?

Er: Woher nimmst du das?

Sie: Ich sehe es dir an.

Er: Gut. Ich war glücklich da. Ja.

Sie: Ohne uns.

Er: Ja.

Sie: Warum?

Er: Die Menschen sind anders.

Sie: Die Frauen, meinst du.

Er: Auch die Frauen.

Sie: Wie?

Er: Das willst du doch gar nicht wissen.

Sie: Doch.

Er: Wenn ich es dir sage, drehst du durch, das weiß ich doch.

Sie: Tue ich nicht.

Er: Tust du doch.

Sie: Sag es mir.

Er: Was?

Sie: Was so toll ist an den Frauen in Trinidad.

Er: O Gott.

Sie: Was?

Er: Sie führen keine Gespräche wie dieses.

Sie: Weiter.

Er: Sie sind lockerer.

Sie: Und?

Er: Freier.

Sie: Toll. Und weiter?

Er: Sie leben einfach.

Sie: O ja, die tollen, lockeren Frauen der Karibik. Sie wiegen sich in den Hüften, hören den ganzen Tag nur Musik und lieben das Leben. Sag mal, wie blöd bist du eigentlich?

Er: Du hast mich gefragt.

Sie: Meinst du, ich möchte so sein, wie ich jetzt bin?

Er: Ich weiß nicht, wovon du sprichst.

Sie: Ich würde mich auch lieber in den Hüften wiegen, das kann ich dir sagen. Aber zufällig habe ich ein Kind und einen Beruf, und ich bin müde, verdammt müde. Zu müde, um die Hüften zu schwingen!

Er: Ja, ich weiß.

Sie: Was soll das heißen?

Er: Ich weiß, daß du es schwer hast.

Sie: Wie du das sagst! Du bist ein richtiges Arschloch.

(Er schweigt.)

Sie: Für dich hat sich doch nichts geändert durch das Kind, gar nichts. Du fährst weiterhin in der Weltgeschichte rum, machst, was du willst, und darüber hinaus hast du eine Familie. Prima.

Er: Was willst du?

(Die Seufzerbrücke seufzt.)

Sie: Warum verbringst du nie mehr Zeit mit mir?

Er: Weil du müde bist. Weil du schlecht gelaunt bist. Weil du deine Ruhe haben willst.

Sie: Wenn ich den ganzen Tag mit dem Kind unterwegs war ...

Er: Du hast doch immer einen Babysitter gehabt.

Sie: Den ich organisieren muß. Wie ich alles organisieren muß. Wieso habe ich ein Problem, wenn ich arbeiten gehen will, und du nicht?

Er: Ich verstehe nicht, was du meinst.

Sie: Genau das ist das Problem. Selbst wenn wir vögeln wollten – was wir ja nicht tun –, selbst wenn, müßte ich es organisieren.

Er: Das ist das Problem. Daß du alles organisieren willst.

Sie: Ich verstehe. Ich bin an allem schuld. – War's wenigstens schön?

Er macht eine spannende Pause.

Er: Ich weigere mich, so zu reden.

Sie: Du mußt einen Aids-Test machen, das ist dir doch hoffentlich klar.

Er: Das ist doch absurd.

Sie: Wieso?

Er: Weil da nichts war.

Sie: Ich glaube dir nicht.

Er: Das ist dein Problem.

Sie: Nein, deins. Denn ohne Test …

Er: Hast du denn gar kein Vertrauen zu mir? (Sie schweigt.) Wenn ich da irgendwas gehabt hätte, nur mal hypothetisch, dann hätte ich doch aufgepaßt.

Sie: Ich habe es gewußt.

(Pause.)

Er: Es tut mir leid …

Sie: Ich hasse dich.

Er: Es tut mir leid.

Sie: Warum? Erklär mir, warum!

Er: Ich weiß es nicht.

Sie: Erklär es mir!

(Sie heult, schlägt ihn, glaube ich, an dieser Stelle, auf jeden Fall klatscht es mehrmals, aber vielleicht erlegt sie auch nur ein paar Fliegen, du glaubst nicht, wieviel Fliegen es hier gibt!)

Sie: (schreit) Warum?

Er: Ich habe gerade versucht, es dir zu erklären.

(Sie schluchzt.)

Er: Ich habe mich dort lebendig gefühlt.

Sie: O Gott.

Es geht die Tür, ich höre Schritte auf der Treppe, sie geht wohl ins Wohnzimmer und schläft auf der Couch. Ende. Musik. Reklame.

Ist das nicht wunderbar? Fast so schön wie Fernsehen.

Es ist ein wunderschöner Tag, der Himmel klar, eine leichte Brise geht, die Vögel zwitschern, das Au-pair-Mädchen schläft, Mutter und Kind machen Obst ein, Vater mäht den Rasen. Es könnte ein wunderschöner Tag sein. Robert sitzt auf seinem brandneuen Rasenmäher und fährt Achten um Jeannie, die mit geschlossenen Augen in ihrem goldenen Bikini im Liegestuhl liegt. Sie hat ein Bein aufgestellt, ein schmaler Streifen Gold bedeckt notdürftig ihre Scham. Breit und gemütlich liegt ihr dicker Leib da. Weißer Speck ist ekelhaft, schwarzer dagegen irgendwie schön. Einen kurzen Augenblick lang verstehe ich, wie man sich sehnlichst wünschen kann, sich auf dieses Fleisch zu werfen, es zu walken, zu kneten, zu unterwerfen, in ihm zu versinken.

Lena und ich halten beim Johannisbeerenpflücken inne, wir starren Jeannie und Robert an. Wie lächerlich er aussieht, wie ein Affe auf dem Schleifstein hockt er auf dem Mäher, sein weißer, behaarter Bauch hängt über den Gürtel seiner Bermudas, seine Basketballmütze hat er mit dem Schirm nach hinten aufgesetzt, weil er hip sein möchte, jung, lebendig. Wie sehr ich ihn in diesem Augenblick dafür hasse. Prügeln könnte ich ihn, windelweich schlagen, seinen erbärmlichen Körper grün und blau hauen.

Lena legt die Finger auf die Lippen, leise schleichen wir um Jeannie herum auf die andere Seite zu den schwarzen Johannisbeeren, wir alle bewegen uns um sie herum, als sei sie das Zentrum und wir die Satelliten.

Keiner in der Familie mag Johannisbeeren, aber ich pflücke sie, wasche sie, koche Saft, Gelee, mache Kuchen, ich bekomme einen steifen Rücken und rote Finger wie in Blut getaucht, ich hasse diese Arbeit, und in ein paar Monaten werde ich die meisten Gläser Gelee wegwerfen, weil sie verschimmelt sind, aber ich tue es, weil es so schrecklich sinnlos und traurig wäre, wenn die Büsche ihre Früchte nur deshalb trügen, um sie vergammeln zu lassen. Ich schwitze, meine Haare kleben an meiner Stirn, meine Achseln sind feucht, mein Fleisch hängt schwer und träge an meinen Knochen, meine Arme sind von dicken roten Quaddeln übersäht.

Zu meinen Füßen kriechen fette braune Nacktschnecken aus dem feuchten Gebüsch. Lena holt den Salzstreuer und streut Salz über sie. Fasziniert sieht sie zu, wie sich die Schnecken vor ihren Augen auflösen in einen schleimigen, bräunlichen Brei. Ich höre ein leises, kaum vernehmbares Zischen.

Laß das, Lena.

Papa macht es auch.

Ich weiß. Robert ist der Meinung, dies sei die ökologisch vertretbarste Lösung, Schnecken umzubringen. Grausam, aber ökologisch vertretbar. Ich habe gesagt, du sollst es lassen.

Ich reiße ihr den Salzstreuer aus der Hand, sie fängt an zu brüllen. Jeannie richtet sich auf und gähnt.

Wer hat die Zitronen auf den Kompost geworfen? brüllt Robert aus der Entfernung.

Das war Jeannie, heult Lena.

Robert sitzt vom Rasenmäher ab wie von einem Pferd und kommt auf Jeannie zu.

Komm mal mit, sagt er zu ihr, ich erkläre dir mal was.

Seufzend steht Jeannie auf und folgt ihm mit wiegenden Hüften zum Kompost. Er faßt sie am Oberarm, beugt sich mit ihr über den Kompost. Jeannie wirft den Kopf in den Nacken und lacht laut auf. Lena vergißt ihr Gebrüll und läuft zu den beiden. Robert gestikuliert mit beiden Händen, lächelt. Ich sehe, wie er den Bauch einzieht, das Gewicht auf das eine Bein verlegt, sich aufbläst wie ein Frosch.

Ich schließe die Augen. Ich bin tot, da liege ich, hübsch, jung, nackt und dünn. Zwei Frauen, die aussehen wie Kaufhauskosmetikerinnen, umwickeln meinen Körper mit Bandagen, so fest, daß ich kaum noch Luft bekomme, ich fange an zu keuchen, dann fällt mir ein, daß ich ja keine Luft mehr brauche, weil ich schon gestorben bin, ich höre also auf zu keuchen, die beiden Frauen unterhalten sich über Laser-Lifting, sie binden mir die Augen zu, die Ohren, ich höre sie nur noch undeutlich. Das Ganze für noch nicht mal fünftausend Mark, und du siehst aus wie neu, verstehe ich noch, dann ist es still. Steif und stumm liege ich da. Ich weiß nicht, ob ich die Energie habe, mich aufzurichten und meine Bandagen abzunehmen. Eigentlich ist es ganz nett so. Dunkel, still und friedlich.

Es klingelt an der Haustür. Widerstrebend öffne ich die Augen erst beim dritten Mal.

Jeannie, Lena und Robert sehen mich erwartungsvoll an. Mit der Schale voller Johannisbeeren im Arm gehe ich durch den Flur zur Tür.

Zwei junge Männer mit ernsthaften, blassen Gesichtern stehen da, der eine trägt seine Haare in einem Pferdeschwanz, der andere hat eine Bandana um den Kopf gebunden, beide haben symmetrisch genau angebrachte Schnitte in ihren Jeans, durch die ich ihre knochigen Knie sehen kann.

Sie halten mir ein rotes Flugblatt entgegen: ›Aktion gegen Haß‹.

Bitte bringen Sie Luftballons mit, sagt der mit dem Pferdeschwanz, wir lassen Luftballons steigen gegen den Haß!

Prima Idee, lächele ich charmant und strecke die Hand nach ihnen aus, bitte, bitte, laßt mich nicht allein mit meinem Mann und meinem Babysitter, aber da gehen sie schon weiter zu den Freisingers.

Möchten Sie vielleicht einen Kaffee? rufe ich mit angstvoller Stimme, oder Johannisbeerkompott? Oder beides?

Sie setzen sich stumm an den großen Eßtisch in der Küche, ich weiß, sie betrachten meinen Hintern unter dem dünnen Sommerkleid, ich spüre, wie sich meine Pobacken bewegen, mit wiegenden Hüften gehe ich zur Kaffeemaschine, zurück zum Filter, ich hole Filterpapier, dann den Kaffee, gehe zur Spüle, lasse Wasser in den Kessel laufen, gehe zum Herd. Jeden Handgriff erledige ich mit größtmöglicher Konzentration. Nur die Gegenwart gilt. Ich strecke den Busen raus und wiege, wiege, wiege meine Hüften. Im Flur höre ich Robert. Er erklärt Jeannie das Abfallkonzept.

Und jetzt die Stichfrage, sagt er, in welchen Abfalleimer gehört Pergamentpapier?

Gelber Wertstoffsack, antwortet Jeannie gelangweilt.

Falsch, triumphiert Robert. Falsch, wiederholt Lena.

Graue Tonne, graue Tonne, singt Robert.

Hintereinander marschieren sie in die Küche, Robert hört auf zu singen.

Wer ist denn das? ruft Lena empört.

Die beiden Jungen stehen auf und starren Jeannie an. Äh, sagt der eine. Wir, murmelt der andere, wir …

Sie lassen Luftballons steigen gegen den Haß, erkläre ich.

Ach so, sagt Robert und reibt sich seinen nackten, haarigen Bauch.

Lena rührt in ihrer Kompottschale, bis die sauren Johannisbeeren die Milch flockig werden lassen. Sie verzieht das Gesicht. Muß ich das essen? fragt sie. Jeannie nickt. Nein, muß ich nicht! brüllt Lena.

Ich habe geglaubt, in den letzten zwanzig Jahren sei dieses Land doch ganz nett liberal geworden, sagt Robert.

Pustekuchen, sagt der mit der Bandana um den Kopf.

Tja, seufzt Robert.

Muß ich das aufessen? fragt Lena Robert.

Nein, sagt Robert. Ich glaube, ich möchte hier nicht mehr leben. Ich glaube, ich kann hier bald nicht mehr leben, in diesem Land.

Ich schaufle sieben rote Beeren auf meinen Löffel. Wo würdest du denn lieber leben? frage ich nett und freundlich. Auf Trinidad vielleicht?

Jeannie sieht auf.

Warum nicht? sagt Robert langsam, warum eigentlich nicht?

Mein Mann, erkläre ich, war gerade auf Trinidad, und es hat ihm dort anscheinend sehr gut gefallen.

Hätten Sie vielleicht ein bißchen Zucker? fragt der Junge mit dem Pferdeschwanz.

Nein, sagt Jeannie, Zucker gibt es hier nicht. Zucker ist Gift. Es führt zu einem Stimmungshoch mit anschließender Depression.

Die beiden Jungen sehen sie verblüfft an. Jeannie grinst.

Trinidad hat meinem Mann ausnehmend gut gefallen, wiederhole ich störrisch.

Warum? fragt der Junge mit der Bandana, ohne den Blick von Jeannie zu wenden.

Robert nimmt Lenas Kompottschale und ißt ihre Johannisbeeren auf. Er vermeidet meinen Blick. Auf dem Hinflug nach Trinidad, sagt er, saß eine etwa vierzigjährige Amerikanerin neben mir. Sie trug eine weiße Bluse und einen Hosenanzug, hohe Schuhe, ihre Haare waren perfekt frisiert, ihre Nägel lackiert – sie sah aus wie eine Barbiepuppe, perfekt gestylt und völlig steril. Plastik, alles Plastik.

Barbiepuppen sind blöd, sagt Lena.

Robert nickt ihr zustimmend zu, während er weiterredet. Diese Frau habe ihm erzählt, daß sie auf Trinidad geboren sei, ihre Eltern seien in die USA ausgewandert, als sie noch ein Kind war, und als sie in Port of Spain landeten, fragte sie Robert, ob er mit ihr ein Taxi teilen wolle, es sei sündhaft teuer. Er willigte ein und wurde Zeuge einer wundersamen Verwandlung. Kaum betrat diese Frau den Boden ihrer Heimat, wurde aus der perfekt gepflegten, steifen Barbiepuppe ein lebendiges, kicherndes, zu lauter Unsinn aufgelegtes Wesen. Sie tauschte mit dem Taxifahrer leicht anzügliche Witze aus, fing laut an zu singen, hielt ihren Kopf aus dem Fenster, daß ihre Frisur zerstört wurde und die Haare im Wind nur so flatterten. Der Taxifahrer holte eine Flasche Rum unter dem Sitz hervor, die teilten sie sich, dann beschlossen die beiden, Robert den Urwald zu zeigen … na ja …, Robert räuspert sich, es endete damit, daß ich drei Tage mit den beiden unterwegs war. Er verstummt.

Und? fragt Jeannie. Die beiden Jungen wenden die Köpfe von Robert zu ihr und schnell wieder zurück.

Oh, nichts weiter, sagt Robert leichthin, ich wollte damit nur sagen, daß …

War die Frau schwarz oder weiß? fragt Jeannie.

Hellbraun, antwortet Robert blöde grinsend.

Also schwarz, sagt Jeannie kühl. Schweigen. Alle außer Jeannie senken den Blick.

Wenn man in die Sonne geht und sich nicht einschmiert, dann wird man ganz häßlich braun, erklärt Lena den beiden Jungen.

Ich wollte damit nur sagen, daß das Leben anderswo menschlicher ist, offener, spontaner, sagt Robert entschlossen, wir sind hier doch alle verhaltensgestört. Voller Haß und Neid, tausend Regeln für alles und jedes …

Der Junge mit dem Pferdeschwanz beginnt unruhig auf seinem Stuhl herumzurutschen, schließlich gibt er dem anderen ein Zeichen.

Wir wollen Sie nicht länger aufhalten, sagt er und steht auf. Der Junge mit der Bandana kann den Blick nicht von Jeannie wenden, bis zum letzten Schritt an der Tür kostet er ihn aus.

Also, es wäre toll, wenn Sie alle zusammen …, sagt er in Jeannies Richtung.

Natürlich, fällt ihm Robert ins Wort, natürlich kommen wir, gar keine Frage, gegen Ausländerhaß muß man doch etwas tun.

Robert ist abgehauen und hat das Auto mitgenommen.

An einem dieser tödlichen, verregneten Nachmittage, an denen ich fast aus der Haut fahren könnte vor Langeweile, lag ich mit Lena auf dem Teppich und spielte mit ihrem handgeschnitzten, ungiftig bemalten, hundertprozentigen Ökospielzeug, als Robert plötzlich wie angestochen aus der Scheune schrie. Wir stürzten alle hinzu, weil es klang, als habe er sich mindestens die Hand abgesägt. Er stand vor den Holzscheiten und deutete mit zitternder Hand auf einen Schuhkarton, der halb unter dem Holz versteckt war. Was ist denn das? brüllte er. Charlotte und ich beugten uns vor, ich war schon drauf gefaßt, irgendein ekliges, halbangeknabbertes, totes Tier zu erblicken – aber was war's? Eine Kiste voller Müll. Ein leerer Plastikbehälter von McDonald's, ein Barbiepuppenbein, drei Kaugummikugeln, vier Stück Würfelzucker, zwei alte Filzstifte, ein winziges Stück goldener Lurexstoff, der mir irgendwie bekannt vorkam – (das kleine Ungeheuer hat tatsächlich ein Stück aus meinem Bikini rausgeschnitten!) –, ein Trolli mit giftgrünen Haaren und ein Plastikdinosaurier.

Lena brach in Tränen aus und lief heulend zurück ins Haus, ihr Vater rannte mit ihrer Schatzkiste im Arm hinter ihr her und führte sich auf, als habe das Kind ein widerliches Verbrechen begangen. Er schrie und tobte, faselte von Luftverschmutzung durch Plastikherstellung, vom Treibhauseffekt, Kernenergie, der allgemeinen Verwüstung der Erde und der Verarmung der Dritten Welt, bis Charlotte ihm die heulende Lena schließlich entriß und ihn ein verlogenes Arschloch nannte.

Daraufhin rannte er ins Schlafzimmer und kam wenige

Minuten später mit einer Reisetasche in der Hand die Treppe runtergepoltert. Charlotte stellte sich ihm in den Weg, jetzt heulte auch sie, er schob sie einfach zur Seite wie eine Schiebetür, rannte aus dem Haus, sprang ins Auto und ließ den Motor an. Charlotte warf sich dramatisch vor das Auto, aber er setzte zurück und fuhr rückwärts mit quietschenden Reifen davon.

Im selben Augenblick kam die Bäuerin von nebenan auf ihrem Trecker vorbei und grüßte die am Boden liegende und heulende Charlotte, als sei das das Normalste von der Welt.

Ich mußte Charlotte in den Arm nehmen, weil sie sich einfach an meine Brust warf und wir beide umgefallen wären, wenn ich nicht meine Arme um sie gelegt hätte. Sie faßt sich an wie ein Bücherregal, eckig und hart. Was mache ich denn falsch? schluchzte sie.

Ich wollte ihr schon vorschlagen, mal so richtig radikal zu werden und eine Zitrone auf den Kompost zu werfen oder ein Wiener Würstchen zu essen, statt dessen hörte ich mir, wie eine alte Großmutter, stumm nickend den ganzen Jammer ihrer Ehe an bis morgens früh um zwei. Irgendwie machte es mich traurig, daß man anscheinend nicht glücklicher wird, je älter man wird, ich konnte nicht einschlafen, und als ich dann Charlotte im Schlafzimmer durch den Kamin vor sich hin schluchzen hörte, fing ich tatsächlich auch noch an zu flennen. So heulten wir im Duett, und ich fing an, immer kleiner zu werden, ich schrumpfte förmlich in meinem Bett, bis ich meine Mutter in der Küche weinen hörte, wie sie es so oft getan hat, weil sie sich nach Deutschland sehnte und einsam und unglücklich war in Amerika, und ich lag auf der alten Couch nebenan und konnte nichts, nichts, nichts für sie tun, ich war nur ein kleines Mädchen und sah ihr noch nicht einmal ähnlich.

Ich liege auf dem Bauch auf einem Handtuch. Kindergeschrei und Wasserplanschen umbranden mich, nackte Füße gehen um mich herum, Kinderfüße, dicke Füße, sehnige Füße, alte Füße, Schwimmtiere werden an mir vorbeigezogen, Eiscreme tropft ins Gras, Babys kriechen heulend herum und werden von ihren Müttern wieder eingefangen. Mein Handtuch riecht nach Sonnenöl und altem, verschüttetem Cola, die Sonne brennt mir auf den Rücken, als stünde jemand mit einem Schweißbrenner hinter mir, um mich aufzulösen, einzuschmelzen. Meine Haut schreit um Hilfe, aber ich werde ihr nicht zu Hilfe kommen, ich möchte verbrennen, in der Hitze verpuffen, nicht mehr dasein, für nichts mehr zuständig sein, weg sein, weg sein, zusammenschnurren möchte ich zu einem klitzekleinen Häutchen, ein Kind wird es auf den Befehl seiner Mutter aufheben, um es wegzuwerfen – in welchen Abfall gehört das Häutchen? Die Mutter hält mich in der Hand, dreht mich hin und her, graue Tonne, sagt sie schließlich, Restmüll.

Charlotte sieht aus wie ein gekochter Hummer. Sie, die andauernd über das Ozonloch redet und krebserzeugende UV-Strahlen! Am Abend fing sie an mit den Zähnen zu klappern, als hätte sie Schüttelfrost, kurz darauf mußte sie sich übergeben, sie ging hinauf in ihr Schlafzimmer und ließ sich nicht mehr blicken. Ich aß mit Lena allein zu Abend, wir sprachen wenig, sie seufzte ein wenig, schon ganz wie ihre

Mutter. Nimm die Ellenbogen vom Tisch, sagte sie zu mir, und spiel nicht mit deinem Essen.

Als ich dann selbst zu Bett gehen wollte und an Charlottes Schlafzimmertür vorbeikam, rief Charlotte mich mit schwachem Stimmchen, wie ein Kind. Splitterfasernackt lag sie im Bett, ihre Haut rot wie Johannisbeerkompott, nur ihr Po und ihr Busen milchweiß, wie Teile, die zu einem anderen Menschen gehörten.

Hilfe, wimmerte sie, ich verbrenne. Dicke Tränen liefen ihr über das rotglühende Gesicht.

Ich bestreute sie mit Babypuder, so wie man Puderzucker auf einen Kuchen streut, bis sie aussah wie ein großer Zuckerkringel. Sie wirkte so empfindlich und verletzlich, ihre Haut seltsam weich und jung, als habe sie noch überhaupt nichts erlebt und sei aus Versehen in die Sonne geraten wie in Feindesland. Sie tat mir unendlich leid. Niemals, so kam es mir vor, wird sie lernen, das Leben zu ertragen. Ihre Haut ist nicht dafür gemacht.

Ich holte den Fön aus dem Badezimmer, stellte ihn auf kalt und richtete den kühlen Wind auf ihren Körper, ließ ihn vom Kopf langsam über ihre runden Kleinmädchenbrüste über ihren flachen Bauch blasen, über ihre nicht vorhandenen Hüften, die dünnen Beine entlang bis zu ihren knochigen Füßen und zurück. Wie oft ich mir früher einen solchen Körper erträumt habe! Dünn, weiß, makellos, wie aus einer Zeitschrift.

Stundenlang fuhr ich mit dem Wind über Charlottes Körper hinweg wie über einen Golfrasen, etwas sehr Empfindliches und Luxuriöses, für das man Eintritt bezahlen muß, und ich war froh, nicht so zu sein wie sie.

Ich habe von dir geträumt, sagte ich zu ihr, aber das stimmte gar nicht. Ich habe geträumt, daß du mir die Haare abgeschnitten hast, und mit meinen Haaren haben wir eine Stoffpuppe für Lena gestopft. Du siehst sowieso viel besser aus ohne Haare, hast du zu mir gesagt, wirklich.

Lena mochte die Puppe nicht, sie piekt, sagte sie, wenn wir tot sind, kommen wir dann auch auf den Kompost?

Das ist ja ein furchtbarer Traum, stöhnte Charlotte, und ich lachte und fönte, fönte, fönte.

Es sind nur etwa fünfzehn Menschen gekommen, verloren stehen sie auf dem Marktplatz herum, ich kenne keinen von ihnen. Die meisten sind junge Familien in den Sommerferien, die sich von der Aktion irgendeine Art von Unterhaltung für ihre Kinder an einem trüben Sonntag erhoffen, ein paar Jugendliche, ein alter Mann, der neugierig stehengeblieben ist. Sie alle starren Jeannie an wie eine Erscheinung. Sie trägt einen feuerroten Turban, eine verspiegelte Sonnenbrille, ein giftgrünes Leibchen, das ihr nur bis knapp unter den Busen reicht, und einen orangeroten Minirock, der einen guten Meter über ihren dicken Knien endet.

An den Füßen trägt sie ihre neuen schweren Springerstiefel, die sie vor wenigen Tagen auf einem Flohmarkt im nächsten Dorf erworben hat, obwohl ich ihr erklärt habe, daß nur Skinheads und Neonazis diese Schuhe tragen. Sie nennt sie lachend ihre Nazi-Boots und putzt sie hingebungsvoll jeden Tag.

Der Junge mit der Bandana, die er diesmal wie ein kleines Kopftuch auf dem Kopf trägt, kommt auf uns zugelaufen und führt uns zu einem kleinen Stand mit Flugblättern und einer Gasflasche, mit der er unsere mitgebrachten Luftballons aufbläst. Er drückt uns ein paar Postkarten mit der Luftansicht unseres Dorfes in die Hand und fordert uns auf, ein paar Zeilen gegen den Haß zu formulieren. Die Luftballons werden eure Botschaften ins ganze Land tragen, erklärt er begeistert und verschlingt dabei Jeannie mit seinen Blicken. Ich sehe seinen doppelt gespiegelten kleinen Kopf mit dem Kopftuch in ihrer Sonnenbrille. Jeannie zieht die Augenbrauen hoch und richtet sich auf. Ich sehe, wie ein leichtes und höchst empfindliches Gefühl zwischen den beiden aufsteigt wie eine schillernde, wacklige Luftblase, und Neid schießt durch meinen Körper.

Jeder kritzelt also etwas auf seine Postkarte, Lena malt eine Prinzessin, ich schreibe hinter vorgehaltener Hand: Lieber Gott. Hilf mir. Ich weiß nicht, wie ich leben soll.

Wir binden die Postkarten an die Ballons, dann fordert uns der Junge mit dem Pferdeschwanz auf, uns in einem Kreis an den Händen zu fassen und auf ein Zeichen hin die Ballons gleichzeitig fliegen zu lassen.

Mit gesenktem Blick und leicht peinlich berührt, bewegen wir uns aufeinander zu, die Kinder betrachten verwundert die schüchternen Erwachsenen, ein kleiner Junge ergreift Lenas Hand.

Ich strecke meine nach Jeannie aus, sie legt ihre kühle, schlaffe Hand hinein, es ist das zweite Mal seit ihrer Ankunft am Flughafen, daß ich ihre Hand halte.

Der Junge mit der Bandana hat dafür gesorgt, daß er direkt neben Jeannie steht, der Kreis schließt sich.

Der Junge mit dem Pferdeschwanz räuspert sich. Schüchtern murmelt er: Wir sind gegen Haß, gegen Haß gegen

Ausländer, gegen Behinderte, gegen Benachteiligte. Wir sind gegen Haß, wiederholt er etwas lauter, und der Junge neben Jeannie wiederholt es, und dann sollen wir es wohl alle wiederholen, also murmeln wir ›wir sind gegen Haß‹ wie in einer seltsamen Beschwörungszeremonie, Jeannie kichert. Irritiert sieht der Junge mit dem Pferdeschwanz sie an. Jeannie lacht. Ist das blöd, sagt sie laut.

Einige in der Runde fangen verlegen an zu lächeln. Wir sind gegen Haß, trällert Jeannie und grinst, bis wir alle grinsen. Es entsteht eine Pause, in der keiner weiß, was er tun soll, schließlich rufen die beiden Jungen: Jetzt!, und wir lassen die Ballons los.

Zögernd trudeln sie nach oben, alle legen die Köpfe in den Nacken, ein kleines Kind heult ihnen hinterher, die Ballons gewinnen an Fahrt, entfernen sich jetzt schneller von uns. Ich behalte meinen im Auge, solange ich kann, bis er wie eine bunte Stecknadel in den hellblauen Himmel gepiekst erscheint. Ein Arm legt sich schwer auf meine Schulter, ich fahre zusammen und verliere meinen Ballon aus den Augen. Jeannie steht dicht neben mir. Ich lehne mich an sie wie an eine Wand. Sie riecht nach Schweiß und Schminke. Okay, sagt sie, das war das. Und was machen wir jetzt?

Bist du eine Hexe?

Ich schlafe nicht, aber die anderen denken, ich schlafe. Ich höre Herbert nebenan lachen, die Kinder krähen. Mein glücklicher Schlaf läuft mir davon, ich kann ihn nicht mehr zurückholen. Ich höre sie kichern. Mein Herz fängt an zu klopfen. Dagegen kann ich nichts tun. Ich versuche, mich zu beruhigen. Es klopft stärker. Und ich weiß nicht, warum. Es dröhnt mir in den Ohren, mein Herz.

Eins, zwei, drei, vier, Eckstein, alles muß versteckt sein, ruft Juliane von nebenan. Er lacht. So lacht er mit mir nicht. Nie. Am Freitag nachmittag holt er die Kinder bei seiner Frau ab. Freitag nachmittag fängt mein Herz an zu klopfen.

Babette ist erst drei. Meine Mami sagt, du bist eine Hexe, sagt sie zu mir, bist du eine Hexe?

Ich bin dreiundzwanzig. In Herbert habe ich mich im Urlaub verliebt. Seine Frau und die beiden Kinder waren dabei. Ich habe alles gewußt. Er sah einsam aus am Strand. Wir begegneten uns erst zufällig auf seinen langen, einsamen Strandspaziergängen, dann trafen wir uns jeden Tag hinter einem großen Felsen. Seine Frau ist zehn Jahre älter als er. Sie sieht hart aus. Ich mochte sie nicht. Sie erinnerte mich an meine Lateinlehrerin. Er litt unter ihr, erzählte er mir. Wir haben nicht viel gesprochen, damals hinter dem Felsen.

Ich war zweiundzwanzig, ich wußte nicht, über was ich

mit einem vierunddreißigjährigen Familienvater reden sollte. Er konnte Feuer machen. Das war mehr als die meisten, die ich kannte. Ich brachte ein paar Kartoffeln mit, ein Stück Fleisch, manchmal einen Fisch. Er machte das Feuer. Er könne auch angeln, erzählte er. So sah er aus. Wie jemand, der sich um einen kümmert.

Es sah uns nie jemand hinter dem Felsen.

Als sie abfuhren, begegneten wir uns im Auto auf der schmalen Straße zum Dorf. Ganz langsam fuhren wir aneinander vorbei. Er saß am Steuer, ich war allein im Auto. Er nickte mir zu. Auf dem Rücksitz weinten die Kinder. Ich nickte zurück. Seine Frau gab den Kindern Bonbons.

Einmal noch ging ich allein zu dem Felsen. Ich fand seinen Fußabdruck und stellte meinen Fuß hinein.

Als ich ihn in München in einem Kaufhaus wiedersah, war unsere Sommerbräune schon verblaßt. Er hatte Babette an der Hand. Sie wollte eine Negerpuppe. Sie schrie. Er kaufte sie ihr. Leise sagte er zu mir: Ich bin vor vier Wochen ausgezogen. Babette schwenkte die Negerpuppe und sah mich dabei an.

Er war in die Wohnung eines Freundes gezogen, der ein Jahr nach Indien gegangen war.

Nach der ersten Nacht, die ich dort mit ihm verbrachte, blieb ich einfach da. Ich rief in meiner Wohngemeinschaft an und sagte, ich würde nie wiederkommen. Sie könnten mit meinen Sachen machen, was sie wollten.

Ich fragte ihn, ob er mich liebe. Darauf hat er immer geantwortet: Sonst wärst du nicht hier.

Drei Monate lang waren wir allein, wie hinter dem Felsen. Dann einigte er sich mit seiner Frau über das Besuchsrecht der Kinder.

Meine Mami sagt, du bist eine Hexe, sagte Babette zu mir.

Wenn die Kinder da waren, sah er mich nicht an.

An den Wochenenden ging ich viel ins Kino. Wenn ich nach Hause kam, schliefen seine Kinder in unserem Bett. Er lag zwischen ihnen. Du bist erwachsen, sagte er zu mir, sie nicht.

Die Kinder mochten meine Spaghettisoße nicht. Sie sahen mich stumm an und aßen sie nicht. Herbert nahm ihre Teller und schüttete die Spaghetti in den Abfall. Er kochte ihnen die Soße, die sie gewohnt waren.

In dem kleinen Zimmer, in dem ich schlafe, wache ich morgens von ihrem ersten Satz auf. Sie sind leise, das hat man ihnen beigebracht. Ich wache trotzdem auf. Mein Herz fängt an zu klopfen. Solange es geht, mache ich die Augen nicht auf. Dann höre ich ihn, wie er mit ihnen balgt und lacht. Manchmal schlafe ich noch einmal ein, wenn sie zusammen ins Bad gehen. Und dann muß ich irgendwann aufstehen, weil ich sonst an meinem Herzklopfen ersticke. Ich habe versucht, lächelnd aus meinem kleinen Zimmer zu kommen. Er sieht mich nicht an. Ich habe versucht, mit den Kindern zu scherzen. Er sieht mich nicht an. Montag, denke ich, bald ist doch Montag, da sieht er mich wieder an.

Das Sicherste vom Sichersten ist der Zweifel, sagt er oft. Ich verstehe diesen Satz nicht.

Liebst du mich?

Sonst wärst du nicht hier.

Ich muß aufstehen. Mein Herz klopft in meinem Magen, in meinen Ohren, in meinem Kopf. Babette kreischt vor Vergnügen. Herbert brummt wie ein Flugzeug.

Ich mache die Tür auf. Er spielt mit Babette Flieger.

Wo ist Juliane? frage ich.

Ach, die spielt Verstecken, sagt Babette, während sie an seinen Händen durch die Luft fliegt.

Im Spiegel im Bad sehe ich mein verquollenes Gesicht. So sieht es am Wochenende immer aus. Als ich das Wasser abstelle, höre ich ein Wimmern aus dem Flurschrank. Hinter den Kleidern hockt Juliane.

Mit dem Saum von meinem roten Kleid putzt sie sich die Nase. Sie will nicht herauskommen. Ich setze mich in den Schrank neben sie. Sie weint, ich schweige.

Mach die Tür zu, flüstert sie. Wir hören Babette und Herbert von ferne lachen.

Warum bist du im Schrank? Sie antwortet nicht, zieht sich mein Kleid über den Kopf. Wir sitzen so da, ab und zu schnieft sie. Keiner sucht uns.

Plötzlich, ganz plötzlich, als würde in meinem Gehirn eine Seite zurückgeblättert, erinnere ich mich. Ihr habt Verstecken gespielt, nicht?

Sie nickt. Und du hast dieses tolle Versteck gefunden. Du hast die Tür zugemacht, Babette hat gerufen ›ich komme‹, und du hast ein bißchen Herzklopfen gekriegt, ob sie dich wohl findet. Juliane schiebt das Kleid über den Kopf und sieht mich an. Ich kann im Dunkeln ihre Augen naß glänzen sehen. Und du hast gehört, wie sie dich gesucht hat, aber sie hat dich nicht gefunden. Dein Versteck war so gut, sie hat dich einfach nicht gefunden. Sie nickt. Hat Babette dich gerufen? Einmal.

Nur einmal? Einmal der Papi und einmal Babette. Aber du wolltest ihnen nicht verraten, wo du bist, also bist du nicht herausgekommen. Und dann haben sie plötzlich nicht mehr gerufen. Es war auf einmal ganz still. Keiner hat dich mehr gesucht. Das Spiel war vorbei. Und jetzt weißt du nicht, wie du aus dem Schrank rauskommen sollst. Stimmt's?

Wir hören Babette quietschen und Herbert lachen.

Mein Herz klopft so komisch, sagt Juliane.

Financial Times

Ich mache das nur als Übergang, verstehen Sie? Man muß noch nicht mal jung dafür sein oder besonders hübsch. Manche sind vierzig und drüber, irgendwie attraktiv und gebildet sollte man sein, das verlangt die Agentur, sonst nehmen sie einen nicht. Ich habe ihnen erzählt, ich hätte einen Magister in Kunstgeschichte, stimmt natürlich nicht, aber vier Semester habe ich immerhin studiert. Es reicht, wenn man die Zeitung liest, dann findet sich schon was, worüber man reden kann. Die meisten finden es auch ganz charmant, wenn man nicht so besonders gut Bescheid weiß. Sie wollen sich ja entspannen. Ich verhandle nicht mit ihnen, das macht die Agentur. Und die wird von den Hotels angerufen, nur von den ganz teuren, den anderen geben sie gar nicht erst ihre Telefonnummer. Ich habe mir deshalb einen Anrufbeantworter gekauft, denn wer läßt sich schon gern einen runden Tausender für ein paar Stunden Arbeit entgehen? Meistens gehe ich nur mit ihnen essen, zu allem andern sind sie dann viel zu müde. Und wenn sie doch wollen, kann ich es ablehnen, die Agentur ist da fair, sie zwingt keinen. Gestern abend wollte ich eigentlich zu den ›Pretenders‹ gehen, ich schwärme für ihre Musik, aber da rief eben die Agentur an. Sie sagen einem nur den Vornamen und die Uhrzeit. Daniel, 20 Uhr, Hotel Kurfürst. Sein Name hat mir schon gut gefallen, sonst heißen sie meist Peter oder Fritz, Männer, die so viel Macht haben, müßten was Besonderes sein, denkt man am Anfang, die meisten haben gute Manieren, aber mehr auch nicht. Häßlich sind sie auch, die meisten. Ich erkenne sie inzwischen auf der Straße. Sie haben immer die gleichen Schuhe an, maßgefertigte mit so durchlöcherten Laschen, braun oder schwarz. Ihre Haut ist schlecht, viele rauchen. Die jungen haben keinen Bauch, weil das nicht dynamisch ist, die älteren fast immer, die haben so viel Macht, daß sie darauf nicht mehr achten müssen. Ihre Anzüge schillern immer ein bißchen, daran erkennt man den guten Stoff. Alle essen viel zu schnell, weil sie daran gewöhnt sind, keine Zeit zu haben.

Ich habe also ein langes Bad genommen und mir eine Schönheitsmaske aufgelegt. Manchmal habe ich überhaupt keine Lust, dann rede ich mir ein, ich sei mit meinem Traummann verabredet, wenn man es ohne Lust tut, wird es zur Qual. Mein saphirgrünes Kleid habe ich angezogen, das steht mir besonders gut, es unterstreicht die Farbe meiner Augen. Die Klamotten sind natürlich eine Investition, ich habe mir das Geld von meiner Mutter geliehen, für Bücher fürs Studium, habe ich ihr erzählt. Ich möchte nie alt werden und Krampfadern kriegen wie meine Mutter. Wie Schlangen kringeln sie sich um ihre Beine, ein schwaches Bindegewebe hat sie, das habe ich von ihr geerbt. Manchmal sehe ich schon die dunklen Schatten von den Adern an meinen Beinen, und dabei bin ich erst 26. Mit spätestens 28 höre ich auf damit und mache was Vernünftiges. Was das sein soll, keine Ahnung, ich übe einen sozialen Beruf aus, ich verschaffe Geschäftsleuten einen angenehmen Abend, so sehe ich das.

Der Portier hat mir zugenickt, er kennt mich schon, und die Männer in der Lounge haben sich nach mir umgedreht. Wenn ich will, sehe ich klasse aus.

Ich habe mich auf eine Couch gesetzt und die ›Financial Times‹ durchgeblättert. Die mag ich, weil sie rosa ist, die Überschriften habe ich mir eingeprägt, das reicht meistens, wenn man die Überschriften zitiert, sie reden dann von alleine. ›Coca-Cola zieht sich aus Südafrika zurück‹ beispielsweise, so eine Überschrift ist Gold wert. Dazu können sie alle was erzählen, ob sie nun aus Politik oder Wirtschaft kommen.

Fräulein Carla? fragte er. Das ist natürlich nicht mein richtiger Name, man siezt den Kunden und nennt sich beim Vornamen, so will es die Agentur. Ich habe ihn zweimal fragen lassen, bevor ich die Zeitung gesenkt habe, so ein bißchen müssen sie sich auch um einen bemühen, dann fühlen sie sich nachher besser, und sie vergessen, daß sie einen schließlich bestellt haben. Er war nicht besonders groß und auffallend gutaussehend für einen Mann mit Macht. Seine Haare waren graumeliert wie sein Bart und halblang. Das mag ich, wenn diese Männer ihre Haare lang tragen, es gibt ihnen etwas Verwegenes. Bis zum Gürtel hatte er dieses leicht Verwegene, die Hosen hatte er allerdings so weit nach oben gezerrt, daß sie ihm fast unter den Achseln saßen, das wirkte einfach spießig, das kenne ich sonst nur von meinem Vater. Wir gaben uns die Hand, wir gingen durch das Foyer, er legte seinen Arm um meine Schultern. Das tun sie alle, sie wollen den Eindruck erwecken, man kenne sich schon länger, vielleicht sieht sie ja ein Geschäftspartner.

Ich sage Ihnen, es gibt auf die Dauer nichts Langweiligeres als teures Essen. Immer gibt es irgendwas mit Lachs, und die Soßen sind immer so raffiniert, daß mir ganz mulmig wird davon. An alles tun sie Alkohol, und dieses Getue von den Kellnern geht mir immer mehr auf die Nerven. Wir hatten also Platz genommen in diesem Drei-Sterne-Restaurant, die Kellner schubsen einem immer den Stuhl unter den Hintern, als wäre man zu blöd, sich alleine hinzusetzen, wir saßen so da und studierten die Speisekarte, da sagte Daniel, er hätte eigentlich unbändige Lust auf Spinat mit Spiegeleiern und Bratkartoffeln. Er war mir gleich sympathisch. Nur Männer wie er bringen es fertig, aus so einem Restaurant wieder rauszugehen, daran erkennt man Klasse.

Ich hätte auf Politiker getippt, aber er war Chef einer großen Uhrenfirma, die kennen Sie sicher, aber Diskretion ist nun einmal das Geheimnis meines Jobs. Er war hier, um einem bekannten Fernsehmoderator einen Werbevertrag anzubieten. Das ist natürlich nicht erlaubt, aber das machen alle, sagte er. Und was meinen Sie, auf was die Fernsehzuschauer achten? Die registrieren jede Kleinigkeit. Er sei einmal mit einer Frau befreundet gewesen, die die Zuschauerpost eines Fernsehsenders beantwortet hatte, die habe ihm das erzählt, was den Zuschauern alles auffällt und daß sie dann schreiben, die Krawatte des Nachrichtensprechers am Dienstag um 20 Uhr 15 hätte ihnen aber gar nicht gefallen, da sei die vom andern Kanal sehr viel geschmackvoller gewesen. Wir lachten beide, er sah trotz seiner grauen Haare sehr jung aus. Ich schätzte ihn auf etwa Mitte Vierzig. Die Spiegeleier aß er nur mit der Gabel, so wie es sich gehört. Wir sprachen über Filme, da kenne ich mich gut aus, ich stelle den Fernseher schon morgens an. Ich mag es einfach, wenn die Bilder laufen und ich nicht ganz allein in meinem Zimmer bin. Ob ich gern allein sei, fragte er mich. Wer ist das schon, sagte ich. Es gebe einen Unterschied zwischen einsam und allein, sagte er, immer hofft man, nach oben zu kommen, und wenn man da ist, ist die Luft dort dünn, und man ist entsetzlich einsam. Das sagen sie alle, das kenne ich schon. Ich kann es mir nicht wirklich vorstellen, ich lächle dann immer mitfühlend, und manchmal nehme ich ihre Hand. Seine nicht, er war nicht der Typ dazu. Das Gefährliche an der Macht, sagte er, das Gefährliche ist, daß man nicht mehr die üblichen Umwege zu gehen braucht, um etwas zu erreichen. Weder im Beruflichen noch im Privaten. Ein Anruf genügt. Man bekommt es. Ohne Hoffen, ohne Angst, ohne Widerstände. Das ist sehr praktisch und macht am Anfang großen Spaß. Man fühlt sich wirklich mächtig. Und dann merkt man, daß man zwar alles bekommt, aber um seine Gefühle betrogen wird, verstehen Sie, was ich meine? Es ist gefährlich, auf diese Fragen zu antworten, denn ganz gleich, was man sagt, sie fühlen sich unverstanden. Ich sagte also nichts, sah ihn nur an. Dann reden sie meist weiter. Er auch. Ich kann mich erinnern, daß ich, als ich meinen ersten großen Werbevertrag für eine ganz kleine Firma nicht bekommen habe, danach in meinem Hotelzimmer auf dem Bett saß, das war eher eine schäbige Pension als ein Hotel, und geheult habe. Für mich war in dem Moment alles zu Ende, ich wollte meine Sachen packen und aussteigen. Ich versuche, bei allem, was ich jetzt tue, nie zu vergessen, wie ich mich damals gefühlt habe, denn irgendwie werde ich das Gefühl nicht los, daß ich damals besser dran war.

Ich mochte ihn, weil er damals geheult hatte. Manchmal

erzählen sie solche Geschichten, um einen ins Bett zu kriegen. Er nicht. Danke fürs Zuhören, sagte er. Es war ein schöner Abend gewesen, und als ich ihn im Taxi zum Hotel zurückbegleitete, war ich fest entschlossen, nach Hause zu fahren. Er drückte mir fest die Hand und stieg aus. Ich winkte. Da machte er die Tür wieder auf und fragte, ob ich vielleicht Lust hätte, noch einen Drink an der Bar zu nehmen. Ich wußte, daß die Bar schon zuhatte.

Er hatte eine Suite, daran kann man sie am Ende immer richtig einstufen. Manche erzählen einem, daß sie in Wirklichkeit das Land regieren, und dann haben sie nur ein Einzelzimmer. Ich mag die, die ihre Macht eher untertreiben, lieber. Er hatte also eine Suite. Am Anfang saß er mir gegenüber, und wir unterhielten uns über Stilmöbel. Ich weiß nicht, warum ich mich so angestellt habe, er war mir sympathischer als die meisten, sympathischer als alle anderen jemals, vielleicht war es gerade deshalb. Als er sich zu mir auf die Couch setzte, hätte ich sofort gehen oder einwilligen sollen. Statt dessen sagte ich, ich könne so was nicht, nur für eine Nacht. Er wunderte sich nicht, was mich wunderte, er sagte etwas ganz Seltsames, er sagte: Jede lange Beziehung fängt mit einer einzigen Nacht an. Daraufhin wurde ich richtig schüchtern. Er versuchte, mich zu küssen, lange wand ich mich wie ein kleines Mädchen. Ich mochte ihn einfach zu sehr, verstehen Sie? Wenn ich schüchtern werde, benehme ich mich ganz kühl. Eine lange Beziehung? sagte ich ironisch, hören Sie auf mit diesem Zuckerguß. Sie haben mich bestellt, ich habe Ihnen zugehört, das ist alles. Ja? sagte er, so ein ganz langgezogenes, leises Ja. Ich konnte einfach nicht gehen. Er gehörte zu den guten Küssern, davon gibt es nicht viele, die meisten können überhaupt nicht küssen. Es geht nicht, sagte ich. Das ist in Ordnung, sagte er, ich möchte dich nur küssen.

Erst um vier Uhr morgens zog ich mich aus. Er legte seine Kleider ganz sorgfältig zusammen, dann hob er meine Stöckelschuhe auf und stellte sie ordentlich nebeneinander.

Ich mag Männer, die ein bißchen Fleisch auf den Knochen haben, so wie er, und ein ganz bißchen schon aus der Façon. Das rührt mich. So junge, knackige Muskelmänner stoßen mich eher ab, ich mag's, wenn's ein bißchen traurig ist, das Fleisch, nicht zu viel natürlich. Er nannte mich seinen Liebling, und normalerweise hätte ich auf so einen Quatsch überhaupt nicht reagiert. Aber ich war wirklich in dem Moment sein Liebling. Sein Gesicht über mir sah plötzlich älter aus, weil die Haut dann so nach unten hängt, ich frage mich, ob das bei mir auch schon so ist.

Ich sage Ihnen, es macht einfach Spaß, wenn die Männer mit Macht plötzlich weich und hilflos werden wie kleine Babies. Für eine kleine Weile besitze ich sie, und das kann mir keiner wieder wegnehmen. Er lag an meiner Brust und murmelte etwas, was ich nicht verstand, dann schlief er ein. Das wäre nun wirklich der ideale Moment gewesen, um ganz leise zu verschwinden. Ich ging ins Bad und rauchte eine Zigarette. Seinen Toilettenbeutel sah ich mir an. Da erfährt man mehr über einen Menschen als durch seinen Paß. So eine ganz kleine Schere und eine Bürste hatte er in einem Etui, wohl für seinen Bart. Und Feuchtigkeitscreme, eine sehr teure. Vitaminkapseln. Die haben sie immer alle dabei. Und eine Tönungswäsche für Silberreflexe in grauem Haar. Ich finde das gar nicht unmännlich, ich mag es, wenn Männer eitel sind. Er tönt sich also seine Haare. Liebling. Ganz eng neben ihm habe ich gelegen und mir vorgestellt, wir seien verheiratet. Nur so, zum Spaß. Um sechs rief der Weckdienst an. Er umarmte mich fest. Es war langsamer als beim ersten Mal, sehr gefühlvoll. Mittendrin klingelte das Telefon. Er blieb bei mir, während er telefonierte. Es ging um Geld. Er gab kurze Anweisungen, klang sehr kühl und sachlich. Ich lächelte vor mich hin, das können sie, die Mächtigen, ganz gleich, in welcher Situation, immer klingen sie wach, kühl und sachlich.

Das Telefongespräch dauerte zu lange. Danach ging es nicht mehr. Er entschuldigte sich.

Ich hatte Angst vor dem Moment, wo er in Eile geraten würde, mich kaum noch ansehen und auch mit mir kühl und sachlich sprechen würde. Ich war so sicher, daß es passieren mußte, es gibt immer einen Grund, warum sie oben sind. Irgendwann fangen sie alle an, wie Maschinen zu funktionieren, manche kommen etwas langsamer in Gang als andere, aber sie tun es alle. Er nicht.

Wir frühstückten zusammen wie ein altes Ehepaar, er im Morgenmantel und ich in Unterhose und BH. Das war vielleicht das Schönste, wir sprachen nicht viel, irgendwann nahm er meine Beine auf seinen Schoß und streichelte sie. Dann sagte er: Du bist etwas ganz Besonderes. Na ja.

Er hat mir seine Uhr geschenkt. Ich liege auf meinem Bett, die Vorhänge habe ich zugezogen. Ich sehe auf das Zifferblatt seiner Uhr und spüre, wie wir zusammen immer älter werden.

Manna

Am Sonntag morgen um Viertel vor sechs ruft Lilli nach mir. Ihr Schrei trifft mich im Schlaf wie ein Messer. Blitze fahren durch mein Gehirn, mein Magen verkrampft sich, mein Herz flattert. Mit geschlossenen Augen warte ich auf ihren nächsten Schrei. Es vergehen Minuten, und gerade, als ich beginne, wieder abzutauchen in meinen weichen, dunklen Schlaf, heult sie auf wie ein Wolf. Ich rolle mich aus dem Bett, schlurfe mit immer noch geschlossenen Augen über den kalten Parkettboden in ihr Zimmer. Der süßliche Geruch von Pipi und Kinderschlaf schlägt mir entgegen. Ich öffne ein Auge. Sie steht am Geländer ihres Gitterbettchens und streckt die Arme nach mir aus.

Guten Morgen, böse Hexe, sagt sie, ich bin die Goldmarie.

Ich trage sie in mein Bett. Die Wohnzimmertür steht offen. Jim liegt auf der Couch, seine nackten Arme hängen schlaff herunter. Er schläft jetzt fast immer auf der Couch. Wir haben aufgehört, darüber zu reden. Vor Lillis Geburt vor fast drei Jahren hätten wir uns nicht vorstellen können, auch nur eine Nacht in getrennten Betten zu verbringen. Vor drei Jahren haben wir uns vieles nicht vorstellen können. Unser gemeinsames Leben hat begonnen wie ein kleiner Schneeball, der nur zögernd ins Rollen kam und an dem jetzt alles klebenbleibt, jede Banalität, jeder Streit, jeder Zweifel, und der immer größer und schneller wird, bis er irgendwann als riesige Kugel alles platt walzen wird.

Abends, wenn wir beide Lilli ihren Gute-Nacht-Kuß gegeben haben, räumen wir zusammen ihre Spielsachen und die Küche auf, dann gehen wir erschöpft in verschiedene Zimmer, er sieht fern, ich lese, oft schlafe ich ein, ohne daß wir uns noch einmal sehen. Manchmal – selten – finden wir uns im Dunkeln, wie zwei Passanten, deren Wege sich zufällig kreuzen. Am besten ist es, wenn wir uns dabei fremd sind. Wenn ich sehr müde bin, denke ich auch: Beeil dich, damit ich weiterschlafen kann. Früher hieß es von mir, ich dächte nur ans Essen, jetzt denke ich nur ans Schlafen.

Schlaf noch ein bißchen, sage ich zu Lilli, und sie kuschelt sich an mich. Milch, sagt sie in mein Ohr. Gleich, antworte ich.

Jetzt, sagt sie.

Warte noch ein bißchen, noch ein kleines bißchen, murmle ich schlaftrunken.

Meine Milch, schreit sie.

Ich stehe auf, stoße mir den Kopf an der Hängelampe. In der Küche schütte ich mit einem Schwung die kalte Milch in den Milchtopf und wundere mich, daß ich so genau dosieren kann, wieviel Milch in eine Milchflasche paßt. Bis auf den Tropfen genau. Man erlernt seltsame Fähigkeiten als Mutter. Ich schalte den Herd ein und stecke den Finger in die Milch, bis sie sich lauwarm anfühlt. Mit geschlossenen Augen stehe ich so da, in meinem Nachthemd mit braunen Känguruhs auf grünem Untergrund, den Finger in der Milch. Ich sehe mich in dieser Haltung als Gipsstatue in einem Museum.

Auf einer kleinen Metallplatte, die an meinem linken, leicht vorgestellten Fuß befestigt ist, steht: MUTTER.

Saft, sagt Lilli, als ich mit der Milchflasche zu ihr komme. Ich drücke ihr die Milchflasche in die Hand und lege mich wieder ins Bett. Sie wirft die Flasche quer durchs Zimmer. Sie hat Glück, die Flasche geht nicht auf.

Ich warne dich, sage ich.

Ich will Saft, brüllt sie.

Nicht in diesem Ton, sage ich und hole ihr ein Glas Saft. Sie wendet sich ab.

Ich warne dich, wiederhole ich.

Ich will meine Milch.

Dann hol sie dir. Ich lege mich wieder ins Bett. Mein Kopf dröhnt, meine Augen schmerzen. Sie weint mir ins Ohr, wütend strampelt sie mit den Beinen und trifft mich in den Bauch. Ich fahre in die Höhe, schnappe sie, klemme sie mir unter den Arm wie eine Handtasche, trage sie zurück in ihr Bett und knalle die Tür zu. Sie tobt.

Zitternd vor Wut lege ich mich wieder ins Bett und ziehe mir ein Kissen über den Kopf.

Sie wird lauter. Lauter als jemals zuvor, so als habe sie gerade eben einen Trick entdeckt, wie sie ihre Stimmbänder noch besser nutzen kann.

Ich höre Jim wütend über den Flur stampfen. Er reißt Lillis Tür auf und brüllt: Was ist hier los?

Lilli schaltet blitzschnell um. Papa, schluchzt sie, Papa. Ich weiß, daß sie jetzt flehentlich ihre Ärmchen nach ihm ausstreckt. Ich höre, wie er versucht, zu erklären, daß ich müde bin, daß er müde ist, daß man morgens, wenn alle anderen noch schlafen, nicht so schreien darf.

Warum? fragt Lilli.

Weil Sonntag ist, sagt Jim.

Aber es ist schon hell, sagt Lilli. Trotzdem, sagt Jim. Lilli brüllt.

Jim kommt zu mir und fragt mich, ob Lilli wiederkommen darf.

Aus dem Kinderzimmer schreit Lilli: Meine Milch, meine Milch!

O Gott, stöhnt Jim, wie spät ist es? Er beugt sich zu mir herab und drückt mein Bein unter der Decke.

Mein Bauch tut mir weh, schreit Lilli wütend, ich will meine Milch!

Wie ein kleines Paket liefert Jim sie bei mir ab. Wortlos dreht sie mir ihr Gesicht zu, auf ihren Backen sitzen Tränen bewegungslos wie Glasperlen. Mama, sagt sie leise, meine Milch.

Ich krieche von meinem Futon über das kalte Parkett und hole ihr die Flasche. Wenn du sie jetzt nicht trinkst, kommt sie weg, sage ich.

Wohin? fragt Lilli.

Um sechs Uhr zwölf liege ich im Wohnzimmer auf dem Teppich. Ich bin das Baby, Lilli ist meine Mutter. Jim liegt mit geschlossenen Augen auf der Couch, die eine Wange ins Kissen geknautscht, sein Gesicht geteilt in eine junge und eine alte Hälfte. Ich sehe Jim als alten, stummen Mann vor mir, ich fürchte mich und lege ihm leicht die Hand auf die Wange. Der Trick funktioniert: meine Ablehnung verwandelt sich durch diese Geste in dünne Zuneigung. So wie wir uns jetzt manchmal widerwillig umarmen und hoffen, daß in der Umarmung ein Gefühl entsteht, das wir wiedererkennen. Wir halten den Atem an und lauschen voller Furcht, als läge etwas im Sterben. Wohin wir auch blicken, um uns herum, bei all den Paaren, die wir kennen, ist es bereits tot. Sie alle haben einen Tod im Haus, sie betrachten uns wissend lächelnd und warten darauf, daß es auch bei uns stirbt.

Lilli schiebt ihr Nachthemd hoch und drückt meinen Kopf an ihre Brust. Trink, sagt sie. Ich rieche ihren zarten, leicht säuerlichen Kinderduft, und unvermutet durchströmt mich Glück wie gleißendhelles Licht.

Und jetzt wird geschlafen, sagt Lilli, geht zur Tür und knallt sie hinter sich zu. Ich weiß, daß ich jetzt weinen muß, wenn ich ihr den Spaß nicht verderben will. Ich brülle, so laut ich kann. Jim stöhnt und dreht sich auf die andere Seite. Lilli öffnet die Tür einen Spalt und streckt nur ihre Hand hindurch. Siehst du meine Hand? fragt sie hinter der Tür, ich bin ja da.

Ich schreie weiter. Sie kommt zurück. Was ist jetzt schon wieder? fragt sie und stützt die Hände in die Hüften. Gleich werde ich stinkesauer, ich warne dich. Sie betont die Sätze wie ich, aber es fehlt ihr meine Wut, mein Jähzorn. Unsicher sieht sie mich an. Ich schreie weiter und strampele mit den Beinen.

Was willst du denn? fragt sie leise und streichelt mich. Sie ist ohne Zweifel die bessere Mutter.

Ich bin das Babymonster, sage ich.

Mamamonster, korrigiert sie lakonisch und setzt sich auf den Teppich.

Es ist vollkommen still im Haus, sonntagsstill. Schweigend betrachten wir den schlafenden Jim. Zwei Erwachsene und ein Kind an einem Sonntagmorgen. Ich kann mich nicht erinnern, wie ich hierhergeraten bin.

Wir wollen einen Ausflug machen, sagen wir zu Jim. Er grunzt.

Mit dir, sagt Lilli.

Eineinhalb Stunden brauchen wir, um aus der Stadt hinauszukommen. Ich singe blutrünstige Kinderlieder von Füchsen, Kuckucken und Hasen, die erschossen werden, von Negerlein, die ersticken, ertrinken, verhext und gefressen werden, lese sechsmal dasselbe *Pixi*-Buch vor und sage rund hundertmal mit einer Handpuppe guten Tag.

Ich will ein Eis! ruft Lilli.

Später, sagen Jim und ich aus einem Munde.

Ich sehe von ihm nur den Hinterkopf, die schwarzen Locken, die ihm auf den Kragen seiner Lederjacke fallen, seine zierlichen Ohren, eine kompetente Hand am Steuer. So geht es in Schnutzlputzhausl, singe ich leiernd.

Sing schön, befiehlt Lilli.

Da singen und tanzen die Mäuse, da bellen die Schnecken im Häusl. Wir gehen Jim auf die Nerven. Ich gehe ihm auf die Nerven. Das sehe ich daran, wie er atmet: in langen kontrollierten Zügen, ein und aus und ein und aus.

Im Schneckentempo bewegen wir uns vorwärts. Ich sehe andere Mütter in anderen Autos singend die Münder aufreißen, Bonbons verteilen, auf kreischende Kinder einreden. Die Väter sitzen am Steuer und sehen stumm und stoisch geradeaus.

Warum muß ich ›Schnutzlputzhäusl‹ singen? Ich möchte auch stumm sein und in mir versinken dürfen wie in einem

Topf Honig. Warum müssen immer die Mütter reden und singen und streiten und beschwichtigen?

Sing weiter, sagt Lilli.

Wir kommen in einen Tunnel und dort in einen Stau. Jim läßt die Fenster hochfahren und schaltet den Motor aus.

Entschuldige, sage ich, dieser Ausflug war eine idiotische Idee. Er antwortet nicht.

Weiterfahren, ruft Lilli. Dann ist sie still.

Ich starre die dunklen Betonwände an, die uns umgeben. In der Entfernung brennt ein grünes Lämpchen, auf dem ein Strichmännchen dem Ausgang zurennt. Lilli sieht mich an, ihre großen Augen glänzen im Dunkeln. Jeder wartet für sich allein. Nuseum, flüstert Lilli, und nur ich weiß sofort, was sie meint: das Museum, in das wir beide an so vielen Wintersonntagen geflüchtet sind, wenn die enge Wohnung zur Hölle wurde und das Wetter noch nicht einmal einen Spaziergang zuließ.

Dort gab es eine Lichtinstallation, einen vollkommen dunklen Raum, in dem nur schwach ein grünes Licht leuchtete, das scheinbar immer stärker wurde, je länger man sich in diesem Raum aufhielt. Nach einiger Zeit erkannte man die Konturen der anderen Besucher, noch ein wenig später sogar ihre Gesichtszüge.

Ich führe es inzwischen auf diesen Raum zurück, daß ich noch mit Jim zusammen bin. In diesem Raum fing ich an zu hoffen, daß wir eines Tages aus dem Dunkel treten werden, das uns umgibt, uns als die erkennen, die wir wirklich sind, und uns dennoch lieben.

Einmal kam ein Afrikaner mit seinem deutschen Freund in das Museum. In den dunklen Raum wollte er nicht, sosehr ihm sein Freund auch zuredete. Nein, lachte er, da gehe ich nicht rein, das ist gefährlich, nein und nochmals nein.

Die Kabinentüren der Seilbahn schließen sich mit einem leisen Puffen. Die Seilbahn setzt sich in Bewegung. Die Leute murmeln erwartungsvoll. Langsam steigt die Kabine in die Höhe und gibt die Aussicht frei. Auf der rechten Seite schweben Neuschwanstein und Hohenschwangau vorbei, der Alpsee glänzt wie ein großes blaues Auge, vor uns liegen die Berge und hinter uns das Tal.

Als wir oben ankommen, wirft Lilli sich vor der Langnese-Kühltruhe des Andenkenladens auf die Erde und schreit: Ich will ein Eis!

So nicht, sagt Jim.

Ich habe Bauchschmerzen, brüllt Lilli, ich will ein Eis!

Wer Bauchschmerzen hat, bekommt kein Eis, sagt Jim betont ruhig. Ich sehe, wie seine Halsschlagader klopft.

Meine Güte, sage ich leise, kauf ihr halt ein Eis, sonst haben wir die Hölle auf Erden.

Er sieht mich böse an. Warum fällst du mir immer in den Rücken?

Das arme Kind, sagt eine alte Frau im Vorbeigehen. Jim nimmt mit einem Ruck die keifende, zappelnde Lilli vom Boden, hebt sie auf seine Schultern und schlägt schnurstracks den Weg zum Gipfelkreuz ein.

Ich will ein Eis, kreischt Lilli und hämmert Jim mit beiden Fäusten auf den Kopf.

Ich stolpere auf dem steinigen, steilen Weg hinter ihm her. Wie Erbsen in den Schuhen spüre ich Jims Verärgerung bei jedem Schritt. Ich sehe sie in den Falten seines Hemdes, an der Art, wie er den Kopf gesenkt hält, energisch den einen Fuß vor den anderen setzt.

Lustige, lachende Kinder kommen uns entgegen mit lustigen, lachenden Eltern. Kritisch beobachtet man uns, ich senke den Blick, stumm gehen wir weiter mit unserem brüllenden Kind. Das Gipfelkreuz ist weit.

Was wollen wir überhaupt da oben? frage ich leise, so leise, daß Jim beschließen könnte, mich nicht gehört zu haben.

Er bleibt stehen, sieht mich an. Über seine Stirn laufen Schweißperlen, die ich ihm abwischen würde, wenn ich ihn jetzt gerade liebte. Gut, sagt er, willst du umkehren?

Ich weiß nicht, murmle ich.

Wir schweigen.

Ich will ein Eis, jault Lilli.

Wenn wir jetzt sofort zurückfahren, kommen wir wenigstens nicht wieder in einen Stau, sage ich.

Wie du willst, sagt Jim gleichgültig. Ich wende mich ab, um ihm nicht mit der Faust ins Gesicht zu schlagen. Beide möchte ich schlagen. Ich möchte sie schlagen, bis sie sich nicht mehr rühren, nichts mehr sagen, nicht mehr zu mir gehören.

Du willst doch gar nicht wirklich auf den Gipfel, das sehe ich dir doch an, sage ich.

Er wendet den Kopf. Sein Profil vor dem blauen Himmel sieht imposant aus. Ich weiß, daß er sich jetzt wünscht, ein Mann ohne Familie zu sein, ein Mann, der einen Berg besteigen kann, wann er mag, ein Mann allein.

War es eine falsche Entscheidung? frage ich leise.

Er wendet langsam den Kopf, hat die Frage sofort begriffen. Ich warte auf seine Antwort wie auf eine unvermeidliche Ohrfeige.

Ich weiß es nicht, Hannah, sagt er schließlich und sieht mich nachdenklich an, ich weiß es einfach nicht.

In meinen Ohren schwillt ein hoher Ton an, bis nur noch ein durchdringendes Pfeifen zu hören ist wie von einem defekten Fernseher.

Jim rührt sich nicht von der Stelle. Wie ein Pferd steht er da, mit gesenktem Kopf. Er will, daß ich die Entscheidung treffe und mich schuldig mache. Schuldig an allem Unglück. Am Schicksal von drei Personen. Das Pfeifen in meinem Kopf wird höher, noch höher, es ist kein Ton mehr, nur noch Schmerz.

Gut, stoße ich hervor, machen wir weiter. Immer weiter und weiter, bis nichts mehr von uns übrig ist.

Wortlos macht er auf dem Absatz kehrt und steigt weiter den schmalen Pfad hinauf. Mit gesenktem Kopf stapfe ich hinter ihm her, sehe nur die Hacken seiner Schuhe, die sich mechanisch auf und ab bewegen.

Ich habe Bauchschmerzen, ich will ein Eis, brüllt Lilli.

Sie sagt es noch siebenundsechzigmal bis zum Gipfel. Ich zähle mit, versuche ganz unbeteiligt zu sein, zähle, wie man Autos an verkehrsreichen Kreuzungen zählt oder Geld am Bankschalter. Ich bewundere ihr Durchhaltevermögen und ihre Entschlossenheit.

Plötzlich bleibt Jim stehen, daß ich fast mit ihm zusammenpralle. Ich hebe den Kopf. Wir sind oben.

In der Entfernung glitzern Gletscher. Die Luft schmeckt dünn und süß. Der Blick nimmt mir den Atem.

Vor dem Panorama, neben dem weißen Gipfelkreuz, bewegt sich eine bis zum Gürtel nackte Frau in langsamen Tanzbewegungen.

Zwei junge Männer mit verspiegelten Sonnenbrillen und Baseballmützen starren sie fassungslos an. Eine andere Frau mit eingeflochtenen Perlen im langen grauen Haar verkauft Kräuter und Kristalle, die sie auf einem Tuch ausgebreitet hat. Jim setzt Lilli ab und steckt sich eine Zigarette an. Er sieht mich nicht an.

Ich habe Bauchschmerzen, sagt Lilli, ich will ein Eis.

Entschlossen gehe ich zu der grauhaarigen Frau und frage sie, ob sie etwas gegen Bauchschmerzen hat.

Sie empfiehlt mir Manna, bricht von einer länglichen, dunkelbraun vertrockneten Schote ein kleines Stück ab, gibt es Lilli und drückt mir den Rest in die Hand. Lilli steckt es in den Mund, kaut zweimal, spuckt es aus und wirft sich heulend auf den Boden. Die grauhaarige Frau wirkt pikiert. Sie betrachtet Lilli wie ein seltsames Tier, dann deutet sie auf die barbusige Frau und sagt, ich solle doch mal Yella fragen, die mache Massagen.

Mit Lilli an der Hand nähere ich mich der Tanzenden. Ihre Brüste sind nicht so jung, wie ich von weitem dachte. Sie tanzt eine kompliziert aussehende Bewegung zu Ende, dann kommt sie auf mich zu.

Bauchschmerzen, sagt Yella und runzelt die Stirn. Dein Kind will dir etwas mitteilen.

Ja, sage ich, daß es Bauchschmerzen hat. Yella zieht die Augenbrauen hoch, ihr Ton wird geschäftsmäßig.

Leg die eine Hand auf ihr Sonnengeflecht, rät sie, und halt deine andere Hand in die Sonne.

Ich sehe sie verständnislos an. Yella geht auf Lilli zu, will an ihr vorführen, was sie meint, aber Lilli kreischt hysterisch. Statt dessen legt Yella nun mir ihre rechte Hand auf den Bauch und reckt die linke weit über den Kopf in Richtung Sonne.

Laß die Energie der Sonne in dein Kind fließen, sagt sie.

Ich will ein Eis, mault Lilli.

Für ihren Rat will Yella Geld. Wieviel? frage ich erstaunt.

So viel, wie du meinst, daß mein Rat wert ist.

Um sie nicht zu beleidigen, schlage ich zwanzig Mark vor. Yella wirkt schockiert.

Zwanzig Mark? sagt sie und schnauft indigniert. Ich drücke ihr das Geld in die Hand, greife nach Lillis Hand und flüchte.

Du hast das Manna noch nicht bezahlt, ruft die Grauhaarige hinter mir her, siebzehn fünfzig. Kochend vor Wut, bezahle ich auch noch das Manna.

Jim hat mich beobachtet. Er sitzt auf einem Stein und grinst. Ich gehe auf ihn zu, strecke ihm die vertrocknete Schote entgegen.

Hier, sage ich, Manna, himmlisches Manna. Er beißt ein Stück ab, kaut, lächelt mich an, ein leichtes, unvermutetes Lächeln, das nicht aufhört, nur größer wird, das tatsächlich mir gilt.

Ich lasse mich auf die Erde fallen, quetsche mich zwischen seine Beine, lehne meinen Kopf an seine Brust.

Manna für Hannah, sagt er und schiebt mir ein kleines Stück zwischen die Lippen. Es schmeckt wie eine uralte, verstaubte Feige. Ich schließe die Augen, orangerote Punkte tanzen durchs Schwarz.

Ich will ein Eis, höre ich Lilli.

Wenn sie es noch ein einziges Mal sagt, flüstert Jim in mein Ohr, vergesse ich mich.

Siebzig, murmle ich, das war das siebzigste Mal. Ich drücke meinen Rücken an seinen Schoß, lege den Kopf auf sein Bein, rieche das Waschpulver von seinen Jeans.

Eine dicke Frau in Shorts und T-Shirt, mit einer riesigen goldfarbenen Tasche über dem Arm erreicht schnaufend den Gipfel, bleibt neben uns stehen, wischt sich die verschwitzten Haare aus der Stirn. Das Gold ihrer Tasche funkelt und blendet, ich wende mich ab und drücke mein Gesicht an Jims Brust, schließe die Augen.

Ich will ein Eis, höre ich Lilli von weit her.

Einundsiebzig, sagt Jim. Seine Stimme vibriert an meinem Ohr.

Er streicht mir über den Nacken. Ich knöpfe sein Hemd einen Knopf weiter auf und küsse mit geschlossenen Augen seine Brust. Mein Körper schmilzt. In meinen Haaren spüre ich seinen Atem. Jim legt mir unter meinem Kleid die Hand auf die Brust. Ich spüre, wie sich sein Körper anspannt, rieche seine Haut, und dieser Geruch läßt mir unvermutet die Tränen in die Augen schießen. Kleine Rinnsale laufen aus meinen Augenwinkeln auf seine Brust. Fest, fest, fest presse ich die Augen zusammen, stürze in einen dunklen Raum. Ganz deutlich sehe ich uns drei, Jim, Lilli und mich, wie mit Blitzlicht gegen eine schwarze Wand fotografiert. Wir nehmen uns an den Händen und stürzen zusammen in ein stummes, weiches Schwarz. Immer tiefer fallen wir. Wir haben keine Angst.

Lilli stößt einen gellenden Schrei aus. Wie ein Stromschlag fährt er durch meinen Körper. Ich schieße in die Höhe.

Lilli! schreie ich, noch bevor ich die Augen aufreiße. Sie hält ein orangerotes Eis am Stiel in der Hand, es leuchtet wie eine kleine Sonne, vorsichtig streckt sie ihre Zunge danach aus.

Die dicke Frau schließt ihre goldene Tasche und nickt Lilli zu. Ein Mann mit Glatze in rotkariertem Hemd kommt keuchend auf den Gipfel und bleibt neben ihr stehen. Wortlos öffnet die dicke Frau die goldene Tasche und reicht ihm eine Bierdose, von der noch die Eistropfen rinnen. Der Mann reißt die Dose auf, trinkt, stöhnt und ruft: Ach, is det schön, so janz oben!

Was machst du, wenn ich aus dem Haus gehe?

Ich frage ihn: Was machst du, wenn ich aus dem Haus gehe?

Nichts, antwortet er, gar nichts. Ich mache mir das Essen warm, und dann mache ich's mir vorm Fernseher gemütlich. Ich kann das nicht glauben. Er setzt sich einfach nur vor den Fernseher und ißt sein Abendessen? Es passiert so ungefähr ein- bis zweimal im Monat. Inzwischen sehe ich es ihm schon an, wenn er wieder einen Abend für sich allein braucht. So nennt er das, er kann mir dabei nicht in die Augen sehen, ganz leise sagt er das, Schatz, ich glaube, ich brauche einen Abend ganz für mich allein.

Vielleicht hat er es schon immer getan, schon bevor wir uns kennengelernt haben. Vielleicht habe ich es einfach nicht gemerkt. Er war so normal, ein bißchen langweilig vielleicht, aber er war gut zu mir, er bringt mir heute noch den Kaffee ans Bett. Wenn seine Kollegen das wüßten. Das weiß nur ich, ich allein. Darauf bin ich stolz. Wir haben ein richtiges Geheimnis, und als er es mir gesagt hat, da waren wir schon über zwei Jahre verheiratet. Plötzlich fand ich ihn deshalb auch gar nicht mehr langweilig. Es ist eben nicht normal, und was nicht normal ist, kann doch nicht langweilig sein. Ich habe ihn früher oft gefragt, ob ich nicht einfach zu Hause bleiben und ihm zusehen kann, aber da ist er immer ganz böse geworden, nur einen Abend alle zwei Wochen, ob ich ihm das nicht gönnen könne. Ich wollte ihn einfach nur sehen, auf der Couch sitzen und ihm zusehen. Was wäre daran so schlimm? Ich glaube ihm nicht, daß er nur vorm Fernseher sitzt und zu Abend ißt. Jetzt gehe ich schon seit zwei Stunden spazieren, und vier braucht er mindestens. Ich darf nicht zu früh zurückkommen, das gehört zu unserer Abmachung.

Als wir uns kennengelernt haben, hat er mir so gern etwas geschenkt, Unterwäsche oder mal einen Lippenstift. Stunden konnte er damit verbringen, in der Kosmetikabteilung eines Kaufhauses die richtige Lippenstiftfarbe für mich auszusuchen, die Verkäuferinnen hat er damit verrückt gemacht, aber er hat keine Ruhe gegeben, bis er die richtige Farbe gefunden hatte, und manchmal habe ich gedacht, warum ist ihm das eigentlich so wichtig? Welcher Mann legt so großen Wert auf die richtige Farbe eines Lippenstiftes? Nichts habe ich gemerkt, gar nichts.

Ja, es hat mir geschmeichelt, wenn er mir beim Anziehen zugesehen hat, und noch lieber beim Ausziehen, aber das tut wohl jeder Mann. Meine gesamte Unterwäsche hat er mir gekauft, er mochte es nicht, wenn ich meine billigen, weißen Baumwollschlüpfer getragen habe. Schwarz mußten sie sein oder rot. Aus Seide. Immer aus Seide. Ein Vermögen hat er dafür ausgegeben. Fühlt sich schon schön an, Seide auf der Haut, aber es gibt Wichtigeres, finde ich. Ihm war es wichtig. Und ich liebe ihn. Trotz allem liebe ich ihn ja, sonst hätte ich mich nie drauf eingelassen. Am Anfang bin ich ins Kino gegangen oder habe Freundinnen besucht, aber über die Jahre hat mich das alles immer weniger interessiert.

Ich möchte wissen, was er macht, wenn ich aus dem Haus bin.

Gesagt hat er es mir, als wir zusammen vor dem Fernseher saßen, eine Quizsendung lief, es war alles ganz normal. Er habe nun einmal dieses Bedürfnis, und dagegen könne er nichts machen. Er habe schon alles versucht, um es zu unterdrücken, aber er würde etwas vermissen, wenn er es nicht täte, und so sei es doch besser, als wenn er mich eines Tages dafür hassen würde, daß er es nicht tun könne. Ich habe gelacht, dann habe ich mich gewundert, viel habe ich mir nicht dabei gedacht, am Anfang. Ich wollte, daß er glücklich ist.

Er nimmt meine Sachen. Wir haben ungefähr dieselbe Größe. Das Geld hat er also nicht für mich ausgegeben. Oder nicht für mich allein. Ich habe mich gefragt, ob er mich noch liebt. Aber sonst ist alles ganz normal. Nicht mehr so leidenschaftlich wie früher vielleicht, aber wir führen eine bessere Ehe als die meisten. Das weiß ich von meinen Freundinnen. Kein Sterbenswörtchen habe ich ihnen davon erzählt. Es ist unser Geheimnis. Ob er die schwarze nimmt oder die rote? Welche Schuhe zieht er an? Meine passen ihm doch gar nicht. Ich frage ihn nicht, ich weiß, daß er das nicht mag. Mein blaues Kleid, das mag er so. An mir. Oder gar kein Kleid? Er hat eine gute Figur, seine Hüften sind schmaler als meine. Schlank ist er, sehr schlank, obwohl er mehr ißt als ich. Ich brauche Schokolade nur anzusehen, und schon sitzt sie mir auf den Hüften. Ich zähle jede Kalorie einzeln, er lacht über mich. Ich frage mich, wie es ihm gefallen würde, wenn ich drei Kleidergrößen zulegen würde – er müßte sich plötzlich seine eigenen Klamotten kaufen.

Vielleicht würde er dann damit aufhören, wer weiß. Ich will ja gar nicht, daß er damit aufhört. Ich will, daß er glücklich ist. Jetzt gehe ich schon zum vierten Mal um denselben Häuserblock. Wenn ich nach Hause komme, frage ich ihn manchmal, was es im Fernsehen gab. Er weiß immer genau Bescheid. Aber er kann doch nicht einfach nur so dasitzen. Ob er sich schminkt? Er hat so einen schönen Mund, groß, aber nicht zu groß. Meine Lippen sind dagegen eher schmal.

Ich kann ihn mir einfach nicht vorstellen. Sonst kann ich mir doch alles von ihm vorstellen, ich kenne ihn ja schon so lange. Ich weiß, wie er im Büro sitzt und zum Fenster rausschaut, wie er aussieht, wenn er sich nackt im Bad die Zähne putzt, wie er schläft, wie er sich die Fingernägel mit einem Streichholz saubermacht. Das mag ich nicht besonders. Er hat ganz kurze Fingernägel, die schneidet er sich jede Woche. Ob er sie sich lackiert? Und dann wieder den Lack abmacht, bevor ich nach Hause komme? All die Mühe, nur um allein vor dem Fernseher zu sitzen? Früher habe ich mich oft schön gemacht. Für ihn. Oder wenn wir ausgegangen sind. Aber allein für mich? Wozu? Er tut es für sich, nur für sich, sagt er. Und es habe nichts mit mir zu tun.

Unsere Wohnung liegt da drüben, Parterre. Vom Vorgarten aus kann man leicht ins Wohnzimmer sehen, die Vorhänge sind dick und schwer, er hat darauf bestanden, ich mag es am liebsten ganz ohne. Gleich beim Einzug hat er gesagt, aber an die Fenster kommen Vorhänge. Vielleicht weil er schon wußte, was er vorhatte. Wir haben uns kaum verändert in den Jahren, ich habe mehr Falten bekommen, mehr als er, er hat so eine dicke Männerhaut, die knittert nicht so leicht, ich sehe jetzt bereits älter aus als er. Zwei

Jahre jünger bin ich und werde es immer sein. Es wird immer alles so sein. Ich werde jede zweite Woche stundenlang spazierengehen, mich im Winter in eine Kneipe setzen, ein paar Cognacs trinken … es würde mir so viel leichter fallen, wenn ich wüßte, was er tut. Dann hätte es einen Sinn. Ich will ja nicht, daß er damit aufhört. Ich will doch, daß er glücklich ist.

Ich weiß, daß ich es nicht darf. Es ist so leicht, über die kleine Hecke zu steigen, der Vorhang ist nicht ganz zugezogen, bitte, nur einen kurzen Blick.

Mein Herz klopft, plötzlich habe ich das idiotische Gefühl, ich würde in diesem Moment meinen Mann betrügen, ich schließe die Augen, ich sehe ihn in seinem Anzug, wie er morgens zur Arbeit geht, ein richtiger Mann, dann sehe ich durch den schmalen Spalt im Vorhang, ich habe ihn etwas aufgezogen, bevor ich ging, er hat es nicht gemerkt.

Ich sehe unser Wohnzimmer, das blaue Licht vom Fernseher fällt auf die Wand hinter der Couch, ich sehe nur auf die Wand, ganz langsam senke ich den Blick, über das Bild mit der Winterlandschaft bis zur braunen Lehne von unserer Ledercouch, meinen schwarzen BH sehe ich, den mit den Spitzen, meine Strümpfe mit den Silberpunkten auf den Seiten, meine roten Schuhe, die Fersen ragen weit heraus, und dann sehe ich sie, eine Frau, eine wirklich schöne Frau. Sie hat ein Tablett auf den Knien, sie ißt langsam und sorgfältig, wendet den Blick nicht vom Fernseher, eine Frau, der Mund rotgeschminkt, ein schöner, großer Mund, die Beine leicht übergeschlagen, lange, schlanke Beine. Ruhig sitzt sie da, sie lächelt über irgend etwas im Fernsehen. Sie sieht glücklich aus. Und schön. Schöner als ich.

Männer

Es war spät geworden. Er traute sich nicht nach Hause. Seit einer halben Stunde versuchte er, einen Brief zu diktieren, aber seine Gedanken schweiften immer wieder ab. Er stand auf und betrachtete sich kritisch im Schrankspiegel: Julius Armbrust, Anfang 40. Er trug einen gutsitzenden Anzug, sah frisch und energisch aus. Keine Schönheit, aber interessant, und er wußte mittlerweile, daß den Frauen eher an den Interessanten als an den Schönen gelegen war. Insgesamt konnte er doch von sich sagen, er sei ein gutaussehender Mann, der ein gewisses Maß an Macht ausstrahlte – ›potent‹ fiel ihm dazu ein. Warum zum Teufel also mußte ihm das passieren?

Er setzte sich wieder hin.

Wir möchten Ihnen daher aufgrund unserer Erfahrungen dringendst zu einer Kartonverpackung Ihrer Produkte raten. Punkt. Renate, schreiben Sie doch bitte diesen dämlichen Brief zu Ende. Wir wollen den Auftrag haben, und das verpacken Sie ein bißchen nett. Er lachte kurz. Ich will Ihnen was erzählen ... na, eigentlich was fragen. Ich kenne da einen Mann, der ist seit fast 20 Jahren verheiratet. Nette Frau, vielleicht ein bißchen spießig in Ihren Augen. Nette Kinder. Nettes Haus – na ja, Sie können sich's so etwa vorstellen, so ähnlich wie bei mir. Die beiden hatten sicherlich keine Illusionen von der ewigen Liebe, der großen Leidenschaft, aber sie hatten's ganz hübsch miteinander im Bett, selbst nach 15 Jahren, sie vertrugen sich, das Geld stimmte … Wissen Sie, ich verstehe es einfach nicht, das ist das Problem, es geht nicht in meinen Kopf …

Julius hielt das Diktaphon an, nahm die Kassette heraus, riß wütend an dem Band und spulte es in den Papierkorb.

Sie hatte es ihm beim Frühstücksei erzählt, nicht gestanden, einfach erzählt, so wie sie die Angewohnheit hatte, die Zeitungsnachrichten, die sie gerade zuvor gelesen hatte, zu kommentieren. In der Nacht zuvor hatte er sie beobachtet, wie sie sich auszog, und bei sich gedacht, dein Fleisch wird welk, meine gute Alte.

Er sei so alt wie er. Name? Unwichtig. Beruf? Wisse sie nicht so genau, irgend etwas Künstlerisches, danach habe sie ihn nicht gefragt, das Wichtigste sei doch wohl … Daß er gut im Bett sei? Daraufhin sprach sie nicht mehr von ihm.

Gut, um gerecht zu sein, müßte er sich seiner zahllosen Affären mit Sekretärinnen, Referentinnen und Assistentinnen erinnern, aber er machte da einen klaren Unterschied, weil er von sich wußte, wie wenig ihm diese kurzen, schwülen Bekanntschaften bedeutet hatten; bei ihr, da war er sich sicher, bedeutete es etwas ganz anderes, etwas Tieferes.

Es war heiß, die Stadt leergefegt, die Ferien hatten angefangen, die Kinder unterwegs in Griechenland und Italien.

Er vermißte sie heftig in der unsinnigen Annahme, sie hätten ihn jetzt ein bißchen trösten können.

Er verstand nicht, warum ihm alle Knochen weh taten vor Schmerz, denn mit der Möglichkeit hatte er doch immerhin gerechnet, hatte sich oft gefragt, wenn sie besonders zärtlich und weich war, ob sie gerade von einem anderen kam.

Paula, meine kleine Hausfrau, nannte er sie in Gedanken. Sie hatte nichts gemein mit dem kühlen Chic der Frauen, die ihn in seinem Beruf umgaben, sie hatte immer etwas leicht Derangiertes an sich, was ihn oft rührte, aber sie hatte Klasse, Stil.

Er war Verpackungsspezialist, ein lächerlicher Beruf, wie er selbst dachte, die Clowns der Industrie, aber das lag ihm, er konnte sehr komisch sein und stand gern im Mittelpunkt. Er entwarf Verpackungskonzepte, und das Geld, das er mit Plastiktüten für Erdnüsse, die er selbst nie aufbekam, mit Faltschachteln, Vakuumdosen und Joghurtbechern verdiente, erschien ihm unangemessen viel, und seit Jahren verspürte er eine gewisse Verachtung für diese Welt, die sich ihre Verpackung so viel kosten ließ.

Sie sitzen beim Abendessen, und er betrachtet ihre weißen Arme, die Falten an den Handgelenken, die feinen Sommersprossen, die kurzen rosabemalten Fingernägel, und plötzlich haßt er diese feisten Händchen, besonders dieses unschuldige Rosa, er stellt sich ihre Hände vor auf fremdem Männerfleisch, sie erscheinen ihm verlogen und mörderisch. Er muß aufstehen, sieht sie von hinten, ihren breiten, festen

Rücken, ihre vollen, rötlichen Haare, von hinten ist sie jung und ungerührt, so verdammt ungerührt. Er mag sie eigentlich gar nicht, nein, er mag sie nicht. Erleichtert setzt er sich wieder hin – und liebt sie über alles.

Ein Kongreß in Frankfurt bietet sich an. Er sagt zu, obwohl er keine Lust hat, aber er muß aus dem Haus, sonst erstickt er. Nicht an seiner Verletztheit, sondern an ihrer weichen, fast verzeihenden Art. Es ist allein seine Schuld, daß er sich aufführt wie ein eifersüchtiger Mann aus einem anderen Jahrhundert. Sie packt seine Koffer wie immer. Rückwärts geht er aus der Tür und sieht sie in der Tiefe des Raums stehen, hilflos hängen ihre Arme an ihr herunter, und mit schmerzhafter Präzision erinnert er sich plötzlich an alle Räume, in denen er schon mit ihr gewesen ist, an die miesen kleinen Hotelzimmer ganz am Anfang, an all ihre Wohnungen, die mit der Zeit immer größer und schöner wurden, und es kommt ihm jetzt so vor, als hätte sich damit der Abstand zwischen ihnen immer mehr vergrößert, als müßten sie in einem kalten, dunklen Palast enden, sie am Fenster und er an der Tür, Kilometer zwischen ihnen, und keine menschliche Stimme kann diese Räume noch durchdringen.

Zwei Stunden fuhr er sinn- und ziellos durch die Stadt und kehrte dann zurück zu ihrem schmucken Haus im Grünen, parkte das Auto um die Ecke und versteckte sich gegenüber im Garten der Feichingers, die verreist waren, hinter der Hecke. Er kommt sich vor wie ein dummer, kleiner Junge, der sich beim Versteckspiel so gut versteckt hat, daß ihn keiner findet, und der Herzklopfen bekommt, weil die Rufe nach ihm immer schwächer werden: Julius! Julius, wo bist du?, bis sie ganz aufhören und alles denkt, er wird schon wieder hervorkommen, nein, das bestimmt nicht, verhungern wird er hinter der Hecke, und heiße Tränen laufen ihm über die Backen.

Der andere fährt einen alten Käfer, trägt Jeans und hat halblange Haare, ein Würstchen, ein altgewordenes Würstchen, ein Nobody in einem hellblauen vw. Aus der Entfernung könnte man denken, Frau Armbrust von gegenüber wird von ihrem Sohn zu einer Fahrt in die Stadt abgeholt, es ist fast rührend, er führt seine Mutter aus, und sie sieht gelassen über seine verkommene Aufmachung hinweg. (Wie kann man mit fast 40 immer noch so aussehen?) Aber sie liegt in seinen Armen, das Kleid rutscht hinauf und entblößt ein paar stämmige, weiße Beine, Paula verträgt keine Sonne, und sie riecht bestimmt nach ›Eau de Joy‹, das Julius ihr geschenkt hat. Die Beifahrertür geht nur schwer auf, sie rüttelt daran und lacht kindisch, es steht ihr nicht, so zu lachen, sie lacht zu laut, und er, ihr Studentensohn, lächelt ihr zu.

In Frankfurt macht Julius einen Fehler. Sie ist Mitte Dreißig vielleicht und Referentin eines Konkurrenzunternehmens, groß, schlank und sportlich, was er nicht ausstehen kann, sie lacht und redet mit jedem und bleibt dabei jedoch kühl, distanziert. Er fängt sie in der Hotelhalle ab, verwickelt sie in ein Fachgespräch, das sie lächelnd abbricht, sie habe für heute genug, er kommt sich ungeschickt und aufdringlich vor, und jetzt kann er sie nicht mehr gehenlassen, er lädt sie zum Essen ein, sie lehnt ab, er dringt in sie, läßt nicht locker, fleht sie schließlich an, und darüber ärgert er sich während des ganzen Essens, obwohl sie charmant und nachsichtig eine unverbindliche Konversation bestreitet, die es ihm ermöglichen soll, seine Fassung zurückzuerlangen. Das macht es nicht besser, im Gegenteil, er hat es sich in den Kopf gesetzt, und es fängt an, ihn langsam von innen zu vergiften; er wird sie heute noch ins Bett bekommen.

Sie wehrt sich nicht, und das ist das eigentlich Schreckliche an der Situation. Sie hat ihn gebeten zu gehen, sie ist nicht hysterisch und zickig geworden, als er sich mit unkontrollierten Küssen auf sie stürzt, nur unendlich gelangweilt sieht sie ihn an, und dann kann er noch nicht einmal, und sie ist ihm behilflich mit einer Hand, an der zwei goldene Armreifen klingeln. Er könnte sie dafür umbringen, und auch das nimmt sie hin, gibt ihm dann Tempotaschentücher, und jetzt würde er sie am liebsten bitten, ihn ins Bett zu bringen und bei ihm zu bleiben, bis er eingeschlafen ist.

In dieser Nacht träumte er zum ersten Mal von dem Fisch. Er lag in einem Rosenbeet, ein großer, grauer, karpfenähnlicher Fisch, seine Haut war zerschürft, er blutete und japste nur noch schwach nach Luft. Julius beugte sich über ihn und hob ihn auf, mit Mühe, er war sehr viel schwerer, als er aussah. Seine Augen glotzten blind, schlapp lag er in Julius' Armen, der ihn vorsichtig aus dem Garten trug, er wurde schwerer und schwerer, die Feichingers, die Küppers, die Kinder der Stickers standen hinter den Zäunen, tuschelten miteinander und zeigten auf ihn. Er murmelte beruhigend auf den Fisch ein und versuchte verzweifelt, sich daran zu erinnern, in welcher Richtung das Meer lag. Eine endlose Landstraße streckte sich vor ihm aus, Lastwagen donnerten an ihm vorbei, der Fisch war jetzt so schwer, daß er ihn kaum noch tragen konnte, er schleppte sich weiter, geriet in

Schlamm und Morast und mußte bei jedem Schritt den Gedanken abwehren, den Fisch einfach hinter das nächste Gebüsch zu werfen. Er hatte das Gefühl, diesmal dürfe er nicht scheitern, diese Aufgabe müsse er erfüllen, ein einziges Mal alles richtig und gut machen, und gehorsam ging er weiter.

Weil er vor ihr nichts mehr zu verlieren hat, bittet er sie am nächsten Tag um einen Gefallen. Sie trägt ein elegantes graues Kleid, ist kühl und freundlich, verzeiht ihm nichts, aber erinnert ihn auch nicht an die Peinlichkeit der vergangenen Nacht. Ja, sie schreibt ihm in einer etwas unpersönlichen, zu schönen Handschrift die Zeilen: Julius, Geliebter. Verzeih, daß ich mich nicht gemeldet habe. Ruf mich gleich an, wenn du wieder in der Stadt bist.

Er schlägt als Unterschrift Sandra vor, aber sie rät ihm zu Gabriele. Etwas Unauffälliges sollte es sein, das wirkt glaubwürdiger. Sie gibt ihm noch einen ihrer hellblauen Umschläge, adressiert ihn auf seine Bitte an seine Heimatadresse, drückt ihm den Brief in die Hand und entläßt ihn stumm.

Er schleicht drei Tage später um sein eigenes Haus wie ein Fremder, sucht dann auf Paulas Schreibtisch nach dem dummen, hellblauen Liebesbrief und findet ihn nicht. Das Haus riecht anders, so bildet er es sich ein, nach IHM. Es ist still, er schaut auf seine Füße, ob er mit seinen Schuhen schmutzige Abdrücke auf den hellen Veloursteppich gemacht hat; er könnte sich jetzt einfach ins Bett legen und auf sie warten, er könnte sich in seinen Lieblingssessel setzen, aus dem inzwischen alle Kinder ohne weitere Aufforderung verschwinden, wenn sie ihn mit der Zeitung nahen sehen, er könnte nach den Rosen schauen, die Post durchgehen, er könnte …

Er geht.

Es ist eine billige Pension am Stadtrand, weil er fürchtet, in einem teuren Hotel in der Innenstadt Bekannten zu begegnen, außerdem könnte Paula sein Auto entdecken.

Sein Zimmer hat wildgeblümte Tapeten, die ihn schwindlig machen. Einen Fernseher gibt es nicht. Was will er hier? Von hier aus jeden Morgen zur Arbeit fahren? Paula würde ihn dort jeden Tag anrufen. Er hat nichts zu sagen. Er wünscht, er könnte mit einem Schlag aufhören, sie zu lieben, oder viel mehr lieben, als er es wohl tut.

Er braucht es gar nicht vorzutäuschen, er wird tatsächlich krank. Die Wirtin, eine mollige, gutmütige Person, ruft für ihn bei der Arbeit an. Einen Arzt lehnt er ab, er bekommt von ihr kalte Wickel, und bereitwillig versinkt er im Fieber. Einmal bildet er sich ein, Paula stehe an seinem Bett und beuge sich über ihn. Er will sie festhalten, ihr zuflüstern, sie solle doch den dummen Studenten nach Hause schicken, und möchte mit ihr darüber lachen, alles einfach weglachen.

Die Wirtin hilft ihm beim Aufstehen, führt ihn aufs Klo. Im Spiegel sieht er einen alten, hageren Mann. Die Haare fallen ihm über die Ohren – wie lange ist er schon in dieser verdammten Pension? Seine Nase sticht spitz aus seinem Gesicht, seine Haut ist gelb und faltig, Erfolg und Macht sind von ihm abgefallen, das sieht er ganz deutlich.

Wieder träumt er von dem Fisch. Er ist warm, der Fisch glitschig-kalt, und er überlegt, wie er ihm von seiner Körperwärme abgeben kann, und denkt im Traum, wie blöd, das ist ganz in Ordnung für einen Fisch, so kalt zu sein.

Nach drei Wochen kann er zum ersten Mal aufstehen. Die teuren Maßanzüge hängen an ihm herunter wie Säcke, aber es ist nicht nur sein Körper, der nicht mehr in sie hineinpaßt, sein Gesicht will nicht mehr zu ihnen gehören.

Paula kommt ihm jetzt vor wie eine Fiktion, er hat sie sich ausgedacht. Aber warum ist er gerade in seinen Fantasien auf diese Frau verfallen? Keine auffallende Schönheit, ein bißchen zu dick, stur und manchmal fast penetrant selbstbewußt.

Während er sich mühsam den Bart rasiert, noch glaubt, er sei an seiner völligen Veränderung schuld, kehrt der Schmerz zurück, ganz langsam, aber er fühlt, wie er wieder in seinen Körper einzieht, und er ist ihm unangenehmer als die lange Krankheit.

Er beschloß, nicht nach Hause zurückzukehren, oder jedenfalls nicht so; als Sieger, wenn überhaupt. Was gab es zu gewinnen? Er setzte sich auf sein Bett und starrte die scheußlich geblümte Tapete an, die ihm in seinen Fieberträumen manchmal als wogendes Blumenmeer erschienen war, und plötzlich schien ihm darin das Prinzip seines Lebens verborgen zu sein – er hatte Visionen von den Dingen, weil er sie in ihrer Banalität nicht ertragen konnte. Es dämmerte ihm, daß alles an ihm, an seiner Ehe, an Paula, an seinen Kindern stinknormal war, und plötzlich schmerzte ihn dieser Gedanke mehr als alles andere.

Er mußte Paula beruhigen. Der Brief kostete ihn Mühe: Liebe Paula, ich bin, wie du Dir vielleicht schon gedacht hast, in einer wilden Affäre versackt. Nichts Ernstes – wir stehen fast unentschieden, ja? Mach Dir keine Sorgen … ich weiß nur noch nicht genau, wann ich nach Hause komme. Laß uns den Sommer nett verbringen. Es ist alles ganz normal. Dein alter Julius küßt Dich auf seine Lieblingsstelle.

Er fuhr 300 Kilometer in die nächste Großstadt, um den Brief aufzugeben. Er würde kämpfen wie ein alter Ritter, und dieser Gedanke gefiel ihm.

Bis auf weiteres wollte er in der Pension wohnen bleiben. Sein Auto verkaufte er, weil er fürchtete, sich sonst zu verraten. Auf dem Fahrrad fuhr er durch die Stadt, an ihrem Friseur vorbei, an ihrer Bank, ihrem Lieblingsrestaurant, ihrem bevorzugten Modegeschäft, rastlos, bis er müde war.

Paula saß mit IHM in einem Café, und Julius rechnete es ihr hoch an, daß sie einen Ort gewählt hatte, wo sie mit ihm nie gewesen war. Sie hatte eine neue Frisur, er trug Jeans und ein zerknittertes Hemd, wie gehabt. Sie hielten sich an den Händen, tauschten flüchtige Küsse, die Gewöhnung und Vertrautheit verrieten. Julius sah, wie sie für beide zahlte, und eine Welle von blindem Haß stieg in ihm auf.

Zweimal sah er jemanden aus der Firma, aber sie gingen achtlos an ihm vorbei, es war, als trüge er plötzlich eine Tarnkappe. Hatten sie schon seinen Schreibtisch geräumt, die Fotos von Paula und den Kindern und die Zeichnungen, die er während langatmiger Telefonate machte, in einer Plastiktüte verschwinden lassen? Es gab ihn eigentlich schon gar nicht mehr, und zum ersten Mal seit Wochen grinste er, faßte sich an die Mundwinkel, so ungewohnt war es.

Die beiden trafen sich fast jeden Tag. Gewöhnlich holte Paula ihn in ihrem Golf ab (falsch – war sein Golf, den er ihr zu ihrem 35. Geburtstag geschenkt hatte), manchmal fuhren sie wohl ins Grüne, dann verlor Julius sehr bald ihre Spur, blieb abgeschlagen auf der Ausfallstraße zurück. Oft gingen sie in Restaurants, ins Kino. Nie zu ihm nach Hause, Julius' Bett war wohl weicher, aber oft setzte sie ihn auch vor einem Jugendstilhaus ab, und Julius konnte sich lebhaft seine Wohnung vorstellen, Altbau, riesengroß und leicht heruntergekommen. Sie küßten sich lange im Auto. Julius ertrug es bis zur endlich letzten Umarmung.

Häufig versuchte er, sich Paula allein in ihrem Haus vorzustellen, was ihm jedoch mißlang. Was machte sie dort ganz allein? In seiner Erinnerung gab es nur Bilder von ihnen beiden zusammen, und er hätte sie gern in ihrer Einsamkeit beobachtet, spielte mit dem Gedanken, nachts durch den Garten zu schleichen und zum Fenster hineinzusehen, aber er fürchtete, entdeckt zu werden und ein für allemal sein Gesicht zu verlieren.

Er machte es sich zur Regel, mindestens dreimal am Tag an der Wohnung des anderen vorbeizuradeln, und dabei geschah es, daß er von der gegenüberliegenden Straßenseite beobachtete, wie der ›Student‹, wie er ihn in Gedanken abfällig nannte, einer jungen Frau um die dreißig Möbel und Bücherkisten auf die Straße trug, die diese in einem vw-Bus verstaute. Als sie dann anfing zu weinen, konnte Julius sich denken, wer diese Frau war und daß mit ihrem Auszug deutliche Zeichen gesetzt wurden.

Julius gab seine Anzüge allesamt der Kleidersammlung, kaufte sich alte, verwaschene Jeans auf dem Flohmarkt, bunte, billige Hemden, Turnschuhe, seine Haare fielen ihm mittlerweile fast bis auf die Schultern, er hörte auf, sich zu rasieren, was ihm äußerst unangenehm war. Als er sich dann im Spiegel sah, kamen ihm doch fast die Tränen, weil er sich seiner Lächerlichkeit mit so großer Kälte und Klarheit bewußt war. Gäbe es nicht sein Gesicht, so könnte er jetzt von sich selbst glauben, die letzten zwanzig Jahre einfach nicht gelebt zu haben, so hatte er ausgesehen, als er sein Studium an der Kunstakademie abgebrochen und sich mit Genuß in die Welt der Maßanzüge und klaren Maßstäbe geworfen hatte. Er hatte keine Probleme gehabt, sich anzupassen, im Gegenteil, zielstrebig und mit dem Ehrgeiz eines Schauspielers lernte er die neuen Regeln, und da er in Turnschuhen und Jeans auch nicht mehr er selbst gewesen war als mit Schlips und Kreditkarte, kam ihm nie der Gedanke von Verrat.

Von nun an bewegte er sich schwindelfrei. Er ließ den anderen nicht mehr aus den Augen, verfolgte ihn zu der Anzeigenredaktion einer Stadtzeitung und war wohl der erste, der sich meldete: Zimmer in großer Wohnung abzugeben, 380 inkl., 772561 Stefan. Der Name bereitete ihm Übelkeit.

Hatte Paula Stefan vielleicht alte Familienfotos gezeigt – nein, so geschmacklos war sie nicht, und da Julius sich selbst kaum wiedererkannte, machte er sich darüber keine Gedanken.

Es war tatsächlich eine große, helle Altbauwohnung, sein Zimmer hatte sogar einen kleinen Balkon. Er besorgte sich eine Matratze und genoß das Gefühl, nichts zu besitzen, an weiße Wände zu starren und nicht er selbst zu sein. Er fühlte sich wie im Exil.

Stefan war freundlich und quatschte ihm zuviel. Julius hätte ihn gern erschlagen, statt dessen betrachtete er ihn mit großem Erstaunen und konnte sich Paula nicht in seinen Armen vorstellen.

Gleich am zweiten Tag lauschte er auf Stefans Gang zum Bad, zog sich die Unterhose an und riß, als hätte er nicht bemerkt, daß das Bad besetzt war, die Tür auf. Gut, er war vielleicht muskulöser als Julius, stärker behaart (hatte Paula am Strand nicht immer gesagt, sie könne diese behaarten Affen nicht ausstehen?), aber ansonsten hatte er nun wirklich nicht viel zu bieten. Julius war beruhigt, murmelte ›Entschuldigung‹ und verschwand in seinem Zimmer.

Stefan bestand auf Gemeinschaftsleben, und so frühstückten sie spät zusammen, sahen fern und kochten sich ihr Abendessen. Julius brauchte Stefan nichts zu fragen, er beobachtete ihn ganz ruhig und machte sich sein Bild von ihm. Stefan dagegen fragte ihm ein Loch in den Bauch.

In langen, schlaflosen Nächten hatte Julius seine Biografie bis ins Detail ausgearbeitet. Ehemals Kunsterzieher, später freiberuflich mit viel Erfolg als Grafiker tätig, jetzt ohne Arbeit und neu in der Stadt, er müsse sich verändern, mal wieder zurückschrauben, ganz von vorn beginnen. Eine unglückliche Liebe? fragte Stefan wissend, ja, das auch, gab Julius zu, da sei so einiges in die Brüche gegangen.

Mit Bedacht hatte er sich einen beruflichen Werdegang ausgesucht, der in eine künstlerische Richtung ging – das war schließlich das einzige, was er von Stefan wußte, und richtig, darauf biß er sofort an, er hatte eine Ausbildung als Grafikdesigner hinter sich und arbeitete jetzt als Illustrator für Magazine.

Ausführlich klagte Stefan ihm sein Leid über die schlechte Auftragslage und wie leid er es sei, sich dem Stil mediokrer Art-directors anzupassen. Julius antwortete darauf, Anpassung sei das halbe Leben, man müsse das nur mit einem gewissen Sportsgeist angehen. Stefans Larmoyanz ging ihm auf die Nerven, er habe seine Utopie verloren, beklagte er. Welche Utopie? fragte Julius. Die einer besseren Welt, einer Welt, die nicht ausschließlich nach den Regeln des Kapitalismus funktioniert. Eine Welt, in der die Versager die heimlichen Gewinner sind, ja? Weil sie die ›besseren‹ Menschen sind? Sie stritten bis in den frühen Morgen, dann gestand Stefan ihm, daß er von einem Porsche träume.

Als Julius dann im Bett lag und beobachtete, wie die grauen Wände sich in der aufsteigenden Sonne langsam rosa färbten und schließlich wieder nüchtern weiß wurden, stieg ein zuerst nebelhafter Gedanke in ihm auf, der sich wie unter Zeitraffer immer mehr verdichtete und schließlich zu einer klaren, simplen Idee wurde. Er schlief ein.

Wenn Stefan aus dem Haus ging, war Julius sich sicher, daß er Paula treffen würde, aber er verkniff sich, ihm zu folgen. Er wanderte durch die Räume, durchsuchte Stefans Zimmer, rümpfte die Nase über seine Zeichnungen, stieß auf einen Schuhkarton mit alten Fotos, die genausogut die seinen hätten sein können. Stefan auf Demonstrationen, in Wohngemeinschaften, in Griechenland, vor fünfzehn, sechzehn Jahren vielleicht, ein glattes Babygesicht, umrahmt von sorgfältig shampoonierten Haaren, Mädchen im Arm, und

Julius erinnerte sich an Paula, die er auf einem Unifest kennengelernt hatte; sie verlor ihr Haarteil beim Knutschen, er sah ihr ernstes Gesicht vor sich, normalerweise bedeckt mit einer dicken rosa Paste, das redete er ihr später aus; ihr Traum, die Welt zu retten, was er rührend fand.

Er hatte sich nie mit anderen Studenten wirklich zu Hause gefühlt, er war ein Clown gewesen ohne politisches Bewußtsein, aber in Gesprächen mit Stefan ließ er die entscheidenden Namen aus jener Zeit fallen, so daß Stefan überzeugt war, auch er sei ein alter Kämpfer gewesen, und gemeinsam begossen sie den Niedergang ihrer Ideale. Julius war gerührt über Stefans Zutraulichkeit. Wie ein Hund wedelte Stefan über jede freundliche Geste mit dem Schwanz. Julius machte auf ihn ganz offensichtlich den Eindruck eines Mannes von Welt, der freiwillig auf Ansehen und Luxus verzichtete, um nicht vom Kommerz verschluckt zu werden. Er ließ Stefan in dem Glauben, genoß sogar seine Bewunderung, aber es machte ihn auch seltsam traurig, und er verstand nicht ganz, warum.

Wenn er über sich, den neuen Julius, sprach, bestaunte er dessen klare, unbestechliche Haltung, der Mann wußte, was er wollte, er schien ein genaues Bild von sich zu haben. Julius begann, sich über seine neue Existenz zu ärgern, seine alte kam ihm dagegen schäbig und korrupt vor, er mochte die Moral des neuen Herrn nicht, aber es blieb ihm nichts weiter übrig, als sie zu bekräftigen und zu verteidigen.

Er begann, für Stefan zu kochen und ihn aufzufordern, mehr zu arbeiten. Er brachte ihm Tee in sein Zimmer, wo er ihn über seine Zeichnungen gebeugt fand, und er sprach ihm Mut zu. Er überraschte sich selbst dabei, daß er es zuweilen ernst meinte, ehrlich um Stefan bemüht war, ihn doch aber eigentlich unnütz fand wie einen Pickel, ihn ausquetschen und verschwinden lassen wollte. Wächst er mir ans Herz? dachte er erschrocken, bekommt mein Herz einen Pickel?

Er fühlte sich durch Stefans Gegenwart wie verseucht, und er forderte ihn auf, mit ihm gemeinsam Sport zu treiben, und wie die kleinen Jungen gingen sie von nun an ›spielen‹, wie sie es nannten, rannten Minuten um die Häuserblocks, balgten sich auf dem Rasen, fast zärtlich, obwohl Julius dabei manchmal daran dachte, Stefan einfach k. o. zu schlagen.

Er ärgerte sich über dessen Schlaffheit, seine Unentschiedenheit und relative Freiheit fern von all den Zwängen, die er gewohnt war, und manchmal kam er sich mit ihm vor wie mit seinen Söhnen, die ihn zum Wahnsinn getrieben hatten, wenn sie bis spät in den Tag hinein schliefen, dann im Wohnzimmer herumhingen und Comics lasen. Er fühlte sich bedroht durch das Chaos, und er entwarf einen straffen Zeitplan für Stefan, begutachtete seine Illustrationen und riet ihm zu mehr Mut, mehr Frechheit, ja mehr Clownerie.

Er erzog ihn zu Verachtung.

Stefan blühte unter seinen Händen auf. Er kleidete sich sorgfältiger, ernährte sich gesünder, wurde fleißiger, und seine Laune besserte sich. Er hatte jetzt weniger Zeit für seine ›Zweierkiste‹, wie er sich ausdrückte. Julius fragte nicht weiter nach, er war sich sicher, daß Stefan irgendwann sein gesamtes Liebesleben vor ihm ausbreiten würde, und mit nervöser Spannung wartete er auf diesen Moment.

Mit unerwarteter Verletztheit reagierte er dann jedoch auf Stefans Bitte, am kommenden Dienstagabend ins Kino zu gehen und danach vielleicht noch anstandshalber ein, zwei Stunden in einer Kneipe zu verbringen, denn seine derzeitige ›Beziehung‹ – und für dieses Wort hätte Julius ihn ohrfeigen mögen – bestehe darauf zu sehen, wie er lebe.

Er läuft durch die Straßen, unfähig, länger als 10 Minuten in einer Kneipe zu sitzen, eine Flasche Whisky hat er in der letzten erstanden, immer kleinere Kreise zieht er um Stefans Wohnung, und in wüsten Rachefantasien malt er sich aus, wie er die beiden im Bett überrascht, Stefan ersticht, Paula verprügelt und endlich dieser Farce ein Ende bereitet.

Was ihn davon wirklich abhält, ist die Vorstellung von Paulas Reaktion: ruhig würde sie ihn ansehen, sogar lächeln vielleicht, und sagen: Julius, spiel dich doch bitte nicht auf.

Es hatte lange gedauert, bis sie ihn entlarvt hatte, entlarvt war vielleicht das falsche Wort, denn bis heute hatte er störrisch auf seinen Geschichten beharrt, obwohl sie durch nichts zu belegen waren. Als er klein war, hatte man ihn des Flunkerns bezichtigt, er selbst mochte das Wort fantasievoll entschieden lieber, und das war ihm gerade in seinem Beruf immer wieder bestätigt worden: Der Armbrust hat wirklich Fantasie. Für seine erste Freundin war er ein armes Waisenkind gewesen, bis sie ihn mit seiner Mutter beim Einkaufen sah, für Paula waren seine Geschichten später raffinierter und charmanter ausgefallen, ein zwar hochbegabter, aber ausgeflippter Kunststudent war er, mit Kontakten zur KI und massenhaft Frauenbekanntschaften, und all seine Fantasien erzählten von einem Tausendsassa, der im Grunde seines Herzens jedoch ein Einzelgänger, ein einsamer Wolf war. Das war nicht mal falsch, so sorgfältig hatte er diese Eigenschaften erfunden, daß er irgendwann selbst an sie glaubte und danach handelte, obwohl er gleichzeitig auch wußte, daß seine gesamte Existenz auf Bluff aufgebaut war. Er war einfach schneller als die anderen, ließ sich die Haare lang wachsen, als es noch kein anderer tat, fuhr als erster nach Algerien und tauschte Nylonhemden gegen Haschisch, beherrschte die gängige Politsprache so souverän, daß er fast zum Fachschaftssprecher gewählt worden wäre, und mit Erstaunen registrierte er die Konsequenz seiner Chamäleonseele: er wurde zum Tausendsassa.

Mit der Zeit kam ihm jegliches Pathos abhanden, weil er sich selbst nicht ernst nahm, und er verachtete jeden, der es tat, Leute wie Stefan zum Beispiel, aber auch Paula, die doch so gar nichts zu bieten hatte. Das war gemein, und er schämte sich augenblicklich für diesen Gedanken.

Er kommt erst am frühen Morgen zurück und findet Stefan in der Küche, zutiefst deprimiert.

Na, war's schön? bringt Julius fertig zu fragen.

Du wirst es nicht glauben. Wir haben den ganzen Abend hier gesessen, und sie hat mir von ihrem Mann erzählt.

Von ihrem Mann?

Ja, ein erfolgreicher, bourgeoiser Stinker.

Oh. Und was noch?

Ich weiß nicht mehr. Was interessiert mich ihr Mann? Er treibt sich mit einer Geliebten herum.

Na, hört Julius sich sagen, dann ist doch alles in Butter. Oder ... oder liebt sie ihn noch?

Nein, ich glaube nicht. Er sei ein Kindskopf, aber das hat

sie immerhin sehr zärtlich gesagt. Muß ein ziemliches Arschloch sein.

Wieso?

Sie wirkt so ausgehungert ... als hätte sie die letzten zwanzig Jahre keinen Mann mehr im Bett gehabt, deshalb.

Aha. Und jetzt ... jetzt liebt sie dich?

Vielleicht. Ich weiß es nicht. Aber sie ist so entsetzlich bestimmt, so ohne Zweifel ...

Ja, das ist sie.

Wieso sagst du das?

Oh, es klingt so. Wie sie mit dir umspringt.

Findest du auch, was? Sie bestimmt, wann ich sie sehen darf, wann wir ... dabei ist sie so spießig.

Was willst du dann mit ihr?

Kann ich dir nicht erklären. Ist mir fast peinlich, aber ich glaube, sie ist die Frau meines Lebens.

Was für ein Leben würdest du denn mit ihr führen?

Eben. Das ist es.

Das ist doch nicht deine Welt.

Aber sie könnte es sein.

Niemals, sagt Julius entschieden und kocht Stefan einen Kaffee.

Weißt du, sie sagt, ich sei so schüchtern und bescheiden, aufrecht und ... ein Mann von einem anderen Planeten.

Hört sich ja grauenhaft an.

Ja. Klingt impotent, wenn du mich fragst.

Julius rührte Stefan zwei Löffel Zucker in den Kaffee. Wie konnte Paula auf diesen traurigen Versager verfallen? Eben weil er ein Versager war? Dann durfte er keiner mehr sein ...

In dieser Nacht träumte er wieder von dem Fisch, fand ihn abermals im Rosenbeet, hob ihn auf und kannte ihn bereits, es war sein Fisch, und diesmal war er federleicht. Er wandte sich um, stand in seinem Garten und sah Paula oben am Fenster, sie nickte ihm zu, erwartete von ihm, daß er den Fisch rettete, und jetzt wußte er plötzlich, in welcher Richtung das Meer lag, und langsam ging er durch den Garten auf die Straße.

Am nächsten Tag machte Julius telefonisch einen Termin mit dem PR-Chef eines Konkurrenzunternehmens aus, er will ihm einen guten, sehr begabten Freund vorbeischicken. Warum er denn nicht selbst komme, ihm sei zu Ohren gekommen, er hätte seinen Job hingeschmissen, aber bevor der andere weiterfragen kann, bittet Julius ihn schnell, seinen Namen aus dem Spiel zu lassen, er habe da private Gründe, und hängt ein. Er kennt den Mann von gemeinsamen Saufgelagen, und immer wieder hatte dieser versucht, Julius abzuwerben, und ihm schließlich den Spitznamen ›der Unerbittliche‹ verpaßt, das gefiel Julius.

Zusammen mit Stefan stellt er eine Mappe seiner Zeichnungen zusammen, schreibt ihm ein Empfehlungsschreiben, lobt ihn in den höchsten Tönen, findet die richtigen Worte für seine Spontaneität, überschäumende Fantasie und seine Schwierigkeiten, sich künstlerisch einzufügen. Das ist wichtig, man darf nicht unkompliziert sein, man ist doch immerhin ein Künstler mit einer empfindlichen Seele.

Als er Stefan dann blaß vor sich stehen sieht, in Jeans und zerknittertem Hemd, die Mappe unter dem Arm, weiß

Julius, daß er so niemals eine Chance hat, es liegt an seiner Erscheinung, die von vornherein um Verzeihung zu bitten scheint.

Er schleppt ihn in ein Herrenbekleidungsgeschäft und rät ihm zu teurem, aber leicht ausgeflipptem Chic. Eine farbige Lederjacke, darunter ein ganz schlichtes Oberhemd, Leinenhosen, die nach fünf Minuten mäßig zerknittert und nach Arbeit aussehen, aber eben nach nicht zuviel.

Julius bezahlt die Lederjacke. Stefan ist ihm dankbar. Vor dem Spiegel übt er mit ihm ein paar ›Clownsnummern‹, wie er sich ausdrückt, locker, witzig, als hätte man es nicht nötig, die Herren in ihren langweiligen Büros wollen schließlich ihre Unterhaltung, man muß ihnen Aufregung versprechen, denn das ist es, was sie am meisten vermissen.

Als er Stefan endlich aus dem Haus geschickt hat und allein vorm Spiegel zurückbleibt, in seinen Jeans, dem schmuddeligen T Shirt, diese gräßlichen langen Fransen auf dem Kopf, bekommt er einen ihm unerklärlichen Weinkrampf. Es schüttelt ihn, er legt sich zusammengekrümmt auf den Boden und will gar nicht aufhören zu schluchzen. Er weint seine gesamte Existenz weg, all die Bilder, die er von sich gemacht hat, und als das Weinen endlich schwächer wird, fühlt er sich erleichtert, jung und alt zugleich.

Stefan bekam einen hochdotierten Job in der Werbeabteilung und stürzte sich mit Verve auf die neue Arbeit. Mit nicht enden wollender Verwunderung beobachtete Julius seine Veränderung. Bald begann er an Julius herumzumäkeln, er solle sich doch auch endlich einen neuen Job suchen und nicht wie eine frustrierte Hausfrau in der Wohnung herumhängen.

Sie sahen sich nur noch selten, obwohl ihm Julius eisern um sieben das Frühstück bereitete, um Stefans Verwandlung beobachten und vielleicht in die richtigen Bahnen lenken zu können, aber das war nicht nötig, mit der Sicherheit eines Schlafwandlers wurde Stefan fast über Nacht zum erfolgreichen Mann in seinen besten Jahren, der weiß, was er vom Leben will, und keine Zweifel duldet. Natürlich hatte er jetzt auch weniger Zeit für Paula, und ab und zu ließ er Sätze fallen wie: Man sollte nicht zuviel Zeit und Gedanken an Frauen verschwenden, sie seien diesen Energieaufwand wirklich nicht wert, und ihr Nutzeffekt sei gleich Null.

Dieser neue Mann stieß Julius immer heftiger ab, und er hatte Mühe, sich zu beherrschen.

In der Nacht, bevor Stefan ihm eröffnete, er werde sich eine neue Wohnung nehmen, ein teures, großes Appartement mit Terrasse im vornehmsten Stadtteil, träumte Julius abermals vom Fisch. Er ging aufs Meer zu, der Fisch war unerträglich schwer geworden, jeder Schritt wurde zur Qual, aber in der Gewißheit, ihn bald seinem Element übergeben zu können und damit sein Leben zu retten, schleppte Julius sich weiter durch den Sand aufs Wasser zu. Als er dann auf seine Arme sah, sich von dem Fisch verabschieden wollte, waren seine Hände leer, der Fisch war verschwunden, das unerträgliche Gewicht jedoch geblieben. Tiefe Verzweiflung ergriff ihn, und in panischer Angst schüttelte er seine Arme, um das Gewicht loszuwerden. Es gelang ihm nicht. Er erinnerte sich an irgend etwas, das er in der Schule über jemanden mit Gold in der Badewanne gelernt hatte, und langsam ging er ins Meer, tauchte seine Arme ins Wasser, und augenblicklich wurden sie leichter, das zerrende Gewicht verschwand, und plötzlich überglücklich, schwamm er hinaus.

Sie verabschieden sich kühl und sachlich. Eigentlich wollten sie noch einmal zusammen essen gehen, aber Stefan hat keine Zeit, er trifft sich mit der Chefin der Layout-Abteilung, Julius versteht und bedauert es nicht im geringsten. Mit diesem Mann verbindet ihn nichts mehr, er hat gewonnen. Wenigstens pro forma möchte er ein Siegesgeheul ausstoßen, die Faust möchte er recken, einen Luftsprung möchte er machen, mit hängenden Armen steht er da, und kein Laut kommt ihm über die Lippen.

Er schreibt Stefan ein paar Zeilen zum Abschied, schön war's und viel Erfolg und danke usw. Er verbrennt sie, hinterläßt sie pathetisch als Häufchen Asche in einer Untertasse, die er Stefan auf den Schreibtisch stellt. Schön war's? Er muß verrückt geworden sein.

Er geht zum Friseur, läßt sich Haare und Bart schneiden und beobachtet mit Mißtrauen seine Metamorphose. Er weiß nicht so recht, ob er sich über das Wiedersehen mit dem alten Julius freuen soll, irgend etwas ist ihm abhanden gekommen, es ist ihm alles so ernst mit einem Mal, und er schüttelt sich wie ein Hund, als er den Laden verläßt.

Er kauft neue Kleider, eine Spur seriöser und weniger chic als zuvor, und als ihm der Verkäufer zu etwas Jugendlicherem raten will, brüllt er ihn an, er solle seinen Geschmack für sich behalten.

Er kann doch nicht mit dem Fahrrad vorfahren ... er geht zu Fuß, und da es ihm albern vorkommt, mit dem kleinen Koffer in der Hand die Straße hinunterzugehen, läßt er ihn hinter einer Hecke stehen.

Paula empfängt ihn freudig, ruhig, die Kinder ebenfalls. Nach wenigen Minuten schon ist alles beim alten. Paula telefoniert mit einer Freundin, die Kinder hören laut Musik, Julius sitzt in seinem Sessel und fragt sich, was er jetzt am besten tun soll. Er sieht sich selbst, wie er da mit übergeschlagenen Beinen sitzt, als warte er auf etwas, er fühlt sich fehl am Platz.

Nachts liegen sie still nebeneinander, fassen sich an den Händen, ganz vorsichtig fragt Julius Paula nach *ihm*, wie's denn so gehe mit ihnen beiden.

Ach, weißt du, sagt Paula, und früher wäre sie jetzt näher an ihn herangerutscht, weißt du, ich dachte, er sei ganz anders ...

Wie anders?

Na ja, ein Mann von einem anderen Stern, ohne Haus und Familie, ohne Erfolg und Ärger mit der Steuer, jemand, der ganz frei ist ... Aber jetzt hat er einen Job bei Weber und Co., ja, du wirst lachen, ausgerechnet bei denen, und schwapp wurde er wie alle anderen auch ...

Wie ich, meinst du? fragt Julius und bringt es kaum heraus.

Nein, ganz und gar nicht wie du. Du nimmst es wenigstens nicht ernst. Was ist überhaupt mit deiner Arbeit? Die Firma hat sich die Finger nach dir wundtelefoniert. Warst du so verliebt, daß du nicht mehr ...

Am Anfang vielleicht, unterbricht Julius sie, aber dann

war sie nur noch geschwätzig, innerlich völlig hohl, ein hübsches Häutchen, nichts weiter.

Sehr jung, was?

Nein, so alt wie du.

Ich weiß nicht, ob's das besser oder schlechter macht.

Julius nimmt sie in die Arme und sieht über ihre Schulter hinweg seinen Anzug wie eine alte zerknitterte Haut über dem Stuhl hängen.

Was denkst du? fragt sie an seiner Brust.

Oh, ich denke darüber nach, was ich morgen anziehen werde.

Du hast so herrlich normale Gedanken, mein Bester.

Die Braut

Ich bog auf die Autobahn ein und trat aufs Gas. Mein Brautkleid lag in einer lackroten Schachtel auf dem Rücksitz. Modell *Opera*, fünf Meter weißer Tüll für den Rock, eine weich drapierte und mit einzelnen Perlen bestickte Corsage aus Satin, lange weiße Handschuhe und sogar ein Schleier mit winzigen, Maiglöckchen nachempfundenen Blüten. Ausgerechnet ich mit einem Schleier! Aber wenn schon, denn schon.

Wie eine Schar Stare auf einen Kirschbaum hatten sich die Verkäuferinnen auf mich gestürzt, als ich aus der Kabine kam, zupften an mir herum und wünschten mir von Herzen alles Gute für meine Ehe. Als ich ihnen sagte, daß ich mit dem Bräutigam schon seit acht Jahren zusammenlebe, wirkten sie enttäuscht.

1295 Mark für ein Brautkleid. Ein Haufen Geld, aber ich hatte es ja unbedingt selbst bezahlen wollen. Und niemand sollte es vorher sehen, allenfalls meiner ältesten und besten Freundin Lore hätte ich es gern gezeigt, obwohl sie bei meinem Anblick in Brautkleid und Schleier bestimmt laut gelacht hätte.

Sie kennt mich noch aus Zeiten, in denen ich grün und blau gefärbte Haare trug und jeden, der seine Liebe durch

Staat und Kirche sanktionieren ließ, bis aufs Blut verachtete.

Sie selbst war nicht verheiratet, wie alle unsere Freunde. Ist das nicht seltsam, fragte ich sie, daß wir alle über dreißig sind und niemand von uns verheiratet ist oder Kinder hat? Manchmal habe ich das Gefühl, wir glauben, daß wir unsterblich sind. Möchtest du meine Brautjungfer sein?

Lore kicherte verlegen, dann sagte sie mir, daß sie mit ihrem neuen Freund nach Bali führe und leider, leider zu meiner Hochzeit nicht kommen könne.

Aber, Mensch, Lore, ich heirate!

Tut mir leid, altes Haus, ich hoffe, du nimmst es mir nicht übel.

Fahr nur, ermunterte ich sie lahm, es ist ja auch keine große Angelegenheit. Es verändert sich ja nichts …

Eben, sagte sie erleichtert, ihr seid doch schon ein altes Ehepaar.

Warum wir plötzlich heiraten wollten, fragte sie nicht.

Es begann zu tröpfeln, und innerhalb von nur wenigen Sekunden verwandelte sich der milde Regen in einen gewalttätigen Wolkenbruch. Keiner fuhr deshalb langsamer. Wir jagten über die Autobahn, manche von uns als Jäger, die meisten als Gehetzte.

Ich schaltete die Scheibenwischer auf die schnellste Stufe, der linke quietschte ein wenig, dann wurde er langsamer und blieb schließlich ganz stehen. Wie ein Wasserfall strömte der Regen jetzt über die Windschutzscheibe, ich konnte schlagartig nichts mehr sehen. Vor Angst fingen meine Hände an zu kribbeln, als hätte ich in eine Steckdose gegriffen.

Ich versuchte, mich so weit wie möglich auf den Beifahrersitz zu lehnen, um durch den anderen Teil der Scheibe zu sehen, wohin ich überhaupt fuhr, aber das war zwecklos. Undeutlich erkannte ich im nassen, schlierigen Außenspiegel die Scheinwerfer der hinter mir fahrenden Autos, tanzende helle Punkte, deren Abstand ich nicht abschätzen konnte und die bedrohlich auf mich zuzukommen schienen.

Es war, als trüge ich keine Kontaktlinsen – ich bin ziemlich kurzsichtig – und als säße ich in meinem Wagen wie in einem unscharfen Traum. Einen Moment lang überfiel mich gute Lust, die Hände vom Lenkrad zu nehmen und in den Schoß zu legen.

Statt dessen verlangsamte ich behutsam, damit mir keiner von hinten auffuhr, schaltete die Warnblinkanlage an und lenkte leicht nach rechts, in der Hoffnung, dort auf dem für mich unsichtbaren Seitenstreifen halten zu können.

Es gab einen Knall wie von einer Explosion, das Lenkrad bohrte sich schmerzhaft in meine Brust, daß mir die Luft wegblieb, von einem unsichtbaren Feind wurde ich nach vorn geworfen, dann nach hinten geschleudert. Der Motor soff ab, das Auto bewegte sich nicht mehr, es war still, nur der rechte Scheibenwischer jagte weiter hysterisch über die Scheibe.

Ich beobachtete die Gänsehaut auf meinen Unterarmen, dabei war mir gar nicht kalt, darüber wunderte ich mich.

Ein verschwommener schwarzer Fleck tauchte vor der Seitenscheibe auf, dann wurde die Tür aufgerissen, eine Frau mit wirren, schwarzen Haaren steckte den Kopf ins Auto und schrie: Haben Sie sie nicht mehr alle?

Ich sah den Regen auf ihre schwarze Motorradjacke prasseln. Sie kam mit ihrem Kopf noch näher an mich heran, daß wir fast zusammenstießen, ihre schwarz umrandeten Augen waren zu wütenden Schlitzen verzerrt.

Sind Sie nicht ganz dicht? keifte sie.

Sie packte mich an der Schulter und schüttelte mich. Hey, Sie! Huhu!

Sie wedelte mir mit der Hand vor den Augen herum, was mir so lästig wurde, daß ich den Kopf wandte und sie ansah.

Könnten Sie bitte damit aufhören? sagte ich höflich und mit dem Gefühl, den Mund voller Watte zu haben.

Sie verzog ihre erdbeerrot geschminkten Lippen.

Scheiße, sagte sie, sehen Sie sich diese Scheiße an! Sie richtete sich auf und stapfte fluchend im Regen davon.

Ich stieg mit wachsweichen Beinen aus und sah auf dem Seitenstreifen vor mir einen alten, schmutzigweißen Opel, dessen Kofferraum zusammengeknüllt war wie ein Stück Papier. Langsam und träge, als hätte ich ein Schlafmittel genommen, formten sich meine Gedanken zu der Erkenntnis, daß ich wohl etwas damit zu tun haben mußte.

Ich trat in den strömenden Regen hinaus wie unter eine Dusche und stellte fest, daß die Kühlerhaube meines Autos auch nicht viel besser aussah, und es war noch nicht einmal meins, sondern Holgers, und erst zwei Monate alt.

Haben Sie Tomaten auf den Augen oder was? schrie die Frau vor ihrem Opel und holte eine Plastiktüte aus dem Wagen, die sie sich auf den Kopf setzte. *Aus deutschen Landen frisch auf den Tisch* stand auf der Tüte.

Ich gehe los und rufe die Polizei! rief sie mir zu. Und wehe, Sie rühren sich vom Fleck. Ich habe Ihr Kennzeichen aufgeschrieben.

Ich erwiderte nichts. Der Regen triefte mir in den Nakken, lief mir über die Nase, tropfte auf meine Lippen. Der Verkehr fauchte wie ein vielköpfiger Drache an mir vorbei, machte mich taub, stumm und benommen.

Erst als die Frau schon fast hundert Meter entfernt war, fiel mir ein, daß ich ihr hätte anbieten sollen, die Angelegenheit unter uns zu regeln. Sie wirkte allerdings nicht so, als würde sie auf ein solches Angebot eingehen. Entschlossen marschierte sie in ihren metallbeschlagenen Cowboystiefeln den Seitenstreifen entlang, die Plastiktüte nickte bekräftigend auf ihrem Kopf, ihre Schritte klangen wie ein Maschinengewehr.

Ich setzte mich wieder in das regenblinde Auto und sah Holger vor mir, wie er bekümmert meinem Bericht lauschte und bereute, keine Vollkaskoversicherung abgeschlossen zu haben.

An einem funkelnagelneuen Auto darf doch der Scheibenwischer nicht kaputtgehen, würde er allenfalls kopfschüttelnd sagen und sich dann mit Verve in die Abwicklung der Telefonate mit der Versicherung und KFZ-Werkstätte stürzen.

Er würde sich nicht weiter aufregen. Nichts brachte ihn aus der Fassung, nichts lockte ihn vollkommen aus der Reserve, er blieb immer ruhig, gefaßt, sicher, wie ein Fels in der Brandung. Das mochte ich an ihm. Ich war schließlich alt genug, um nicht mehr idiotischen Träumen von wilder Leidenschaft nachzuhängen. Oder ich hatte beschlossen, jetzt alt genug dafür zu sein. Betrogen hatte ich Holger oft genug. Jetzt wollte ich ihn heiraten und endlich Frieden schließen mit der Realität. Mir nicht mehr von ihr erhoffen, als sie zu geben bereit war. Ich wollte von nun an bescheiden sein. Ein Leben führen wie andere auch, und zwar nicht zähneknirschend, sondern gern.

Um diesem Entschluß nicht nur einen Hauch von Romantik, sondern auch von Größe zu verleihen, wollte ich in Weiß heiraten, in einer Kirche, mit allem Drum und Dran.

Holger hätte ich das niemals erklären können, aber das mußte ich auch nicht. Er fügte sich geduldig lächelnd meinen Wünschen und bat sich nur aus, keinen Zylinder tragen zu müssen.

Die Frau riß die Fahrertür auf, daß ich vor Schreck zusammenfuhr. Dicke Wassertropfen perlten von ihrer Jacke auf meine Schenkel, ihr Gesicht unter der Plastiktüte war klatschnaß.

Die Polizei ist in einer Viertelstunde hier, keifte sie und knallte die Tür wieder zu.

Wenige Sekunden später riß sie schon wieder die Tür auf. Geht Ihre Heizung?

Ich glaube, ja, antwortete ich zögernd. Sie knallte kommentarlos die Tür wieder zu, stieg hinten ein und riß sich die Plastiktüte vom Kopf.

Ich schaltete die Heizung ein. Im Rückspiegel sah ich, wie sie mit den Zähnen klapperte.

Im Kofferraum habe ich, glaube ich, eine Decke, bot ich an, da fiel mir ein, daß Holger sie vor ein paar Tagen herausgenommen hat, um sie zu waschen. Irrtum, murmelte ich, doch keine Decke.

Sie verdrehte die Augen und schlug die Arme unter. So eine Scheiße, murmelte sie zwischen den Zähnen, so eine verdammte Hühnerscheiße.

Ich nickte und sah, wie sie den roten Karton neben sich auf dem Sitz anstarrte. BRAUTMODEN HENNIG – WIESBADEN stand auf einem kleinen Schild. Ich kannte das Geschäft, seit ich denken konnte. Mein Schulweg führte daran vorbei. Eine Zeitlang stand zum Entzücken meines Vaters BRUTMODEN über dem Geschäft, und es dauerte fast ein Jahr, bis ein neues A montiert wurde. Zwanzig Jahre später fiel es mir wieder ein. Da, nur da, wollte ich mein Hochzeitskleid kaufen, bei Brautmoden Hennig, in Wiesbaden. Von unserer Familie lebt niemand mehr in Wiesbaden, meine Großeltern sind gestorben, meine Eltern nach Teneriffa ausgewandert.

Meine Güte, Kind, was bist du sentimental, sagte meine Mutter am Telefon, und ich konnte förmlich hören, wie sie ihre permanent gebräunte Stirn runzelte, was willst du denn nach all den Jahren in Wiesbaden?

Mit meinem Hochzeitskleid unter dem Arm bin ich meinen alten Schulweg abgegangen, die Häuser waren mir nicht mehr vertraut, viele waren renoviert oder umgebaut, aber jeden Zentimeter Straße erkannte ich wieder, den ich Morgen für Morgen, neun Jahre lang, mit hängendem Kopf Schritt für Schritt zurückgelegt hatte.

Manche Straßen waren mit Platten belegt, auf deren Rillen man nach von mir erfundenen Regeln manchmal treten mußte, ein andermal auf keinen Fall durfte, dann die schwarzen buckligen Teerstreifen, auf denen man balancieren konnte und die im Sommer weich wurden wie Kaugummi, die roten Backsteine in einer kleinen Stichstraße zwischen Häusern mit großen Gärten, die im Herbst vom herabfallenden Laub und nasser Hundescheiße so glitschig waren, daß man höllisch aufpassen mußte, um nicht auszurutschen.

All das erkannte ich wieder, als wäre keinerlei Zeit vergangen; und noch etwas anderes: eine Mischung aus Langeweile, Traurigkeit und verstockter Rebellion, die mich mein ganzes Leben begleitet hatte wie ein Schatten.

Ich setzte mich auf ein kleines Mäuerchen, auf dem ich als Kind schon gehockt und Napas – betonharte kleine Rhomben aus Kaugummimasse – gegessen hatte, wobei mich das Gewicht des Schulranzens fast nach hinten in den Vorgarten gezogen hätte.

Ich saß dort mit meinem Hochzeitskleid unter dem Arm und starrte den vorbeiflutenden Verkehr an, all die Menschen, die in ihren Autos wie in kleinen Kapseln durch ihr Leben transportiert wurden, allein, als Paar oder als Familie; alle schön sortiert, und es schien mir so, als hätte jeder damit eine endgültige Entscheidung getroffen, wie er sein Leben verbringen wollte.

Die Frau reckte sich nach vorn über den Sitz und drückte auf den Zigarettenanzünder. Um ihr Handgelenk trug sie eine türkisblaue Tätowierung wie ein Armband, eine Schlange, die sich um einen Blütenzweig rankte.

Ich wollte sie bitten, nicht zu rauchen, Holger haßt den Geruch, statt dessen bat ich sie um eine Zigarette.

Sonst noch was? sagte sie unfreundlich, reichte mir aber eine.

Wortlos rauchten wir vor uns hin, und der Dunst unserer Zigaretten verband sich zu einem diffusen Nebel über unseren Köpfen.

Ich kann's nicht fassen, schimpfte sie, Leute gibt's, die sind zu blöd, ein Loch in den Schnee zu pinkeln, manche

Leute sollten den Führerschein überhaupt nicht machen dürfen. Scheiße, verdammte. Wütend stieß sie den Rauch durch die Nase aus.

Ich hätte ihr erklären können, daß mein Scheibenwischer nicht funktionierte, aber das hätte sie wahrscheinlich nur als Ausrede aufgefaßt, also schwieg ich.

Was ist in der Schachtel? fragte sie wie bei einem Polizeiverhör.

Ich holte kurz Luft. Mein Brautkleid, antwortete ich patzig, darauf gefaßt, von ihr verspottet zu werden.

Sie machte eine kleine Pause. Darf ich es mal sehen? fragte sie mit veränderter Stimme, ganz weich und freundlich.

Erstaunt drehte ich mich zu ihr um. Sie grinste mich an und streckte mir ihre Hände entgegen, Innenflächen nach oben. Ich habe auch saubere Hände, sagte sie.

Aber erst die Zigarette ausmachen, sagte ich, und nicht im Aschenbecher, sonst stinkt das Auto noch tagelang.

Gehorsam warf sie die Kippe aus dem Fenster, ich kletterte über den Beifahrersitz nach hinten, setzte mich neben sie und nahm die Schachtel auf den Schoß. Vorsichtig hob ich den Deckel ab. Zartrosa Seidenpapier quoll hervor wie eine lebendige Masse. Ich nahm den Schleier heraus und hängte ihn über die Nackenstütze des Beifahrersitzes.

Behutsam berührte sie die winzigen weißen Maiglöckchen aus Perlen und Seide. Ich sah, daß ihre Hände vor Kälte zitterten.

Jetzt das Kleid, sagte sie und rückte zur Seite, damit ich Platz genug hätte, um es herauszuholen.

Wie eine große Wolke fiel der Tüllrock über uns und bedeckte uns beide.

Wow, rief sie lachend, das ist ja der Wahnsinn!

Ich lächelte stolz, ganz gegen meinen Willen.

Hingebungsvoll streichelte sie den Tüll und stöhnte leise.

Wie schön, murmelte sie, wie unglaublich schön. Sie drückte ihre Wange gegen den Stoff und schloß die Augen.

Nur um einmal im Leben so ein Kleid am Leib zu haben, würde ich heiraten, sagte sie mit geschlossenen Augen, es muß sich anfühlen, als würde man in Schlagsahne schwimmen.

Okay, sagte ich, ziehen Sie's an.

Sie klappte die Augen auf, große, eisblaue Augen. Ich war mindestens so erstaunt über mein Angebot wie sie.

So kommen Sie wenigstens aus Ihren nassen Klamotten raus, fügte ich hinzu, aber da hatte sie sich bereits aus ihrer Lederjacke gepellt.

Sie hatte einen schmalen Oberkörper, so wie ich, hängende Schultern, kaum Busen. Ohne ihre Lederjacke wirkte sie plötzlich verletzlich.

Sie zog sich ein klatschnasses, schwarzes T-Shirt über den Kopf, darunter kam ein Unterhemd mit Totenköpfen zum Vorschein. Sie beugte sich über den Vordersitz, und ich zerrte ihr die hautengen, nassen Jeans vom Leib. Um ihr die Cowboystiefel auszuziehen, mußte ich wieder auf den Vordersitz steigen, sie streckte mir ihre Füße entgegen, und ich zog mit aller Kraft an ihren Stiefeln, bis sie endlich nachgaben. Wir arbeiteten stumm und effizient, wie ein eingearbeitetes Team.

Die Wärme der Heizung und unser Atem hatten inzwischen die Scheiben beschlagen, es war dampfig warm im Auto wie in einer Sauna, ich fing an zu schwitzen. Ich kletterte wieder nach hinten, sie zog ihr Totenkopfunterhemd aus, legte sich erst auf den Rücken, so daß ich ihr den Rock über die Beine streifen konnte, dann hob sie den Po, und wir zerrten den Rock gemeinsam Stückchen für Stückchen hoch bis zu ihrer Taille, als nächstes beugte sie ihren nackten Oberkörper in meinen Schoß, und ich knöpfte ihr die Corsage im Rücken zu.

Als sie sich aufrichtete, waren ihre Wangen vor Anstrengung gerötet.

Mit den Fingern ordnete sie ihre wirren dunklen Haare, ich steckte ihr den Schleier fest, sie zog die Handschuhe an. Zufrieden fuhr sie über den Rock und sah mich an.

Hübsch, sagte ich, wirklich hübsch.

Sie erhob sich halb und versuchte gebückt, ihr Spiegelbild im Rückspiegel zu erhaschen, aber das gelang ihr nur unvollkommen, seufzend ließ sie sich auf den Sitz zurückfallen.

Ich heiße übrigens Elke, sagte sie und streckte ihre behandschuhte Hand aus. Ich ergriff sie. Kühl lag der weiße Satin in meiner Hand. So würde es sich also anfühlen, wenn ich am Sonntag den Hochzeitsgästen die Hand reichen würde.

Franziska, sagte ich. Wir nickten uns zu.

Ich wünschte, ich könnte mich ganz sehen, seufzte Elke, in einem richtigen Spiegel. – Wann soll die Show denn steigen?

Sonntag um elf.

Elf Uhr ist gut.

Warum?

Weil die Sonne noch steigt. Es bedeutet zunehmendes Glück, sagte sie ernst.

Da haben wir ja Schwein gehabt, sagte ich und sah wohl nicht besonders glücklich aus. Sie stieß mich mit dem Ellenbogen an.

Hey, sagte sie grinsend, freust du dich nicht auf den schönsten Tag im Leben einer Frau?

Ich zuckte die Achseln und sah weg. Sie ließ das Fenster herunter. Es hatte aufgehört zu regnen. Vereinzelte Sonnenstrahlen schossen wie Blitze durch die bleigrauen Wolken.

Wenn man eine Braut sieht, bringt das nicht Glück? sagte sie.

Ich glaube, das gilt eher für Schornsteinfeger, murmelte ich.

Was ist das Problem? sagte Elke aus dem Fenster, liebst du den Kerl nicht?

Oh, doch, murmelte ich, doch, doch. Wirklich. Sehr. Doch, bestimmt. Ich griff in meine Handtasche und holte unsere Hochzeitsanzeige heraus. Die Vorderseite zeigte eine Fotomontage von Holger und mir als Kinder, er in Lederhosen und ich in einem gestreiften Sommerkleid. Darüber stand: ›Wir haben uns lange genug geprüft …‹, und auf der Innenseite ging es dann weiter: ›… jetzt machen wir ernst.‹

Es war meine Idee gewesen, und bis vor wenigen Augenblicken hatte ich sie lustig und gut gelungen gefunden. Jetzt kamen mir die Kinderfotos eher albern, die Sätze unangenehm neckisch vor.

Wie findest du das? fragte ich Elke.

Okay, sagte sie.

Ich wollte eigentlich nie heiraten, sagte ich, aber gleichzeitig war es etwas, was ich noch vor mir haben konnte, wenn ich nur wollte …

Elke sah mich ernsthaft und abwartend an. Sie schien zu erwarten, daß ich weitersprach, also erzählte ich ihr, wie Holger und ich uns kennengelernt haben, denn das erzähle ich immer gern.

Er stand bei der Menschenkette gegen die Stationierung der Mittelstreckenraketen zufällig neben mir, und wir mußten uns stundenlang an der Hand halten, bis die Kette quer durch Deutschland endlich geschlossen war. Abends sahen wir uns gemeinsam die Nachrichten an, in seiner Wohnung in einer fremden Stadt. Wie eine Reihe von Ameisen zog sich die Kette über grüne Hügel, und zwei davon waren wir.

Den Vergleich mit den Ameisen ziehe ich immer, ich wünschte, mir würde ein anderer Vergleich einfallen, die Geschichte fühlte sich flau und abgestanden an, ich mochte sie plötzlich nicht mehr.

Elke lachte auch nicht einmal, wie es sonst alle tun, denen ich sie erzähle.

Ich fühle mich nicht wirklich bereit zum Heiraten, sagte ich.

Elke sah mich ruhig an.

Aber wenn ich ehrlich bin, habe ich mich nie zu irgend etwas bereit gefühlt, fuhr ich fort. Mein ganzes Leben lang kam mir alles zu früh vor, selbst meine Geburt.

Ich lachte, aber mir war plötzlich zum Heulen, und tatsächlich füllten sich meine Augen mit Tränen, meine Kontaktlinsen begannen zu schwimmen, ich konnte nichts mehr sehen, vorsichtig drückte ich mir mit den Fingern auf die Lider, spürte dort aber nur noch eine Linse.

Ich glaube, ich habe eine Kontaktlinse verloren. Nicht bewegen.

Ach du Scheiße, sagte sie herzhaft.

Ich blinzelte mit dem einen Auge, mit dem ich noch sehen konnte, und fuhr mit den Fingern meine Jeans und dann den Tüllrock ab.

Kontaktlinsen im Auto zu verlieren ist das Allerschlimmste, stöhnte ich. Mir ist das mal mit einem Mann passiert, auf dem Weg in sein Hotelzimmer. Ich habe ihn gezwungen, zwei Stunden lang das ganze Auto abzusuchen, die Sitze rauszumontieren, jeden Zentimeter unter die Lupe zu nehmen. Und ich hab sie gefunden. Nur war mit dem Mann danach nicht mehr viel anzufangen.

Wir lachten. Sie hatte ein tiefes, rauchiges Lachen, was wahrscheinlich sehr viele Männer sehr sexy finden. Als ich aufhörte zu lachen, sah ich plötzlich wieder scharf.

Sie ist wieder da, sagte ich erstaunt.

Wer?

Meine Linse. Sie war nur verrutscht. Es sind weiche Linsen, die verliert man nicht so leicht wie harte.

Wozu der ganze Blödsinn?

Ich schätze, ich bin eitel.

Früher wollte ich immer eine Brille haben und damit klüger aussehen, als ich bin. Aber Holger trägt eine Brille, und eine Brille in der Familie reicht, sagte ich. Ich sah ihn vor mir, wie er sich die Brille abnahm und mit Daumen und Zeigefinger ganz fest den Nasensattel drückte. Ich mußte lächeln. Seit ich weiche Kontaktlinsen habe, bin ich nicht mehr fremdgegangen, sagte ich.

Kapier ich nicht, sagte sie und rückte den Schleier gerade.

Ich zuckte die Achseln. Es liegt wohl daran, daß man mit den weichen nirgendwo übernachten kann, ohne die Flüssigkeit zum Desinfizieren dabeizuhaben. Die harten konnte ich einfach immer in eine Streichholzschachtel tun und morgens mit Spucke wieder einsetzen. Aber jeden Tag Desinfektionsflüssigkeit in die Handtasche zu packen …

Für einen ganz spontanen Fick, kicherte sie.

Wer weiß, stöhnte ich lachend, vielleicht sind am Ende die weichen Kontaktlinsen daran schuld, daß ich heirate.

Bißchen wenig, findest du nicht?

Wir sahen beide aus dem Fenster.

Ich hätte mal fast geheiratet, sagte sie dann, fast. In Las Vegas, in so einer kitschigen Kirche. Mit einer Harley wären wir direkt von der Kirche auf den Highway gefahren. Ich wollte unbedingt ein weißes Hochzeitskleid, es hätte so geil ausgesehen auf dem Motorrad, mit all dem Tüll und dem Schleier im Wind. Wir hatten alles schon geplant …

Ich grinste. Sie strich mit den Handschuhen den Tüllrock glatt.

Ich saß am Strand in Gomera, sagte sie, er ging schwimmen. Er wollte erst gar nicht ins Wasser, weil es ihm zu kalt war. Ich habe noch über ihn gelacht. Und dann kam er einfach nicht mehr zurück.

Mein Gott, murmelte ich erschrocken, meine Gesichtszüge hatten Mühe, sich auf die veränderte Stimmung einzustellen, fast hätte ich gelächelt.

Das ist, als würde dir das Gehirn explodieren, sagte Elke. Du sitzt da und denkst immer nur, das gibt's doch nicht. Dein Gehirn will einfach nicht kapieren, daß es so ist. Das ist das Schlimmste, daß das Gehirn so langsam ist.

Sie machte eine kleine Pause.

Tut mir leid, sagte ich.

Sie lächelte mich kurz an, öffnete die Tür und stieg aus.

Prompt fingen Autos an zu hupen, sie zogen die Töne noch weit hinter sich her wie lange bunte Bänder. Elke hob den Arm und winkte ihnen nach.

Das Kleid wird doch ganz dreckig, rief ich und stieg ebenfalls aus.

Ich passe schon auf, schrie sie mir über das Autodach zu, hob die Schleppe und ging mit bloßen Füßen den Seitenstreifen entlang.

Der Schleier blähte sich hinter ihr auf wie eine plustrige weiße Wolke.

Wo willst du denn hin? rief ich, aber sie drehte sich nicht um.

Ich lief hinter ihr her und packte sie an der Schulter.

Ich möchte mich nur in einem richtigen Spiegel sehen, sagte sie, da vorne ist eine Kneipe, da habe ich vorhin die Polizei angerufen, die haben bestimmt einen Spiegel auf dem Klo.

Sie sah mich bittend und gleichzeitig wild entschlossen an.

Mit einer unwirschen Geste nahm ich ihr die Schleppe aus der Hand. Sie raffte den Tüllrock, drehte sich um und zerrte mich als ihre Schleppenträgerin hinter sich her. Graziös hüpfte sie vor mir über die Pfützen. Sie sah unwiderstehlich aus in meinem Kleid.

Kinder drückten sich in den vorbeifahrenden Autos die Nasen an der Scheibe platt. Trucker ließen ihre Fünftonhupen ertönen, während sie an uns vorbeidonnerten.

Nach einigen hundert Metern bog Elke unversehens nach rechts ab und kletterte einen kleinen Abhang hinunter, ich stolperte hinter ihr her, hielt aber eisern die Schleppe fest, sosehr sie auch daran zerrte wie ein störrisches Pony.

Sie steuerte auf ein häßliches Fachwerkhaus zu, über dessen Eingangstür in trüben Neonbuchstaben KATIS HÜTTE stand.

In der dunkel getäfelten Kneipe roch es nach nasser Wolle und kaltem Rauch. Eine dünne Frau mit hochtoupierten blonden Haaren und lila Lippenstift stand hinter der Theke. Sie verzog keine Miene, als wir hereinkamen. Drei Bauarbeiter, die in orangeroten Plastikjacken an einem Tisch saßen, pfiffen und johlten. Milde lächelnd wie eine Königin, zog Elke an ihnen vorbei Richtung Klo.

Mich beachtete niemand.

Auf dem Klo war es eisig kalt. Elke warf ein Papierhandtuch auf den Boden, stellte sich mit ihren nackten Füßen darauf und rutschte zu den Spiegeln über den Waschbecken. Überrascht schlug sie die Hand vor den Mund.

Man könnte fast glauben, ich wär's, sagte sie ehrfürchtig und stellte sich auf die Zehenspitzen. Hol mir einen Stuhl, befahl sie.

Widerwillig zog ich die Augenbrauen hoch, aber das bemerkte sie gar nicht.

Als ich mit dem Stuhl zurückkam, hatte Elke alle drei Heißwasserhähne an den Waschbecken aufgedreht, und ein dünner Nebel aus Wasserdampf füllte langsam den eiskalten Raum. Sie stellte sich auf den Stuhl, und ich schob ihn zentimeterweise zurück, bis sie Halt! schrie.

Ich stellte mich hinter sie und betrachtete sie im Spiegel.

Der Wasserdampf ließ ihr Spiegelbild weich und romantisch erscheinen wie auf einem gesofteten Foto eines Hochzeitsfotografen.

Bewundernd starrte Elke sich an, und ihre Augen bekamen einen entrückten Ausdruck. Minutenlang bewegte sie sich nicht.

Ich lehnte mich mit untergeschlagenen Armen an die kalte Fliesenwand. Im weißen Neonlicht sah man jetzt ganz deutlich die Schmutzspritzer auf dem weißen Tüll. Es war mir gleichgültig. Ich wäre gern hinausgegangen und hätte ein anderes Leben begonnen, ein wildes, radikales, unvorhersehbares.

Du darfst nicht glauben, daß ich meinen Mann nicht liebe, sagte ich so laut, daß es von den gefliesten Wänden hallte, auch wenn das vielleicht vorhin so geklungen hat.

Nö, sagte sie, hat es nicht. Sie zog den rechten Handschuh aus und rieb über die Tätowierung an ihrem Handgelenk.

Das war unser Ehering, sagte sie. Wir hatten beide genau dieselbe Tätowierung. Die hat uns ein Mann in Hamburg gemacht. Er ist berühmt, ein richtiger Künstler. Sie machte eine kleine Pause. Jetzt ist es ein bißchen unpraktisch, wenn ich mich für einen Job bewerbe und die Leute so spießig drauf sind. Da zupfe ich immer wie verrückt an meinem Ärmel rum, damit sie es bloß nicht sehen.

Sie sprang vom Stuhl und rieb sich die Arme.

Scheißkälte, sagte sie, ging auf Zehenspitzen zu einem Klo, raffte das Kleid und setzte sich bei geöffneter Tür auf die Brille.

Fehlt er dir sehr? fragte ich.

Sie nickte und stützte das Kinn in die Hände.

Manchmal mache ich was total Bescheuertes, sagte sie. Ich habe noch ein Tonband vom Anrufbeantworter mit seiner Ansage. Das lege ich manchmal ein, gehe aus dem Haus in eine Telefonzelle und rufe unsere Nummer an. Und da ist er dann plötzlich. So eine ganz tiefe Stimme hat er: Hier ist Michael Waltz und Elke Kammer. Wir sind im Moment leider nicht zu Hause, bitte hinterlassen Sie uns eine Nachricht nach dem Pfeifton, wir rufen Sie dann zurück. Und ich hinterlasse ihm dann eine Nachricht. Ziemlich daneben, was?

Nein, sagte ich, überhaupt nicht.

Sie sah mich an, dann ließ sie langsam den Kopf sinken, und der Schleier verbarg ihr Gesicht.

Warum schreiben?

Nachwort der Autorin

Mit ungefähr acht oder neun Jahren erschien mir das Schreiben als das größte Wunder auf diesem Planeten. Wie konnte man mit den immer gleichen sechsundzwanzig Buchstaben so viele Türen zu so vielen fremden Welten öffnen? Es war mir unbegreiflich.

Ich erinnere mich daran, wie ich die Tür zu meinem Kinderzimmer zuwarf, mich mit einer Ausgabe von Grimms Märchen auf den Knien in einen Sessel kauerte und mit Herzklopfen zu lesen begann. Kaum zu fassen, was diese Buchstaben in meinem Gehirn anzurichten vermochten und wie sie mich immer tiefer in eine Welt der sprechenden Pferdeköpfe, der Zwerge, Riesen und Prinzessinnen zogen. Wie konnte das sein? Es war doch bloß ein bißchen Fliegendreck auf weißem Papier.

Schreiben. Kaum konnte ich alle Buchstaben malen, versuchte ich es selbst. Schrieb einen Satz mit einer Katze und sah zu, wie sie sich räkelte, aufstand und davonlief. Etwas später schrieb ich Pferdegeschichten, die aber eine exakte Kopie von den Pferderomanen waren, die ich gerade las. Nur daß ich nicht einmal merkte, daß sie von vorn bis hinten abgeschrieben waren, und ich eigentlich nur die Vornamen der Hauptakteure verändert hatte. Ich schrieb sie in Schulhefte, schmuggelte sie in die bunten Einbände anderer Kinderbücher und las sie meinen jüngeren Schwestern vor, die sich jedoch nicht lange fesseln ließen, sondern sich bald gelangweilt und ohne Kommentar trollten. Zurück blieb eine bis ins Mark getroffene Schriftstellerin. Ich schrieb nicht mehr, bis ich die Schule verließ. Nur noch Aufsätze und Bildbetrachtungen, aber nie mehr setzte ich mich mit meinen eigenen Geschichten einem schnöden Publikum aus. Schreiben war gefährlich, das hatte ich begriffen. Statt dessen lernte ich, clever zu wirken, ohne einen einzigen originären Gedanken zu haben; ich lernte, mich hinter der Sprache des Politjargons zu verstecken. Das klang gut und bedeutete nichts. Gleichzeitig las ich wie eine Besessene, ich lebte in der Welt von Dostojewskij und Čechov, versuchte, ihretwegen Russisch zu lernen, immer noch war ich überwältigt von der Kraft der sechsundzwanzig Buchstaben. Bücher waren für mich einfach zu haben, weil meine Eltern selbst lesesüchtig waren. Ein Leben ohne Bücher war für mich unvorstellbar. Staunend betrachtete ich die bücherfreien Schrankwände in den Wohnzimmern mancher Mitschülerinnen, so wie sie ihrerseits die vollgestopften Bücherwände bei uns.

Bis heute habe ich Angst, ohne Buch irgendwo zu stranden. Filme geben mir bis heute kein Zuhause, sondern eher einen Unterstand im Regen. Wirklich leben kann ich in ihnen nicht. In Büchern schon. Trotzdem zog es mich sofort nach der Schule ins Land der Bilder, nach Amerika. Dort genoß ich, daß sich niemand hinter sogenannter ›Bildung‹ versteckte, ja daß es mir im Gegenteil sofort angekreidet wurde, wenn ich es, aus purer Gewohnheit, tat. Dort galt nur, was Geschichten wirklich zu erzählen haben. Ihr Mehrwert als Sammlerstück des Bildungsbürgers entfällt.

Ist die Geschichte von Antigone eine *good story* oder nicht? Fesselt Odysseus oder nicht? Das ist das einzige, was zählt.

Mir ging das Herz auf, weil man hier anscheinend so sprechen durfte, wie man fühlte. Da ich das auch noch in einer mir fremden Sprache tun mußte, konnte ich mich schon gar nicht mehr verstecken. Das tat mir gut. Bildung galt hier nur als Handwerkszeug, aber nicht mehr als Versteck. Ich begann wie besessen Tagebuch zu schreiben, *notebooks*, die ich nach Doris Lessings *Golden Notebooks* so nannte.

Ich entdeckte die angelsächsische und amerikanische Literatur für mich, begann für ihre Direktheit und ihre Vorliebe für die Mysterien des Alltags anstelle von philosophischen Abstraktionen zu schwärmen. Das gefiel mir, weil es mit der Unterscheidung in hoch *oder* nieder, ernst *oder* lustig, schwer *oder* leicht, die mir als Deutscher tief in den Knochen saß, radikal aufräumte. Entertainment galt hier als Grundvoraussetzung. Das war mir vollkommen neu. Konnte etwas, das unterhaltsam war, wirklich auch gut sein? Tief? Künstlerisch wertvoll?

Für teutonische Überlegungen dieser Art hatte ich zum Glück wenig Zeit, denn wollte ich hier mithalten, mußte ich selbst lernen, unterhaltsam und schnell zu sein, so wurde hier schließlich kommuniziert. Wir Deutschen bezeichnen das gern als ›Oberflächlichkeit der Amerikaner‹. Für mich aber waren es ganz entscheidende Nachhilfestunden in Selbstironie, Humor, komischem Timing und Geschichtenerzählen.

Ich studierte Theaterwissenschaften und Schauspiel, stellte aber bald fest, daß mich die Geschichten auf der Bühne lange nicht so interessierten wie die Filme jener Zeit von Rafelson, Scorsese, Coppola, dem *New American Cinema*.

Auf dem Campus arbeitete ich als Filmvorführerin und zeigte wochenlang die alten Zorro-Filme und *Letztes Jahr in Marienbad* in einer Doppelvorstellung. Das schien hier kein Widerspruch zu sein. *Anything goes* war die Devise. Alle durften alles ausprobieren. Als Schauspielerin war ich schlecht und zudem enttäuscht von der Tatsache, daß ich vor der Kamera meist nur einen kleinen Teil einer Geschichte erzählen konnte.

Stories. Das klang besser als Geschichten, schneller, aufregender. Stories wurden immer mehr zu meiner Passion.

Ich belegte Kurse für Traumdeutung und Anthropologie, Geschichten umschwirrten mich wie Mückenschwärme. Zu gern hätte ich selbst Geschichten geschrieben, aber ich blieb zu sehr Deutsche, um mich das zu trauen. Man konnte doch nicht einfach so schreiben! Woher nahm ich die Berechtigung? Ohne abgeschlossenes Studium der Germanistik oder der Literaturwissenschaften? Aber andererseits war ich durch meine Amerikaerfahrung für immer verdorben. Mich wieder hinter einer intellektuellen Analyse zu verstecken kam nicht mehr in Frage. Doch mich splitterfasernackt als Autorin an die Öffentlichkeit zu trauen war mir genauso unvorstellbar.

Ich suchte das perfekte Versteck – und fand es im Film. Dort wurden große Geschichten erzählt, aber mit Hilfe vieler anderer Leute, einer Crew. Ein Regisseur brauchte nicht wirklich etwas zu können, so stellte ich mir vor – und damit hatte ich eigentlich ziemlich recht.

Auch das Drehbuch ist nur eine Gebrauchsanleitung, die

sich durch die Dreharbeiten auflöst, sich in etwas anderes verwandelt, sechsundzwanzig Buchstaben verwandeln sich in Zelluloid. Auch das erschien mir als gute Möglichkeit, mich mit meinen Geschichten zu verstecken. Keiner würde am Ende eindeutig mit dem Finger auf mich als Autorin zeigen können.

Film also. Ich bewarb mich an der Filmhochschule in München, und als ich dort mein erstes Drehbuch zu meinem ersten kleinen Film schreiben sollte, stellte ich verwirrt fest, daß der Film nur von außen erzählen kann, nur durch Aktion.

Es erschien mir aber vollkommen unmöglich, meine Protagonisten nur von außen zu beschreiben, ohne sie von innen zu kennen. Ich brauchte einen Trick, um in sie hineinschlüpfen zu können und ihre Gefühle und Gedanken kennenzulernen. Ich fing an, Prosageschichten über sie zu schreiben, um ein Gespür dafür zu bekommen, wer sie eigentlich waren und warum sie taten, was sie taten. Erst wenn ich das durch die Kurzgeschichten erfahren hatte, schrieb ich das Drehbuch. Das hatte später beim Drehen den riesigen Vorteil, daß ich für alle Schauspieler auf ihre berechtigte Standardfrage ›Warum?‹ immer, immer eine Antwort hatte.

Ich zwang mich, regelrechte Kurzgeschichten für meine zukünftigen Drehbücher und Filme zu schreiben, weil ich in Amerika ein Fan dieser Form geworden war und weil ich sie als zutiefst filmisch empfand. Ich kannte aus Deutschland niemanden, der so schrieb wie zum Beispiel Raymond Carver oder Alice Munro, deren Geschichten ich Wort für Wort abschrieb, um ein Gefühl für ihren Rhythmus zu bekommen, der tatsächlich dem Rhythmus des Filmschnittes sehr stark entspricht.

Mitten ins Herz war meine allererste Kurzgeschichte, an der ich auch als Prosageschichte feilte, bevor ich sie zum Drehbuch umschrieb.

Ein paar Jahre später, als ich zu meinem Film *Männer* vom ›Spiegel‹ befragt wurde und von meiner Schreibmethode erzählte, las Daniel Keel dieses Interview, rief mich daraufhin an, wollte gern die Kurzgeschichten lesen und bot mir nach der Lektüre an, sie zu veröffentlichen. Nur schwarzer Fliegendreck auf weißem Papier, und sonst gar nichts. Er scheuchte mich vehement aus meinem Versteck. Er brachte mich dazu, Geschichten nicht mehr nur für meine Filme zu schreiben, sondern den sechsundzwanzig Buchstaben zu vertrauen und den Leser seinen eigenen Film drehen zu lassen – der sowieso immer der beste aller möglichen Filme ist. Ich bin ihm ewig dankbar dafür.

Nachweis

Ein Mann. Aus: *Was wollen Sie von mir?* 1989
Die Schickse. Aus: *Bin ich schön?* 1994
Montagspumpernickel. Aus: *Bin ich schön?* 1994
Die Handtasche. Aus: *Für immer und ewig.* 1991
Bin ich schön? Aus: *Bin ich schön?* 1994
Wer sind Sie? Aus: *Bin ich schön?* 1994
Der Vater der Braut. Aus: *Samsara.* 1996
Mitten ins Herz. Aus: *Liebe, Schmerz und das ganze verdammte Zeug.* 1987
Trinidad. Aus: *Bin ich schön?* 1994
Bist du eine Hexe? Aus: *Was wollen Sie von mir?* 1989
Manna. Aus: *Bin ich schön?* 1994
Was machst du, wenn ich aus dem Haus gehe? Aus: *Was wollen Sie von mir?* 1989
Männer. Aus: *Liebe, Schmerz und das ganze verdammte Zeug.* 1987
Die Braut. Aus: *Bin ich schön?* 1994

Alle Bände erschienen im Diogenes Verlag.

Doris Dörrie im Diogenes Verlag

»Doris Dörrie ist als Erzählerin Spezialistin in diffizilen Angelegenheiten der kleinen Rache und gezielten Ohrfeigen zum Zwecke der Unterstützung des eigenen Selbstwertgefühles. Sie ist eine sehr gute Kurzgeschichten-Schreiberin mit der erforderlichen Prise Selbstironie und mit stilistischer Eleganz.«
Annemarie Stoltenberg / Die Zeit, Hamburg

»Es ist vollkommen gleichgültig, ob Sie Doris Dörrie in der Badewanne, im Intercity-Großraumwagen, im Lehnstuhl oder in der Straßenbahn lesen, nur: Lesen Sie sie!« *Deutschlandfunk, Köln*

Liebe, Schmerz und das ganze verdammte Zeug
Vier Geschichten
Daraus die Geschichte *Männer* auch als Diogenes Hörbuch erschienen, gelesen von Anna König

»Was wollen Sie von mir?«
Erzählungen. Mit Fotos von Helge Weindler

Der Mann meiner Träume
Erzählung

Für immer und ewig
Eine Art Reigen

Love in Germany
Deutsche Paare im Gespräch mit Doris Dörrie. Unter Mitarbeit von Volker Wach. Mit 13 Fotos

Bin ich schön?
Erzählungen

Samsara
Erzählungen

Was machen wir jetzt?
Roman

Happy
Ein Drama

Das blaue Kleid
Roman

Mitten ins Herz
und andere Geschichten. Ausgewählt von Daniel Keel. Mit einem Nachwort der Autorin

Und was wird aus mir?
Roman

Kinderbücher:

Mimi
Mit Bildern von Julia Kaergel

Mimi ist sauer
Mit Bildern von Julia Kaergel

Mimi entdeckt die Welt
Mit Bildern von Julia Kaergel

Mimi und Mozart
Mit Bildern von Julia Kaergel

Viktorija Tokarjewa im Diogenes Verlag

Viktorija Tokarjewa, 1937 in Leningrad geboren, studierte nach kurzer Zeit als Musikpädagogin an der Moskauer Filmhochschule das Drehbuchfach. 15 Filme sind nach ihren Drehbüchern entstanden. 1964 veröffentlichte sie ihre erste Erzählung und widmete sich ab da ganz der Literatur. Sie lebt heute in Moskau.

»Ihre Geschichten sind seit jeher von großer Anmut, allesamt Kunst-Stückchen, die einem die Vorstellung von Leichthändigkeit suggerieren. Nicht jedoch von Leichtgewichtigkeit. Wenn sie uns ein Schmunzeln entlocken, dann liegt das daran, daß Viktorija Tokarjewa über einen ausgeprägten Humor verfügt und diese Gabe durchweg einsetzt. Es ist kein Humor der satirischen Art, eher eine sanfte Ironie, gewürzt mit einer Prise Traurigkeit und einem vollen Maß an mitmenschlichem Erbarmen.« *FAZ*

»Viktorija Tokarjewa erzählt ihre Liebesgeschichten mit einem solchen Witz und einer solchen Lebendigkeit, daß ich ganz entzückt davon bin.«
Elke Heidenreich

Zickzack der Liebe
Erzählungen. Aus dem Russischen von Monika Tantzscher

Mara
Erzählung. Deutsch von Angelika Schneider

Happy-End
Erzählung. Deutsch von Angelika Schneider

Lebenskünstler
und andere Erzählungen. Deutsch von Ingrid Gloede

Sag ich's oder sag ich's nicht?
Erzählungen. Deutsch von Angelika Schneider, Monika Tantzscher und Elsbeth Wolffheim

Der Pianist
Erzählungen. Deutsch von Angelika Schneider

Lampenfieber
Erzählungen. Deutsch von Angelika Schneider

Eine Liebe fürs ganze Leben
Erzählung. Deutsch von Angelika Schneider

Glücksvogel
Roman. Deutsch von Angelika Schneider